최약무패의
신장기룡
바하무트

한편 요루카는 검은색이 기본이지만
하얀 레이스나 리본으로 장식된
아가씨들이 입을 법한 드레스를 입고 있었다.

"으, 왜 난
당연하다는 듯
여자애 차림을
하게 된 거야?"
한쪽은
예쁜 순백색 원피스로
몸을 감싼 코랄.

"—《리바이어선》."

"원초의 대해(大海),
거세게 소용돌이치며 임계(臨界)하라.
하늘에서 빛나는 신의 뜻을 따라
심판을 내리거라—."

CONTENTS

최약무패의 신장기룡 바하무트

11

아카츠키 센리 지음
카스가 아유무 일러스트
원성민 옮김

Character

룩스 아카디아

멸망한 아카디아 제국의 왕자.
『무패의 최약』 이라고 불리는 기룡사.

리즈샤르테 아티스마타

아티스마타 신왕국의 왕녀. 붉은 전희(戰姬)라고 불린다.
신장기룡 《티아마트》의 파일럿.

피르히 아인그람

아인그람 재벌의 차녀. 룩스의 소꿉친구이며 학원장의 여동생.
신장기룡 《티폰》의 파일럿.

크루루시퍼 에인폴크

북쪽의 대국, 유미르 교국에서 온 유학생 클래스메이트
신장기룡 《파프니르》의 파일럿.

아이리 아카디아

구제국 황족의 생존자.
1학년이며 룩스의 친여동생.

세리스티아 라르그리스

『기사단(시바레스)』의 단장, 학원 최강의 3학년. 사대 귀족인 공작가 영애이며, 신장기룡 《린드부름》의 파일럿.

키리히메 요루카

『제국의 흉인』이라고 불리던 암살자 소녀.
룩스를 주인으로 인정하고 섬기고 있다.
신장기룡 《야토노카미》의 파일럿.

코랄 에스터

칠용기성 그라이퍼의 보좌관을 맡고 있는 반하임 공국 사관후보생. 중성적으로 생긴 미소년.

World

장갑기룡《드래곤 라이드》

유적에서 발굴된 고대병기.
그중에서도 희소종이며, 높은 성능을 보유한 것은 신장기룡이라고 부른다.
또한, 장갑기룡의 파일럿은 기룡사《드래곤 나이트》라고 부른다.

유적《루인》

전 세계에서 발견된 일곱 개의 고대유적. 장갑기룡《드래곤 라이드》이 발굴된 이후, 국력을 좌우하는 중요한 거점으로써 각국 간에 세력 다툼이 일어나고 있다.

환신수《어비스》

유적에서 나타나는 수수께끼의 환수. 인류를 위협하는 존재이며, 기룡사만이 대항할 수 있다.

종언신수《라그라뢰크》

하나의 유적에 대해 한 마리만 존재한다는 초상의 힘을 숨기고 있는 7마리의 환신수.

『검은 영웅』

정체불명의 장갑기룡《드래곤 라이드》을 사용하여 단신으로 약 1,200기에 달하는 제국 장갑기룡을 쓰러뜨렸다고 하는 전설의 영웅.

아티스마타 신왕국

리즈샤르테의 아버지인 아티스마타 백작이 아카디아 제국에 대항하여 일으킨 쿠데타가 성공하며 5년 전에 건국된 나라.

아카디아 구제국

세계의 5분의 1을 지배했던 대국. 세계최강이라고 일컬어지던 압도적인 군사력을 바탕으로 압정을 펼쳤으나, 쿠데타로 인해 멸망하였다.
룩스와 아이리는, 이 제국 황족의 생존자.

칠용기성

갈수록 늘어나는 환신수의 위협에 대항하여, 세계협정의 가맹국에서 선출한 대표 기룡사들.

Prologue 맹세의 기억

꿈의 내용은 기억하지 못한다고, 요루카는 어렸을 적에 얼핏 들었다.

그래도 자신은 기억하는 쪽이라고 생각했다.

자신이 죽은 동생의 꿈을 전혀 꾸지 않는다는 것도 알고 있었다.

"—안녕. 기분은 좀 어때? 사로잡힌 공주님."

"……."

그 말을 듣고 요루카는 퍼뜩 각성했다.

몇 개월 전— 리에스 섬 근처의 이름 없는 외딴섬 폐허 지하에, 그 기묘한 공간이 있었다.

고치(포드)라 불리는 작은 방처럼 생긴.

혹은 커다란 금속 관(棺)처럼 생긴, 자신이 들어가 있는 곳.

방 창문으로 울창한 숲이 보이는 그 유배지 같은 아무도 없는 장소에, 요루카는 자신이 연금되어 있었다는 것을 떠올렸다.

아카디아 제국에 투항하고 구제국과 주종 계약을 맺은 기억.

그리고 자신의 앞에 떠오른 기묘한 입체영상.

은발과 좌우의 색이 다른 눈동자를 지닌 위험한 분위기를 두른 소녀다.

“내 이름은 헤이즈다. 녀석들로부터 널 해방시켜 잠에서 깨워준 구세주라고.”

이미 멸망한 아카디아 제국과 인연이 있긴 하지만 직접적인 연관은 없다는 소녀.

소녀는 자신의 신분을 그렇게 밝히고 시설 사용법을 간단하게 설명했다.

이 섬은 드발이라는 귀족의 관리 하에 있으며, 요루카에게 지령을 내리기 위해 가까운 시일 내에 들를 거라는 것도 설명했다.

그 다음에는 『세례』라고 부르는 고통을 동반하는 수술을 통해 요루카의 한쪽 눈이 강화되었고, 그녀는 그 시설에서 계속 훈련했다.

구제국에 의해 이곳에서 잠든 후, 자신의 기억과 신체가 보존된 상태로 몇 년이나 시간이 흘렀다는 걸 이해했다.

그리고— 자신이 섬겨야 하는 아카디아 제국의 핏줄도 아직 끊어지지 않았다는 것도.

“당분간 난 떠나 있을 거다. —하지만, 그 전에 하나 물어보고 싶은 게 있는데…….”

헤이즈라는 이름의 입체영상 속 소녀가 오만하게 웃으며 물어보았다.

“어째서 너는 잠들어 있는 동안에도 그걸 손에서 놓지 않았지? 누군가를 죽일 생각이었냐? 아니면 무방비한 게 두려웠던 거냐?"

알몸으로 잠들어 있었지만 자신이 가진 신장기룡 《야토노카미》의 기공각검(소드 디바이스)만큼은 손에서 놓지 않았다.

이유는 딱히 떠오르지 않았다.

그저 본능적으로 이해했다.

고도국의 공주로서, 사람으로서 실격이라는 낙인이 찍힌 자신이 유일하게 전투에서만큼은 뛰어난 재능을 가졌다고 인정받아 주어진 무기.

아무 것도 가진 게 없는 자신이 유일하게 집착할 수 있는, 단 하나뿐인 기댈 곳임을…….

"어느 쪽도 아니랍니다."

그래서 요루카는 그 소녀의 입체영상을 향해 본심을 말했다.

어쩌면 그 누구도 이해하지 못할 유일한 애정.

사람에게 흥미가 없고, 사람과 관계를 쌓지 않는 자신이 유일하게 마음에 들어 하는 물건이라고.

사람으로 인정받지 못해 버림받은 자신을 어째서 동생이 구해주려 했는지 마지막까지 알 수 없었다.

피를 나눈 형제로서 연민을 느꼈기 때문일까?

아니면 전력으로 이용가치가 있었기 때문일까?

어느 쪽이든 상관없지만 말이다.

"—이건 그저, 제가 저로 있기 위해 필요한 것이어요."

요루카가 망설임 없이 미소 짓자 입체영상 속 소녀는 싱긋 웃고는 모습을 감췄다.

나중에 드발이라는 남자가 섬에 나타날 때까지 요루카는 홀로 훈련을 하며 자신의 차례를 기다렸다.

그리고 찾아온 드발에게 자신의 실력을 보여주었더니 비밀리에 계획을 세워서 헤이즈 몰래 자신을 리예스 섬으로 옮겼다.

그 후에는 『방주(아크)』에서 아이리와 만났고, 현재에 이르게 되었다.

자신에게 사람의 마음과 기대를 보내준 동생이 죽었을 때 요루카의 감정은 미동조차 하지 않았다.

구제국이 멸망했다는 사실을 안 뒤에도 변하지 않았다.

룩스는 자신을 사람답게 대해주었고, 학원 생활에 관해서 신경도 써주고 있다.

하지만 주인님의 마음을 기쁘게 생각하는 한편으로 자신에게는 돌려줄 게 아무 것도 없음을 느꼈다.

사람이 아닌 자신은 그들의 마음에 보답해줄 방법이 없음을…….

"이번에야말로, 도구의 사명을 완수하겠사옵니다."

—그리고, 때는 지금.

학원 부지 안, 한밤중의 연습장.

《야토노카미》를 몸에 두른 요루카는 달을 올려다보며 홀로 중얼거렸다.

미증유의 위협과 운명이 룩스에게 닥쳐오고 있다.

동생과 구제국을 파멸로부터 구하지 못한 자신은 드디어 숙원을 이루게 되리라.

룩스의 검으로서 적을 죽이고 이 몸이 가루가 된다 해도 지켜낸다면, 자신의 사명은 끝을 맞이한다.

"—두 번 다시, 실패하지 않을 것이옵니다. 주인님."

그런 결의를 가슴에 품은 소녀의 입가에는 온화한 미소가 떠올라 있었다.

Episode 1 때 아닌 전학생

"그렇게 돼서 이번 한 번뿐인 특례긴 하지만, 두 번째 남자 전학생을 받게 되었다. 앞으로 2주 동안 다들 사이좋게 지내도록."

라이글리 교관의 엄숙한 목소리가 조용히 울려 퍼진다.

술렁술렁— 전례가 없는 당혹감과 놀라움에서 비롯된 동요가 아침의 교실을 가득 채웠다.

피르히와의 신혼여행을 가장한 헤이부르그 잠입 조사.

그리고 신왕국 서방령인 항구 도시 트라이포트에서 제1 유적 『탑(바벨)』의 공략도 일단락되어, 룩스는 오랜만에 왕립 사관 학원 생활로 돌아왔다.

『한계돌파(오버 리미트)』를 사용해가며 헤이부르그에서 전투를 벌이다 입은 대미지도 있으니, 당분간 장갑기룡(드래곤 라이드)은 장착하지 말고 요양하라는 말을 의사에게서 들은 참이다.

저도 모르게 눈을 크게 뜰 수밖에 없는 사건이 일어나자 같은 학급의 소녀들이 들뜬 모습을 보이기 시작했다.

"어, 그러니까, 그렇게 돼서 잠시 신세를 지게 되었습니다. 반하임 공국의 칠용기성 보좌관, 코랄 에스터라고 합니다. 잘 부탁드려요."

세 갈래로 땋은 밝은 녹색 머리카락이 특징인 중성적 인상의 미소년.

그가 미소를 짓기가 무섭게 「꺄아앗!」 하고 교실에서 환호성이 터져 나왔다.

"있잖아, 룩스 군이랑 분위기는 다르지만 저 사람도 꽤 괜찮지 않아?"

"걔, 학원제 때 집사역할을 맡아준 반하임 공국 사람 맞지? 엄청 멋진 사람이라구."

"한번 노려볼까—? 우리 왕자님은 경쟁률이 너무 심해서 손댈 엄두도 못 내겠으니까."

"나는 누가 뭐래도 룩스 군을 지지해—. 게다가 겨우 2주 동안이잖아. 다가올 이벤트 때는 없을 테니까—."

"—너무 시끄럽구나. 학원에 있는 동안에는 특별취급 하지 않아도 된다만, 예의는 잊지 말거라."

라이글리가 즉시 나무라서 그 자리는 조용해졌지만 분위기는 여전히 들떠 있었다.

체험 입학을 위해 동맹국의 남자가 한시적으로 유학을 온 사건.

그리고 그 소년도 룩스에게 뒤지지 않을 정도의 미남이라면 이렇게 가슴 설레는 사건이 또 어디 있으랴.

내심 놀란 룩스도 그런 광경을 쓴웃음을 지으며 바라보고 있었다.

지금까지 학원 내의 유일한 남학생이었던 룩스로서는 복잡한 기분도 들었지만, 역시나라고 해야 할까. 교실에 앉아 있는『기사단(시바레스)』멤버들은 침착함을 유지하고 있었다.

리샤는 태연한 모습으로 팔짱을 끼고 있었고, 크루루시퍼도 여유로운 미소를 짓고 있었다. 피르히는 꾸벅대는 모습이 졸려 보였으며, 티르파는 즐거운 것 같았다.

“그럼 새로 자리를 지정할까 하는데, 특별히 앉고 싶은 자리가 있나?”

“아, 네.”

교관에게 재촉 받아 코랄은 교실을 둘러보았다.

그리고 가장 먼저 룩스와 시선이 마주쳤다.

최근에 신왕국 방위 등을 도와준 만큼『기사단』멤버들과도 그런대로 안면을 트긴 했을 테지만, 그래도 역시 같은 남자인 룩스를 편하게 생각하는 듯했다.

“흠. 어차피 2주 정도만 다닐 예정이니 그게 편할지도 모르겠군. 룩스 아카디아. 그를 도와줄 수 있겠나?”

“어 그게, 저라도 괜찮다면 기꺼이…….”

물론 룩스도 거절할 이유는 없었다.

흔쾌히 승낙하자 코랄은 룩스의 옆에 마련된 자리에 앉아 자연스럽게 미소 지었다.

“고마워. 룩스 군과 같은 반이 돼서 기쁜걸.”

어디까지나 같은 남자인데, 이목구비가 소녀 같은 코랄이 그렇게 말하니 어쩐지 가슴이 두근거렸다.

그 모습을 본 여학생들은 왠지는 몰라도 차츰 흥분하는 것 같았다.

"어라~? 루크찌는 설마 남자애도 OK였어?"

"아니 티르파, 대체 무슨 소릴 하는 거야?!"

티르파의 농담에 당황한 룩스가 소리치자, 라이글리는 한숨을 내쉬며 교실에서 나갔다.

"아하하. 무슨 이야기인지는 잘 모르겠지만, 살살 부탁해."

쓴웃음을 지으면서도 코랄은 룩스와 친구들의 대화에 맞춰주었다.

그 광경을 크루루시퍼는 평소처럼 냉정한 시선으로 바라보았고, 리샤는 약간 불만스러운 표정으로 지켜보았다.

룩스는 코랄에게 미소를 돌려주며 자세를 바로하고 고개를 끄덕였다.

학원 학생들은 단순한 교류라고만 생각하는 이번 유학.

여기에는 깊은 의미와 사정이 있다는 것을『기사단』멤버들은 알고 있었다.

†

얼마 전, 다시 개최된 세계 회의.

이번에는 각국의 수뇌부와 『칠용기성』이 따로 나뉘어 대화를 나누는 방침 하에 신왕국 왕도에서 군사 회의를 열었다.

룩스도 상처와 피로를 무릅쓰고 참가해서 『창조주(로드)』 세 사람을 포함한 대표들과 대화를 나누었다.

"이번 『탑』 공략은 그야말로 대의였습니다. 이로써 『대성역(아발론)』으로 가는 길이 한 발짝 더 가까워졌군요."

트라이포트에서 『탑』의 종언신수(라그나뢰크)— 메타트론을 격파하고, 최심부에 『그랑 포스』를 수납하는데 성공했다.

그리고 그 다음 주부터 다른 『칠용기성』들의 모든 세력을 투입해서 공략을 진행하였고, 『창조주』의 입회하에 반하임 공국 영내의 유적(루인)인 『미궁(던전)』의 공략이 완료되었다는 보고가 도착했다.

그때 참전한 것은 『칠용기성』 싱글렌이 이끄는 블래큰드 왕국, 그라이퍼가 이끄는 반하임 공국, 그리고 소피스가 이끄는 토르키메스 연방 세 나라다.

그 공로도 세 국가가 공동으로 세웠기 때문에 성과는 서로 나눠 가지게 되었다.

그들도 라그나뢰크를 상대하는데 상당히 고전한 듯 했고, 상응하는 손해도 입긴 했지만 무사히 처리한 듯했다.

이로써— 일곱 개의 유적 중 네 개의 공략이 완료되었고, 이제 남은 것은 세 개였다.

『모형 정원(가든)』, 『갱도(홀)』, 그리고 여전히 행방을 알 수 없는 『달(문)』뿐.

앞으로 약 3개월 후에 세계를 붕괴로 이끌 『성식』에 대비해서, 이상적이라고는 할 수는 없어도 어느 정도 순조롭게 일이 진행되는 것처럼 보였으나—.

"안타까운 일이지만, 앞으로 한 달 정도는 모두 움직일 수 없을 거예요. 따라서 『대성역』에 다다를 때까지 시간적 여유는 사실상 거의 없습니다."

『창조주』—.

구시대 황족의 생존자인 신성 아카디아 제국 제1 황녀, 리스테르카 레이 아샤리아.

은발과 은색 눈동자, 그리고 순백색 드레스로 몸을 감싼 무상한 분위기의 소녀가 긴장한 표정으로 그렇게 말하자 『칠용기성』과 그 보좌관 열네 명 사이에서 미미한 동요가 일어났다.

"휴식시간을 주려는 거라면 바라던 바이기는 한데, 그래서야 과연 제때 도착할 수 있겠어? 나머지 유적을 순조롭게 공략할 수 있을 거라곤 장담할 수 없다고?"

삐죽삐죽한 금발이 특징적인 거친 인상의 소녀.

반하임 공국의 그라이퍼가 웬일로 의견을 꺼낸다.

기본적으로는 룩스도 같은 의문을 떠올렸지만 유미르 교국의 보좌관으로 출석한 크루루시퍼가 조용히 핵심을 찔렀다.

"유적을 개방해서 라그나뢰크를 불러낸다 해도 『열쇠』가 부족하다는 소리지?"

———.

그 말을 듣고서 자리에 있는 몇 명이 퍼뜩 깨달았고, 리스테르카가 재차 사정을 설명했다.

"간략하게 말하자면 그렇습니다. 『열쇠 관리자(엑스퍼)』가 중요 시설의 잠금장치를 해제하면, 한동안 그 권한을 사용한 자는 유적에 간섭할 능력을 잃게 됩니다. 회복될 때까지 약 한 달 정도 걸리므로 앞으로 한 달은 모두 다 대기할 수밖에 없어요."

"……."

지금까지 『탑』에서는 크루루시퍼가, 『미궁』에서는 『창조주』 측 시녀인 미스시스가 저마다 『열쇠 관리자』의 권한을 사용하고 말았다.

따라서 현 상태로는 유적의 최심부로 이어지는 길을 여는 것이 불가능했다.

결국, 시간적 여유가 남아 있지 않은 상황임에도 멈출 수밖에 없었다.

"문이나 벽을 파괴해서 닫힌 길을 억지로 공략하는 건 불가능한지요?"

룩스의 보좌관인 세리스가 솔직한 의문을 드러냈다.

아무리 유적의 중요 시설이 견고한 벽으로 에워싸여 있다 해도, 신장기룡의 능력을 전력으로 사용하면 돌파할 수 있을지도 모른다는 가능성을 지적했다.

하지만 리스테르카는 조용히 고개를 저었다.

"그건 불가능합니다. ……마침 이야기가 나왔으니 여러분께 다시 한번 말씀드리겠습니다만, 『열쇠 관리자』 권한 없이 들어갈 수 없는 시설이나 사용할 수 없는 장치의 파괴는 그만해주세요."

그 이유는 애초에 기룡의 힘으로조차 파괴하기 힘든 합금으로 만들어져 있었고, 강한 공격에 노출된 것을 유적이 인식하면 몇 개월 동안 최심부의 받침대가 『그랑 포스』를 받아들이지 않게 되기 때문이었다.

당연히 그렇게 되면 『대성역』으로 향하는 길도 닫히고 만다.

따라서 『열쇠 관리자』의 권한이 필요한 장소를 파괴해서 공략하는 건 반역에 준하는 금지사항이라고 이번에 엄명했다.

"그럼 지금부터 한 달간 손 놓고 지켜보라는 거야? 나야 뭐 편히 쉴 수 있으니 좋지만 말이지."

이야기가 정리되려는 찰나 헤이부르그 공화국의 『칠용기성』 로자 그랑하이드가 끼어들었다.

유적 공략 도중에 다쳐서 부러진 팔을 동여매고 지팡이를 짚고 있지만, 그래도 약한 기척은 조금도 드러내지 않으며 고압적이고 위압적인 분위기를 두르고 있었다.

참고로— 로자가 배신자라는 보고는 하지 않았다.

『탑』에서 일어난 사건 이후로 『칠용기성』 대장인 마기알카에게 상담해보았는데, 로자의 배신 문제는 고발되지 않았고 『칠용기성』도 계속 맡게 되었다.

로자 그랑하이드의 악행이나 악명은 거짓이었으며, 그녀는 사실상 『악한 왕』— 카렌시아에게 협박과 세뇌를 당해 대역으로 이용을 당했을 뿐이니까.

『물론 각국 지도자에게는 알리게 되겠지만 말일세. 솔직히 여기서 「칠용기성」의 일원을 잃는 건 아깝고, 「창조주」 녀석들에게 보복 받아 혼란에 빠지는 것도 귀찮아. 이 일은 내가 은

밀하게 처리하도록 하지. 뒷일은 맡기게.』

마기알카가 그렇게 말했기 때문에 룩스도 따르기로 했다.

마기알카의 보좌관이 헤이부르그로 가서 『악한 왕』이 없는 군사 정권을 해체하는 방향으로 움직이기 시작했다.

솔직히 내정 간섭 같다는 느낌도 들었지만, 세계 붕괴까지 앞으로 3개월 밖에 남지 않은 상황에서 이의를 제기할 생각은 없었다.

물론 룩스가 반대했다면 이야기가 달라졌겠지만, 이미 로자를 용서한 뒤였다.

이 문제는 어디까지나 비밀인 까닭에 로자는 예전처럼 오만불손하게 행동하는 연기를 계속하게 되었다.

"물론. 이대로 기다리고만 있을 여유는 없어요. 유적 공략이 불가능한 한 달 동안, 여러분은 전력의 재정비 및 나머지 세 과제를 수행해주셨으면 합니다."

나머지 세 과제란—.

1. 적대하는 용병 조직 『용비적』의 섬멸.

2. 행방이 묘연한 제7 유적 『달』의 발견.

3. 세계 연합에 존재하는 『배신자』 파악.

3번 과제의 존재는 지금으로선 불확실하므로 찾을 길이 없다.

조금 비약하자면 헤이부르그의 『악한 왕』이 그것에 해당될지도 모르지만, 로자의 처우를 포함해서 은밀하게 처리하였으므로 대외적으로는 찾지 못한 것과 다름없었다.

"오늘부터 한 달 동안 유적 공략을 중단하세요. 대신에 세 과제를 수행한 나라에게는 장갑기룡 등의 포상을 수여하고, 『대성역』에서의 혜택도 약속하겠습니다.”

리스테르카가 재차 미끼를 던지자 『칠용기성』 중 몇 사람은 숨을 크게 들이쉬었다.

일곱 개의 유적을 개방해야 갈 수 있는 약속의 땅 『대성역』.

구시대의 자원이나 보물, 거기다 기술까지 제공해주겠다는 약속.

유적 공략에 도움이 되고 과제를 수행한 사람들 중에서 가장 우수한 이에게 포상을 수여하겠다는 이야기가 최근에 점수제로 구체화되었다.

현재 표면상으로는 공동으로 『탑』을 공략한 신왕국과 헤이부르그 공화국이 유적 공략 점수 10점을 3:2 비율로 분배.

마찬가지로 공동으로 『미궁』을 공략한 반하임 공국, 블래큰드 왕국, 토르키메스 연방이 평가 점수를 분배.

신왕국·6점, 헤이부르그 공화국·4점, 반하임 공국·4점, 블래큰드 왕국·3점, 토르키메스 연방·3점.

『창조주』는 그렇게 평가하고 있었다.

“참고로 『용비적』 삼두목인 사단장을 한 명 죽일 때마다 5점의 포상을, 『달』 혹은 『배신자』를 발견한 나라에게는 10점의 포상을 드리겠어요.”

“…….”

온화한 미소를 머금고 말하는 리스테르카를 보고서 『칠용기성』과 보좌관들은 침묵했다.

이 이야기는 각국의 지도자들에게도 전달되었기 때문에, 아마도 『대성역』의 혜택을 얻어내라는 지시가 내려오리라는 것을 이해하고 있기 때문이다.

본디 각국이 점수를 경쟁하는 구도로 흘러가는 것은 피하고 싶었지만, 세계를 지켜낸 후를 생각하면 지도자들로서는 아무래도 간과할 수 없었을 것이다.

이번 유적 공략은 두 곳 다 각국 공동이라는 형태로 평화롭게 끝났지만, 앞으로 어떻게 될지는 알 수 없다.

공로에 눈이 먼 국가 간의 경쟁이 될지도 모르고, 자칫 잘못하면 『배신자』로 몰리게 될 가능성마저 있다.

따라서 앞으로 한 달 동안은 준비 기간.

남은 두 달 안에 결판을 내기 위한 유예기간이라는 것을 모두가 납득했지만—.

"그리고— 하나 더, 개인적으로 제안할 게 있어요, 이번 기회에 보좌관을 교환해보는 건 어떠신가요?"

리스테르카가 마지막으로 꺼낸 한마디가 실내에 작은 동요를 일으켰다.

결론적으로 그 기묘한 제안은 회의에서 승인되었고, 며칠 뒤 각국에서 실행하게 되었다.

†

"흐응. 그럼 코랄 군은 당분간 이쪽에 있는 거구나?"

“저기저기, 보좌관은 무슨 일을 해?”

“뭔가 곤란한 일이 있으면 사양하지 말고 물어봐!”

오전 수업이 끝나고 점심시간이 되었다.

예상대로라고나 할까, 코랄은 여학생들에게 둘러싸인 채 질문 공세를 받고 있었다.

“나 원 참. 세계의 위기가 닥쳐오고 있거늘, 저 녀석들은 변하는 게 없구나.”

그 모습을 멀리서 바라보면서, 리샤는 룩스, 크루루시퍼, 피르히, 티르파 네 사람을 모아 자연스럽게 상담을 시작했다.

“어쩔 수 없지. 그녀들이나 시민들이나 지금이 어떤 상황인지 알 길은 없으니까.”

“맞아요, 맞아—. 그나저나 리샤 님도 긴장이 너무 풀어지신 거 아녜요? 이건 꽤 극비 사항이라고요.”

불만스러운 모습으로 팔짱을 낀 리샤에게 크루루시퍼와 티르파가 평소 같은 분위기로 태클을 걸었다.

피르히는 사투로 인한 피로가 아직 남아 있는 것인지 졸린 듯 눈을 깜빡거리고 있을 뿐이었다.

혼란이나 폭동을 방지하기 위해 『성식』으로 인한 세계 붕괴 이야기는 『기사단』 멤버를 포함한 일부 상층부에게만 전달되었다.

그러므로 이 광경에는 문제가 없었지만, 코랄의 존재가 신경 쓰였다.

“1개월 남짓한 대기 기간 동안 서로의 전력을 확인하고 협

조성을 강화하기 위해, 감사(監査) 차원에서 2주마다 『칠용기성』 보좌관을 교환해보는 게 어떻겠느냐— 이거였지, 그 황녀라는 작자의 주장은.”

그렇다.

코랄이 전학생으로 학원에 찾아온 건 우연이 아니다.

황녀 리스테르카가 제안한 『교류와 감사』 계획을 따라 반하임 공국에서 온 사자였으며, 내일 아침 일찍 세리스와 크루루시퍼도 신왕국을 떠날 예정이었다.

“뭐, 저 남자는 무해해보이니 크게 걱정할 필요는 없을 것 같다마는…….”

“—이런 방심은 금물이야, 룩스 군. 이번 제안의 진짜 의도를, 너라면 이미 알고 있겠지?”

리샤의 말을 즉각 부정하며 크루루시퍼가 속삭였다.

룩스는 작게 고개를 끄덕인 후 그녀의 질문에 대답했다.

“알고 있어. 어디까지나 가정일 뿐이지만…….”

다른 국가 간에 보좌관을 교환하는 것의 진정한 목적.

그것은 국가 간의 연계 강화보다도, 국가 간에 『감시』하게 하려는 의도가 있는 것으로 보였다.

타국 보좌관이 『칠용기성』과 붙어 다니게 된다면 필연적으로 그 나라의 동향도 대략적으로 감시할 수 있게 된다.

즉, 리스테르카 황녀 본인은 어느 한 나라가 눈에 띄게 앞서는 것을 경계하고 있는 것이다.

게다가 유적에 관련된 비밀을 알게 되었을 경우에는 그걸

빌미삼아 『배신자』로 간주할 가능성마저 있다.

『창조주』의 목적은 어디까지나 이번 기회에 그런 불확정요소의 싹을 뽑아버리는 것이리라.

결국, 리스테르카의 요청을 거절하지 못한 지도자들의 회의에서 결정되었다.

"뭐, 그래도 문제될 건 없잖아? 딱히 켕기는 게 있는 것도 아닌— 아."

가볍게 입을 연 티르파는 피르히를 보고 저도 모르게 입을 다물었다.

몸에 라그나뢰크의 씨앗을 품고 있는 피르히의 사정도 다른 나라에는 그다지 알리고 싶지 않았다.

"어쨌거나 앞으로 한 달 동안은 조심하는 게 좋겠지. 너는 누구에게나 상냥하지만, 방심은 금물이야. 나랑 세리스 선배도 다른 나라로 가버리니까."

"—응. 조심할게, 크루루시퍼 씨."

바로 그때, 떨어진 자리에 있던 코랄이 손을 들었다.

"아, 룩스 군. 손 씻을 곳이 어딘지 좀 가르쳐줄래? 그, 남자 쪽 장소는 잘 몰라서—"

그걸 본 룩스는 바로 코랄 곁으로 다가갔다.

"응. 나라도 괜찮다면, 나중에 교내 안내도 해줄까—?"

룩스가 제안하자 코랄은 한시름 놓은 것처럼 미소 지으며 그의 손을 붙잡았다.

"고마워, 덕분에 살았어……."

쉬는 시간 때마다 여학생들에게 에워싸인 코랄은 역시 지친 것 같았다.

그걸 눈치챈 룩스가 단둘이 있을 수 있도록 대처하자, 코랄도 그의 배려심을 이해하고 감사 인사를 한 것이었지만—.

"정말로 방금 한 이야기를 제대로 이해하고 있는 걸까……."

"다른 나라 보좌관을 상대로, 경계고 뭐고 아무 것도 안 하는 것처럼 보이는군……."

크루루시퍼는 복잡한 표정으로 그 모습을 지켜보았고, 리샤도 어이없어 했다.

"루우랑 점심, 먹고 싶었어."

한편, 드디어 눈을 뜬 피르히는 볼이 빵빵해지도록 도넛을 욱여넣고 우물거리고 있었다.

"우리 학원 말이야, 이러니저러니 해도 참 평화롭네."

티르파가 이 안건을 정리하면서 어깨를 으쓱 들어 올렸다.

코랄의 전학이라는 특수한 상황에 긴장감이 감돌긴 하지만, 평온한 일상이 시작되려 하고 있었다.

†

"도와줘서 고마워. 반하임 공국 군사학교에서는 여자랑 접촉할 기회가 별로 없거든."

시간이 흘러 방과 후—.

룩스는 학교 부지 안에서 코랄을 안내하고 있었다.

교사(校舍)와 연습장부터 시작해서 장갑기룡 공방, 식당, 도서관, 기룡 격납고.

그렇게 시설들을 얼추 소개했다.

물론, 그것뿐이라면 문제될 건 없겠지만…….

“얘, 저 두 사람 생각보다 사이가 좋지 않아?”

“그러게. 두 사람 다 일 때문에 자주 만난다고 듣기도 했고, 룩스 군의 몇 안 되는 동성 친구라나 봐.”

“질투하게 될 줄 알았는데, 어쩌면 이것도 OK인 걸까?”

“자자~ 구경꾼들은 떨어져서 봐주세요.”

멀찍이 거리를 두고 룩스와 코랄을 지켜보는 1학년부터 3학년까지의 여학생들을 티르파가 생글생글 웃으며 유도하고 있다.

구경꾼들이 너무 많아서, 매 시간마다 삼화음(트라이어드)이 대신 관리해주었다고 아이리에게서 들었다.

“아하하하……. 이 학원은 여러모로 대단하네. 뭔가 독특하다고나 할까…….”

“이럴 땐 이상하다고 해도 벌 받진 않을 거야.”

곤란해 하는 코랄을 보며 룩스도 쓴웃음을 돌려주었다.

연습할 때도 피로가 심하게 누적된 룩스는 장갑기룡에 타지 않고 견학했지만, 코랄과 함께 준비 체조를 했을 뿐인데 왠지는 몰라도 주변이 새된 목소리로 소란스러워졌다.

아무래도 두 미소년의 사이를 보고 일부 여학생들이 어긋난 무언가를 발견한 것 같았다.

여학원에 한 명 뿐인 남학생.

지금까지의 일상이 무너지고 차분해질까 싶었는데, 학원은 다른 의미로 소란스러워졌다.

그리고 그것과는 별개로 학원 전체에는 들뜬 분위기도 흐르고 있었다.

"그건 그렇고, 왠지 무척 떠들썩한걸. 조만간 무슨 축제라도 열리는 거야?"

"아…… 그런가. 그러고 보니 얼마 안 남았네."

코랄의 질문을 듣고서 룩스도 문득 그 사실을 깨달았다.

여자 기숙사를 장식하는 건 기본적으로 금지되어 있지만, 조금 전 몇 개의 방에 호랑가시나무 가지로 짠 고리가 장식되어 있었다.

액막이나 행복을 기원하는 장식.

이 시기에 잡일 의뢰를 받아 그것을 만든 적이 몇 번이나 있었다.

문득 그 기억을 떠올린 룩스의 얼굴이 부드럽게 풀렸다.

"성야제(聖夜祭)야. 신왕국의 연말을 맞이하는 축제의 준비가, 이제 곧 시작될 거야."

†

같은 시각.

그 모습을 멀찌감치 떨어져서 지켜보며 소녀들도 작전을 세웠다.

밤— 저녁 식사 시간이 끝난 아무도 없는 식당.

임시 회의라는 명목으로 특별히 전세를 낸 그곳에 『기사단』의 주요 멤버들이 모여 있다.

단장인 세리스, 리샤, 크루루시퍼, 피르히는 물론이고, 트라이어드의 샤리스, 티르파, 녹트와 아이리에 요루카까지, 차와 디저트가 마련된 자리에 동석하고 있었다.

"으그그그그……. 뭐냐고 저게! 기껏 그 위장 신혼여행을 마치고 룩스가 돌아왔는데, 우리들이 다가가기 힘들게 됐잖아!"

"그러게 말이야. 반하임 공국 보좌관인 그와 함께 다닌다는 명목이 생겨버렸고, 상당한 오산이야."

"두 분 다 진심을 좀 숨겨주세요. 이건 어디까지나 작전 회의라구요."

아이리가 어이없다는 투로 지적했다.

"그, 그렇습니다! 이번에는 어디까지나 저와 크루루시퍼가 내일 출발하기 전에, 정보 교환을 해두자는 취지였을 텐데요."

고지식한 세리스가 다급하게 정리해서 일단 분위기가 차분해졌다.

"Yes. 그건 그렇고, 이제 곧 성야제로군요. 올해 가장 신세를 진 남성에게 선물을 건네고— 내년 3월의 강탄제(降誕祭) 때 그 보답을 받는 이벤트도 가까워졌습니다만."

담담하게 중얼거리는 녹트의 뒤를 이어 샤리스와 티르파도 장난스럽게 웃었다.

“나는 영락없이 그 일로 모인 건줄 알았는데, 잘못 알았나?”

“그러게. 이쯤에서 말해두지 않으면 여러모로 귀찮아질 것 같고 말이야.”

“어라? 무슨 말씀들이시죠?”

“……”

뭔가 생각하는 게 있었는지 요루카의 질문에 일동은 침묵했다.

그 후 주위의 안색을 살펴보며, 무언가 결심한 것처럼 크루루시퍼가 입을 열었다.

“이 나라의 큰 이벤트인 성야제까지 앞으로 한 달도 안 남은 모양이지만, 이 세계가 끝날지도 모르는 시기에 묘한 생각들을 하는 건 아니겠지?”

“……묘, 묘한 생각이라뇨? 그, 저는 딱히, 선물을 줄 예정밖에 없습니다만—.”

세리스가 어쩐지 초조한 느낌으로 중얼거리자, 다른 소녀들이 말없이 의심어린 시선을 보냈다.

“확인 차 물어보겠는데, 그 성야제라는 건 딱히 누군가와 사랑을 확인하는 날은 아니지? 그저 선물을 줄 뿐이고.”

“다, 당연하다! 구제국 시대보다 훨씬 오래전부터 이어져 온 전통이니까. 그, 일부 그런 풍습도 있을지도 모르겠지만…….”

리샤가 당황한 것처럼 이어서 말하자 세리스도 보충했다.

“네, 네! 그게, 만약 누군가에게 감사의 표시로 선물을 주는 일은 있어도, 그 이상의 의미는 품지 않을 터…… 입니다.”

피르히는 멍하니 있었지만 이윽고 손바닥을 짝 부딪쳤다.
"맞다. 루우한테 줄 선물, 생각해둬야—."
"—헛?!"
그 순간, 모두가 움찔 반응했다.
그것이 공통적인 걱정거리라는 것을 암시하고 있었다.
"주인님께 드릴 선물이요? 저는 그런 걸 잘 상상할 수 없으니, 하다못해 이 몸을 직접 바쳐서라도—."
"그러니까 **그래서는 안 된다고** 말하는 거잖니……."
드물게 언성을 높인 크루루시퍼를 보고서 아이리가 무언가를 알아차렸다.
"세계의 붕괴가 코앞으로 다가왔으니, 서로 앞지르기를 할 생각은 하지 말자. 그런 말씀이시죠?"
"아, 앞지르기를 하다니?! 나, 나는 딱히 그런 생각을 한 적이……."
리샤는 뺨에 홍조를 드리우며 미묘하게 시선을 돌렸다.
하지만 마찬가지로 아이리가 무슨 말을 하는지 알아차린 트라이어드가 각자 한마디씩 보충했다.
"확실히 그게 낫겠군. 물론 우리들도 언제 죽을지 모르니까, 적어도 마음을 전하는 정도는— 이라는 생각이 안 드는 건 아니니까."
샤리스가 깊게 생각하는 투로 말하자 녹트와 티르파가 뒤를 이어 말했다.
"Yes. 하지만『대성역』문제가 해결될 때까지 정신적인 안정을 유지하지 못하면 본말전도입니다."

"모두의 마음을 하나로 뭉쳐야 하겠지—. 루크찌도 많은 사람들이 말하면 부담스러울 테니까."

피르히와 요루카를 제외한 모두가 숨을 크게 들이쉰 모습을 보면 아이리의 의도를 알아차린 것이리라.

요컨대 모든 일이 해결될 때까지는 서로 룩스에게 마음을 전달하지 말기로 하자는 견제였다.

크루루시퍼가 이런 제안을 한 이유는, 자신은 유미르 교국의 보좌관이기도 하니까 어쩌면 임무로 인해 마침 그 자리에 없을 수도 있다는 걸 경계했기 때문이리라.

그것을 깨달은 리샤와 세리스도 암묵적으로 이해하고 동의했다는 거다.

다시 말해 성야제는 룩스와의 거리를 측정하는 전초전.

이 싸움에 막이 내리고, 세계가 평화로워진 직후에 찾아오는 강탄제.

그 날이 올 때까지는 룩스와의 관계에 이 이상 진전이 있어서는 안 되는 거라고.

"……하아, 여러분의 곤란한 마음은 잘 알겠어요. 피르히 씨와 요루카 씨에겐 제가 따로 말해둘게요. 그럼, 당일 오빠의 예정은 제가 관리할 테니까, 각자의 선물이 겹치지 않게끔 나중에 보고해주시겠어요?"

"응, 그래. 여동생인 네가 관리해 주면 고맙겠어."

"아, 알았다고. 일단, 룩스에게 줄 선물은 이미 정해뒀으니까."

"아, 알겠습니다. 그, 내일까지 대강 생각해두지요."

"루우한테, 뭘 줘야 할까."

"저는 잘 모르겠으니, 사양하겠사와요."

크루루시퍼, 리샤, 세리스, 피르히가 차례대로 한마디씩 한 후, 요루카가 티 없는 미소를 지으며 끝을 장식했다.

그렇게 아이리가 소녀들의 희망을 정리하며 이번 회의는 끝마치기로 했다.

"정말이지, 왜 제가 이런 일을 해야 하는 건가요."

왠지 모르게 토라진 듯한 투로 중얼거리며, 아이리는 트라이어드와 헤어졌다.

특히 피르히는 얼마 전 일도 있기 때문에 학원장이자 그녀의 언니인 렐리의 사주를 받아 룩스와 묘한 일이 일어나지 않도록 전해두었다.

머지않아 이렇게 되리라는 건 예상했지만 막상 그때가 오니 기분이 복잡했다.

한편, 요루카에게도 이 건을 이야기해보았지만 별 흥미 없는 것처럼 무시해버렸다.

『관심 없사와요. 주인님께 선물을 드린다니, 어떻게 해야 사람들이 기뻐할지 모르는 제가 제대로 할 수 있을 것 같지도 않고 말이어요—.』

사람의 마음을 모르는 요루카.

아이리도 그 대답을 듣고 납득하긴 했지만, 묘한 부자연스러움도 느꼈다.

예전의 요루카 같았으면 룩스에게 별 필요가 없더라도, 형식적으로나마 선물을 생각해보았을 텐데.

지난번 전투 때는 다른 소녀들과 힘을 합쳐 싸우기도 했으니 어느 정도 서로에 대해 알게 되었다고 생각했지만…….

"뭔가, 좋지 않은 생각을 하는 게 아니었으면 좋겠는데요……."

그렇게 걱정한 찰나, 아이리는 어느새 자신이 그녀를 친구로 의식하기 시작했음을 깨닫고 쓴웃음을 지었다.

룩스에게 타인의 호의를 깨닫지 못하게 했던 과거와 사명이라는 저주 같은 족쇄도, 소녀들과 교류를 하며 조금씩 풀리기 시작했다.

앞으로 3개월 뒤면 이 중대한 싸움에 막이 내리고 룩스가 몰두하던 싸움은 일단락된다.

즉, 그녀들에게는 그때도 승부에 나설 시기라고 할 수 있었다.

†

"성야제라. 신왕국에는 즐거워 보이는 축제가 있어서 좋은 걸."

"구제국 시절에는 귀족들만의 축제였지만 말야. 현재의 신왕국이 된 뒤로, 라피 여왕 폐하께서 신분과 관계없는 것으로 만드셨어."

"좋은 분이시구나, 이 나라의 여왕님은……."

막 저녁 식사를 마친 룩스는 폐관한 도서관에서 학원 사서에게 의뢰받은 책 정리를 하고 있었다.

몸 상태는 아직 완벽하지는 않아서 잡일 의뢰도 재활 수준으로 가벼운 것만 받았지만, 코랄이 도와주겠다고 제안했다.

처음에는 거절할 생각이었으나, 여학생들의 이목이 이 이상 쏠리는 것도 조금 그럴 것 같아서 받아들이기로 했다.

"반하임 공국의 밀미에트 공녀 전하도 충분히 좋은 분이시잖아?"

"그렇지. 나도 그분처럼 행동할 수 있다면— 좋을 텐데."

"……?"

코랄의 말에서 묘한 위화감을 느끼고 룩스는 고개를 갸웃했다.

그는 공녀의 측근이자 먼 친척일 터인데, 뭔가 생각하는 바라도 있는 걸까?

"아무튼 2주 동안 잘 부탁해. 나 같은 게 와서 재미없을지도 모르겠지만."

마지막 책을 정리한 코랄이 미소 짓자 룩스는 즉각 고개를 저었다.

"전에도 말한 적 있나 모르겠는데, 학원 친구들도 물론 좋아하지만 남자인 친구는 하나도 없었거든. 그래서 코랄이 와줘서 기뻐."

"아, 그게…… 고마워, 룩스 군."

코랄이 갑자기 뺨을 살짝 붉게 물들이며 수줍어했다.

늘 자연스러운 웃음을 잃지 않는 코랄 치고는 드문 반응이라, 왠지 모르게 룩스도 가슴이 뛰었다.

'아니, 내가 무슨 생각을! 코랄은 엄연히 남자잖아—.'

아무리 얼굴이 중성적이고 몸매가 가녀리다고 해도 실례라는 건 달라지지 않는다.

그런데, 반하임 공국에서 그가 룩스에게 맨살을 보여줬을 때도 필요 이상으로 부끄러워하던 것 같기도 하고—.

'아니 이런 건 괜히 의식하니까 이상하게 느껴지는 거야. 또래 남자끼리, 당당하게 어울려야지—.'

그렇게 마음을 먹었을 때 도서관 밖에서 노크와 목소리가 들려왔다.

"루크찌 수고 했어—. 오늘은 목욕탕이 벌써 비어 있다고—?"

"아, 응. 고마워 티르파. 금방 갈 테니까—."

문 너머로 대답을 하고 룩스는 천천히 일어났다.

대욕탕은 여학생 전원이 다 들어갔다 나온 다음에야 비로소 룩스가 들어갈 수 있는 기회가 온다.

묘하게 의식을 해서는 안 되기 때문에 룩스는 굳이 단언했다.

"그, 그럼 코랄. 함께 들어갈까?"

"어?! 그, 그건— 조금……. 그게 아니라, 알겠어!"

순간 눈을 크게 뜨고 동요하며, 코랄이 시선을 외면하고 고개를 끄덕인다.

'아니, 어째서 코랄까지 부끄러워하고 있는 건데……?'

룩스는 어딘가 어색한 분위기를 곱씹으며 대욕탕 쪽으로 가려고 했다.

†

"저기 룩스 군. 나 지금, 제대로 남자처럼 보이지?"

탈의실에서 옷을 갈아입는 도중에 왠지는 몰라도 그런 걸 물어보는 코랄에게, 어떻게 반응해야 좋을지 알 수 없었다.

"다, 당연하지. 왜 그래?"

"아니. 아무 것도 아닌, 데……."

그렇게 말하면서도 어째선지 룩스에게서 시선을 돌리며 자기 몸이 드러나지 않게 감추는 것처럼 벗고 있었기 때문에 묘하게 요염했다.

그나저나 이상하다.

코랄은 틀림없이 남자로밖에 보이지 않는데 어째서 색기를 느끼고 마는 걸까?

그런 기묘한 두근거림을 느꼈지만, 욕탕에 발을 담근 순간 그 이상한 느낌은 사라졌다.

"우와아……."

대리석으로 만든 기둥.

연한 오렌지색 램프 불빛으로 밝혀진 대욕탕은 몇 번을 와도 기분 좋다.

코랄도 공녀의 친척이라고는 하지만, 이렇게 큰 곳은 본 적이 없는지 즐거움이 느껴지는 표정을 떠올렸다.

"뭔가, 대단하네. 이런 곳에 들어갈 수 있다니, 부러운걸."

반하임 공국의 학교에서는 탕에 들어가는 습관이 거의 없고 욕조도 좁은 탓에, 코랄은 목욕할 때 꽤 고생하는 모양이었다.

가볍게 몸을 씻고 욕조에 들어가자 행복한 모습으로 팔다리를 쭉 뻗었다.

"응~ 편해라. 여기 학생이 되고 싶을 정도야."

"아하하, 코랄이 와 준다면 환영이야."

겨우 평소의 분위기로 돌아와서 룩스는 내심 안도했다.

자연스럽게 코랄의 가슴 근처에 눈길이 갔지만, 역시 여성다움은 흔적도 보이지 않았다.

'그때는 분명 가슴도 있었던 것 같은데—.'

그가 여장하고 『용비적』을 쫓고 있었을 때, 그때는 몸만이 아니라 머리카락 색까지 분명—.

"아까 들었는데, 성야제때는 여자애가 선물을 주는 거라며? 룩스 군은 잔뜩 받을 것 같은데 말야—."

"아, 그 문제는 아이리가 관리해준대. 아무래도 예상보다 많이들 줄 것 같다더라. 괜한 걱정이라고 생각하지만."

"하아……. 정말이지 룩스 군은, 벌써 1년 가까이 여기서 생활했으면서 여자애의 마음을 모르나 봐?"

어딘지 모르게 어이없어 하는 대답이 돌아와 내심 뜨끔했다.

"난 아이리의 생각에 찬성해. 룩스 군이 없는 동안 그라이퍼와 여길 수비하러 왔을 때, 무척 인기 있었으니까."

"그냥, 신기하게 생각해서 그러는 거 아닐까? 하나 뿐인 남학생이니까. 게다가—."

"룩스 군. 그런 겸손함은 말이야, 그냥 둔감한 거라고 표현하거든?"

코랄은 촤아— 하는 소리를 내며 탕에서 일어나 밝은 녹색 머리카락을 수건으로 묶었다.

그리고 아주 약간 뺨을 부풀리며 지적했다.

"신기하다는 생각만으로 1년 가까이 너를 주목할 리가 없잖아. 너는 구제국의 황족이고 학원에서 유일한 남학생이지만, 모두가 널 제대로 인정하고 있어. 그건 엄청 대단하고 자랑스러워할 만한 거라고 생각해."

"……그러, 려나."

그렇다면 기쁠 것이다.

일찍이 국민들을 학대했던 구제국의 황족.

남존여비 사상을 펼쳐온 『적』이라는 처지를 초월해서 그들에게 인정받고 받아들여진 것이니까.

계속 자신이 바라던 것이 드디어 손에 들어오려 하고 있으니까.

"그런데, 룩스 군은 좋아하는 사람 있어?"

"—어?!"

놀리는 것 같기도, 어쩐지 진지한 것 같기도 한 말투로 코랄이 묻자 룩스는 당황했다.

"가, 갑자기 그건 왜 물어봐?"

"뭐 어때. 같은 남자끼리 이런 이야기도 해보고 싶었다고.

그라이퍼는 순 밀미에트 님밖에 모르니까."

"……갑자기 그런 걸 물어봐도, 그…… 잘 모르겠는데."

"정말? 그녀들이랑 그렇게 사이가 좋으면서……."

뜨거운 물에 몸을 담근 탓인지 코랄이 상기된 얼굴로 물어보았다.

"확실히 다들 무척 잘 대해주기는 하지만, 그건 여러 사정이 있어서 그런 거니까. 어쩌면…… 이라는 생각을 해본 적 정도는 있지만……."

"흐응. 그렇다면 의식은 제대로 하게 됐다는 거구나."

코랄이 몸을 담근 채 어쩐지 순진해 보이는 표정으로 미소 지었다.

룩스는 그 말에 조금 거리를 두고 시선을 돌린 채 민망한 것처럼 대답했다.

"하, 하지만 확실하게 말한 건 아니야. 게다가 난 죄인이고, 해야 하는 일이 있으니까—."

"……확실히, 그럴지도 모르겠네."

살짝 뜸을 들인 후, 코랄은 미묘한 표정으로 중얼거렸다.

"죄인은 빚을 짊어지고 있을 뿐 아니라 결혼의 자유도 없어. 하지만 너는 라피 여왕 폐하나 리즈샤르테 님께 인정받았잖아. 공주의 전속 기사도 되었고, 국가의 위기도 몇 번이나 막아냈어. 너만 바란다면, 그 죄인의 목걸이를 벗는 것도 가능하지 않을까?"

"—응. 아마도, 네 말이 맞을 거야."

똑같이 잠시 뜸을 들인 다음, 룩스도 씁쓸하게 웃으며 대답했다.

"하지만 난 아직 그럴 수 없어. 내가 예전에 이루려고 했지만 이루지 못한 것. 그것에 대해 납득할 수 있는 대답을 얻을 때까지는……."

구제국의 혁명이 후길의 배신으로 인해 참극으로 끝나버린 사건 이야기였다.

룩스가 무언가를 간과한 것일까. 아니면 형이 한 말이 옳았던 것일까.

그 답을 확인할 방법은 없을지도 모른다.

그럼에도— 룩스는 다시 『칠용기성』으로서 신왕국에 깊게 개입하게 되었고, 리샤 일행과 함께 싸우겠다고 결심했다.

그때 그랬던 것처럼, 적이라고 해도 가능한 한 구해내는 방식으로.

하지만 이번에는 자신과 함께 싸워주는 많은 동료들이 있다.

"과거에 일으키고 만 사건이나 잘못에 대한 답 같은 건 없을지도 몰라. 그래도— 이 싸움을 끝내는 데 성공한다면, 내 마음속에서 납득이 가지 않을까 싶어."

반하임 공국의 코랄에게는 『검은 영웅』에 대한 자세한 이야기를 할 수 없다.

그러니까, 현재 내 마음을 진지하게 부딪치자.

룩스는 크게 숨을 들이쉬며 미소 지었다.

"그렇구나. 그 답을…… 찾았으면 좋겠다."

무성의한 말투가 아니라 진심어린 어조로, 코랄은 가슴에 손을 얹고 말했다.

룩스를 이해하고 공감한 사람의 미소가 눈앞에 있었다.

"—그렇다면, 3개월 후의 강탄제까지는 그녀들과의 관계에도 진전이 있을 거라는 말씀이시옵니까? 그 죄인의 목걸이를 반납하고."

"응. 어떻게 될지는 모르겠지만, 가능하다면 나는— 헉?! 네가 왜 여기에 있어?!"

수증기 속에서 들려온 목소리에 대답한 순간 룩스는 소녀의 기척을 감지했다.

그곳에는 희고 요염한 피부를 고이 드러낸 소녀가 있었다.

"아니, 에에에엑?! 어어어, 어째서?!"

저도 모르게 코랄도 뒤로 물러나며 욕탕에 큰 파도를 일으켰다.

두 소녀뿐이던 밤의 대욕탕이 대번에 묘한 열기를 띠었다.

"어머나, 신경 쓰지 마시어요. 주인님을 호위하며 등을 밀어드리러 왔을 뿐이랍니다. 그리고— 제 친구에게서 수영복이라는 의상을 빌려왔사와요."

그렇게 대답하며 티 없이 맑게 미소 지은 요루카는, 확실히 보라색 수영복을 입고 자그마한 짙은 남색 허리띠를 두르고 있었다.

그렇다고 해도 역시 평소에 입고 다니는 기모노나 장의보다 노출도는 높은 편이라, 룩스의 시선이 자연스럽게 집중되었다.

"내 말은 그게 아니라—."

"룩스 군 너, 설마 평소에도 이런 짓을 하는 거야……?"

유백색 목욕물에 어깨까지 몸을 담근 코랄이 드물게도 불만을 드러냈다.

뜨거운 목욕물 때문에 뺨을 붉게 물들이고서, 노려보는 듯한 도끼눈으로 바라본다.

"아, 아니라고! 그, 평소에는 요루카도 여기까지 들어오진 않는데……! 요루카, 학원에서 이상한 짓은 하지 않기로 약속했잖아?!"

룩스는 이례적으로 매섭게 반응하는 코랄에게 변명하며, 자신의 목에 팔을 두르는 요루카를 나무랐다.

그러나 소녀는 여느 때처럼 물러서지 않았고, 오히려 놀랄만한 소리를 했다.

"주인님의 옥체를 지키는 건 종자의 당연한 사명이어요. 특히, 정체를 알 수 없는 녀석이 곁에 있다면 더욱—."

"뭐—?"

요루카의 의미심장한 말과 시선의 표적이 누구인지, 룩스는 퍼뜩 깨달았다.

푸른색과 보라색, 서로 다른 색으로 빛나는 두 눈동자는 명백하게 코랄을 포착하고 있었다.

"그건, 내가 룩스 군에게 무슨 짓을 할 거라는 소리야?"

코랄의 질문에 대답하는 대신 요루카는 자기소개를 했다.

"소개가 늦었군요. 제 이름은 키리히메 요루카. 주인님의 충실한 종자이자 도구— 그저 그뿐인 존재랍니다."

소녀는 그 행동만으로 눈앞의 소년과 친하게 지낼 생각이 없다는 걸 선언했다.

"아, 알고 있어. 제대로 이야기해보는 건 처음이지만, 소문대로구나? 그보다 나도 이런 말 할 처지는 아니지만, 이런 행동은 바람직하지 않다고 생각해."

코랄이 생각났다는 것처럼 고개를 돌리며 온화하게 충고했다.

나도 이런 말 할 처지는 아니지만이라는 말이 마음에 걸렸으나, 룩스로서는 잘 알 수 없었다.

요루카와는 다르게 코랄과 들어오는 건 문제될 것 없는 일인데, 외국에서 온 유학생 주제에— 라는 뜻으로 한 말일까?

그렇게 생각하며 룩스가 고개를 갸웃거리고 있자니—.

"그런가요? 하지만 당신에게 그런 말을 들어야 할 이유는 없사와요."

"아니 나는, 그냥 일반적인 상식을—."

"저는, 사실 의심하고 있답니다."

수증기에 가려져서 서로의 몸이 보이지 않는 상황에서, 요루카는 밝게 웃으며 그렇게 견제했다.

"예전부터 당신은 주인님과 너무 접점이 많았사와요. 그리고 너무나도 적절한 순간에 주변에 나타날 때도 많았지요. 마치 주인님을 감시하고 있는 것처럼—."

그 말을 듣고서 룩스는 내심 깜짝 놀랐다.

코랄 본인이 반하임 공국에서 받은 임무 때문이기는 하지만, 그 점을 감안해도 확실히 접촉한 횟수는 많다.

그리고 『창조주』의 제안으로 하게 된 이번 보좌관 교환은 그 자체가 『칠용기성』 간의, 혹은 국가 간의 견제를 은연중에 품고 있다.

"……우연이야. 그리고 나는, 룩스 군을 속이고 배신할 생각은 없어."

"그렇다면 제가 곁에 있는 것도 문제없겠군요. 저는 주인님의 도구이니까, 그런 부조리한 지적은 받을 이유가 없사와요."

코랄이 조용히 반박했지만 요루카도 미소를 지은 채 물러서지 않았다.

'뭘까, 이 상황은…….'

한없이 독특한 가치관을 가진 신출귀몰한 요루카.

사교성이 있고 온화하며 상식적인 코랄.

거의 극과 극에 가까운 두 사람이, 이렇게 만나서 대립하게 될 줄이야.

그것도 목욕탕에서.

"게다가 저로서는 남자인 당신이 주인님 곁에 있기를 바라지 않사와요. 시간과 기회는 무한하지 않은걸요. 다른 소녀들과 후사를 남길 기회를, 그만큼 잃게 되지요."

"잠깐, 무슨 말을 하는 거야 요루카?!"

다른 소녀들이라는 말을 듣고 순간적으로 『기사단』 멤버가 떠올랐지만, 룩스는 허둥지둥 소리를 질렀다.

그러나 코랄은 개의치 않고 미미하게 뺨을 부풀렸다.

"이런 말은 하고 싶지 않았는데, 룩스 군도 난처하게 생각하고 있을 걸?"

"어라, 주인님. 그렇지 않으시지요?"

놀라서 경황이 없는 사이에 갑자기 두 사람의 타겟이 자신으로 바뀌자 룩스는 당황했다.

"……아니, 왜 내 쪽으로 넘어오는 거야?!"

난감했다.

코랄의 이야기가 정론인 건 맞지만, 요루카는 요루카 나름대로 룩스를 생각해서 하는 행동이니까 마냥 무시하는 것에도 저항감이 느껴졌다.

그런 의미로 틀린 것도 아니니까.

"실례할게요, 오빠. 혹시 요루카 씨 못 봤어요? 조금 전에 수영복 이야기를 하더니 갑자기 밖으로—! 어라…… 문이?"

룩스가 굳어버린 순간, 어느 틈엔가 열려버린 대욕탕 문을 수상하게 생각했는지 아이리가 고개를 갸웃거리며 얼굴을 내밀었다.

그리고 룩스와 요루카, 코랄을 보고 굳어버렸다.

"저, 저기 아이리! 여기에는 깊은 사정이 있는데—."

"나중에 목욕 다 마친 다음에 제 방으로 와주세요. 오빠에게 긴히 할 이야기가 있으니까."

생긋 웃으며 눈가에 그늘을 드리운 아이리가, 만면에 웃음을 가득 띠며 선고했다.

"그, 그래……."

천천히 문이 닫힌 후, 형언할 수 없는 침묵이 그 자리를 지배했다.

"그, 미안해……. 뭔가 여러 가지로……."

"이야기를 하면 알아줄 것이옵니다. 주인님, 어려우시다면 제가 직접 동생 분께—."

"내가 직접 하는 이야기가 아니면 아마도 소용없을 거야. 그보다, 이제 그만 나가도 될까?"

코랄과 요루카에게 대답하며 룩스는 욕조에서 나왔다.

갑자기 주어진 한 달의 휴식기간과 코랄의 전학.

평화로울 거라고 생각했던 일상은 파란과 함께 막을 열었다.

†

"내가 타이밍 좋게 도착했나 보네. 덕분에 룩스 군이 설교를 듣지 않게 됐으니까."

아무도 없는 심야의 식당.

테이블 맞은편 자리에 안경을 쓴 크루루시퍼가 앉아 있다.

눈앞에는 교과서와 종잇조각 몇 개가 펼쳐져 있다.

그리고 홍차가 담긴 컵이 있었다.

오랜만에 갖는 크루루시퍼와의 공부 시간.

욕실에서 요루카와 벌인 사건에 대해서 아이리가 설교를 시작하려는 찰나, 크루루시퍼가 구해주었다.

"정말 살았다니까. 하지만 곤란하게 됐네. 요루카의 행위도

확실히 문제가 있지만, 설마 코랄과 대립하게 되다니…….”

“흥미로운 이야기구나. 룩스 군이 좀처럼 우리에게 넘어오지 않는 건, 여자보다 남자에게 흥미가 있기 때문이니?”

“크루루시퍼 씨, 그만 하라니까?!”

당황하는 룩스를 보며 크루루시퍼는 쿡쿡 웃었다.

때때로 이렇게 놀리는 건 곤란하지만, 그래도 그녀와 보내는 시간은 소중하다.

룩스가 『칠용기성』이 된 후로 학원을 비우게 됐을 때나, 요양하며 빠진 기간 동안의 수업 내용을 요점만 정리해서 룩스가 쉽게 이해할 수 있게 가르쳐주었다.

소홀히 하기 쉬운 학업 쪽을 그녀가 도와주는 건 무척 고마웠다.

“그러고 보니, 내일 아침 일찍 유미르 교국으로 출발한댔지?”

“맞아. 룩스 군이랑 헤어지는 건 아쉽지만, 어쩔 수 없지. 집안이나 유적, 그리고 메르랑 네이 루슈도 마음에 걸리니까.”

2주간 진행되는 『보좌관 교환』은 원래 큰 접점이 없는 나라 간에 해야 하지만, 크루루시퍼는 예외적으로 유미르 교국으로 돌아가며 호위도 붙는다고 한다.

이것은 『열쇠 관리자』인 크루루시퍼가 『용비적』에게 납치당하거나 습격 받는 것을 피하기 위해서라는 모양이다.

“조심해, 크루루시퍼 씨. 당분간 유적을 공략하러 가는 일은 없겠지만, 시기가 시기이니까.”

“응, 룩스 군도 조심해. —그렇게 말하고 싶지만, 넌 아직 긴장이 풀린 것 같진 않구나. 지난번 세계 회의가 끝난 뒤에도 즐거워 보였고."

크루루시퍼는 왠지 의미심장하게 들리는 말을 하며 장난스럽게 웃었다.

그런 그녀를 보며 룩스는 지난번 회의가 끝난 후에 있었던 일을 떠올렸다.

『칠용기성』과 보좌관이 거의 다 해산하고 떠난 방에, 붉은 머리카락과 검은 군복이 특징적인 소녀— 로자 그랑하이드가 남아 있었다.

그녀가 저지른 것으로 알려진 악행과 죄는 대부분이 『악한 왕』 카렌시아의 날조이자 대신 떠맡은 것이었으며, 지금은 대장 마기알카의 감시 하에 계속해서 『칠용기성』으로 활동하게 되었다.

하지만 그것은 어디까지나 비밀일 뿐이다.

헤이부르그의 내부 항쟁 사실이 발각되지 않도록, 로자는 카렌시아가 결석한 그 날도 평소처럼 살벌한 태도로 앉아 있었지만…….

『—감사합니다, 룩스 님. 이런 저를, 도와주셔서…… 기뻤습니다. 저기, 무슨 일이 생긴다면, 부디 제가 은혜를 갚을 수 있게 해주세요.』

다친 팔을 매달아 고정한 채, 부끄러운 듯 시선을 피하며 그렇게 말했다.

그 말을 듣고서, 그 날 자신을 막아준 피르히를 향한 고마움이 다시 솟아올랐다.

하마터면 돌이킬 수 없는 선택을 할 뻔했다고 생각하며…….

『보답을 바라고 한 일이 아니야. 앞으로도 잘 부탁해, 로자.』

미소 지으며 그녀와 악수를 나누고 헤어졌다.

처참한 사건이 많았던 헤이부르그 공화국 사태에서 유일하게 평화로운 결과였지만, 세리스는 곤란한 눈초리로 룩스를 보며 말했다.

『저, 저도 그녀의 사정은 들어서 알고 있습니다만, 룩스는 너무 헤픈 면이 있어요. 그, 커다란 가슴이 좋은 거라면…… 아, 아아아아무 것도 아닙니다!』

그러나 빨갛게 달아올라 이야기를 하던 도중에 뛰쳐나가고 말았다.

그런 회의 후 있었던 일을 크루루시퍼에게 이야기했더니 그녀는 살짝 눈살을 찌푸렸다.

"그건 확실히 성가시네. 로자도 그렇지만, 세리스 선배도—."

"……? 그보다 크루루시퍼 씨 쪽은 어때? 회의에서 뭔가 이상한 점은—."

"나도 딱히 이상한 점은 못 느꼈어. 메르랑 이야기를 좀 했을 뿐인데……. 아참, 오히려 알 수 없는 건 그 아이들일까. 토르키메스 연방의 2인조, 소피스랑 우르크라고 했던가?"

갈색 피부와 붉은 문신이 특징적인『칠용기성』과 그 보좌관.

언니인 소피스는 과묵해서 아무 말도 하지 않는다. 표정이나 고갯짓으로 옳고 그름을 드러내고, 그것을 알아본 동생 우르크가 회의 자리에서 그녀를 대변한다.

때때로 코믹한 그녀들의 언동은 무거운 회의 자리에 어울리지 않았지만.

"하지만 이번에도 별로 수상한 점은 없는 것 같았는데?"

회의를 보는 한 수상한 움직임은 보이지 않았기 때문에 룩스는 그렇게 말했다.

"그렇지— 그 여동생 쪽이 내 말에 대답한 건 웃겼지만."

그 모습은 룩스도 보았다.

회의 종료 직후.

퇴실하기 시작한 사람들 앞에서 크루루시퍼가 룩스에게 「있잖아」라고 말을 건 순간, 등을 돌리고 있던 우르크가 갑자기 그녀를 돌아보았다.

『네. 무슨 일이JYO?』

거리가 몇 ml(메르)나 떨어져 있었기 때문에 룩스와 크루루시퍼는 눈을 동그랗게 떴지만, 소피스가 허둥지둥 그녀의 목덜미를 붙잡고 끌어당겼습니다.

『미안합니DA! 멍하니 있지 마! 라고 소피스는 말하고 있군YO! 저한테!』

울상을 지으며 끌려가는 우르크의 모습은 마지막까지 웃음이 나오게 했다.

"뭐, 그건 단순한 착각이라고 생각하지만. 그래도 앞으로 세 달 동안은 신경을 곤두세우는 게 좋을 거라고 봐. 유적을 공략하지 않아서 긴장이 풀린 지금이야말로 적들이 노리기 쉬운 때일 테니까. 나랑 세리스 선배도 자리를 비우게 됐고."

“응. 긴장을 늦추진 않을 거지만, 어쨌든 리샤 님 일행도 있으니까 괜찮을 거야.”

“……그게 걱정된단 말이지. 개인적인 사정 쪽은.”

“응……?”

마지막 한마디만 목소리가 작았기 때문에 못 알아들은 룩스가 되물었다.

그 순간 똑똑, 식당 문을 노크하는 소리가 나더니 세리스의 목소리가 들려왔다.

“두 사람 다, 잠깐 괜찮을까요? 룩스와 할 이야기가 있는데―.”

아무래도, 오늘 밤은 길어질 것 같았다.

“즐거운 시간은 빨리 흐르는구나. 그럼 내가 없는 동안 이리저리 흘러 다니지 말고 잘 지내. 일단, 나 나름대로 대책은 세워둘 생각이지만.”

“아, 아하하…….”

잘 이해할 수 없는 당부를 듣고서 크루루시퍼와 헤어졌다.

그 후― 룩스의 몸을 걱정한 세리스가 피르히에게 마사지를 배워 와서, 그녀에게 안마를 받으며 평화로운 시간을 보냈다.

†

룩스가 방으로 돌아오니 임시 동거인이 된 코랄이 기다리고 있었다.

여자 기숙사에는 빈방이 없기 때문에 사감은 당연히 룩스의 방에 묵을 것을 권해서 그것을 흔쾌히 받아들였다.

준비된 2층 침대의 아래층에는 룩스가, 위층에 코랄이 누웠다.

요루카가 벌인 소동 때문에 살짝 흥분했던 조금 전과는 다르게 지금은 침착했다.

"아이리네랑 이야기를 좀 해봤어. 그녀— 요루카 씨에 대한 이야기도 듣고 왔지."

요루카가 욕실에 난입한 것을 사과하며 그녀의 기행에 대해 대신 설명해준 모양이다.

"미안해. 이래저래 시끄러운 일을 겪게 해서."

룩스가 쓴웃음을 지으면서 위쪽 침대에 말을 걸었다.

생각해보니 또래 남자애와 이렇게 같은 방에서 자는 건 처음일지도 모른다.

어쩐지 신기한 두근거림이 룩스의 가슴 속에서 솟아났다.

"아냐. 나야말로 자제력을 좀 잃었는걸. 뭐랄까, 여기 생활이 여러모로 무척 신선해서— 즐거워서, 말이지."

어딘지 모르게 멀게 느껴지는 코랄의 대답.

공녀의 먼 친족으로서 지금까지 엄격한 분위기의 자리에 있던 그의 모습이 연상되었다.

"그녀의 방식은 너무 강압적이라고 생각하지만, 조금 부럽네."

"그, 그런가……?"

요루카가 저질러온 행위를 떠올린 룩스가 미심쩍은 목소리로 대꾸하자 코랄의 쓴웃음이 돌아왔다.

“그렇다니까. 적어도 그녀는 자기가 어떤 사람인지를 알고 있어. 어떤 망설임도 없이, 오직 너를 섬기기 위해 살고 있지. 그런 건 좋은 거라고 생각해. 물론, 룩스 군도 그렇지만.”

“……코랄은, 안 그래?”

“진짜 나는, 옛날 기억이 없거든— 3년 쯤 전에 침대에서 눈을 떴을 때, 과거의 기억을 전부 잊어버렸어.”

“…….”

생각지도 못한 고백에 룩스는 말문이 막혔다.

“그 후로 내 앞으로 남겨져 있던 부모님의 수기를 토대로, 최대한 기억을 보완했어. 남은 가족은 누나와 동생. 그리고, 기록되어 있던 사명뿐이지. 지금 이렇게 무사히 생활할 수 있는 것만으로도 만족해야만 하는데, 말이야.”

“…….”

어쩐지 덧없게 들리는 코랄의 고백에 룩스는 대답할 수 없었다.

룩스 자신의 성장과정도 결코 순탄하지는 않았지만, 그래도 지금 이 순간을 싸워나갈 수 있게 도와주는 안식처가 있었다.

자신이 구제국 황족으로서 해야만 하는 일.

그 삶의 방식에 망설인 적은 있어도 길을 잃은 적은 없었다.

“해야 하는 것이나, 반드시 해야만 하는 게 무엇인지는 알고 있어. 하지만 내게는 그것이 올바르다고 믿게 해줄 안식처가 없지. 어리광일지도 모르지만, 그걸 찾을 수 있다면—.”

“……찾을 수 있을 거야, 꼭.”

코랄의 고백 뒤를 잇듯이, 룩스는 그렇게 말해주었다.

생각하고 한 말이 아니라 자연스럽게 입이 움직였다.

"과거의 기억이 떠오르지 않는다 해도, 앞으로 만들어 나가면 돼. 지금까지 보아온 것으로 결정하면 된다고 생각해. 그라이퍼도 생각보다 좋은 사람이고, 게다가— 친구라면, 나도 있잖아."

"……그러네. 고마워."

약간의 수줍음이 섞인 귀여운 목소리가 돌아왔다.

어째서일까. 같은 남자인데도 그런 대응만으로 뭔가가 근질거리는 듯한 느낌이 든다.

"그, 그럼 잘 자. 내일도 잘 부탁해!"

잘 알 수 없는 그 감정을 무마하려는 것처럼 룩스는 서둘러 램프를 껐다.

어둠과 함께 침묵이 찾아왔고, 이윽고 룩스의 입에서는 조용한 숨소리가 나기 시작했다.

요즘 들어 겨울의 추위가 기승을 부리고 있지만 방에 한 명 더 있는 것만으로도 꽤 따뜻해진 것 같았다.

하지만 이때 룩스는 아직 깨닫지 못했다.

문 밖으로 다가온 소리와 조용한 기척이 가져온 것을—.

당분간은 평화로울 거라고 믿었던 오늘 하루가 폭풍의 전조였다는 것을—.

"역시, 그렇구나. 그녀들이 없는 동안에, 내가 어떻게든 해야—."

요루카를 대상으로 한 한마디를 코랄이 중얼거렸다는 것을—.

Episode 2 룩스 호위권

“모두 다 모였어? 준비 됐지? 그럼— 지금부터 루크찌 호위권을 획득하기 위한 대결을 시작하겠습니다~!”

와아아아아아……!

노도 같은 환성의 물결이 안뜰에 모인 여학생들 사이로 퍼져나갔다.

안뜰 중앙에는 곤란한 표정의 룩스가 벤치에 앉아 있었고, 그 앞에는 사회자인 티르파가 서 있었다.

그리고 룩스 앞에는 코랄과 요루카가 마주보고 서 있었다.

크루루시퍼와 세리스는 『보좌관 교환』 임무를 수행하기 위해 아침 일찍 학원을 떠났다.

그 외에는 별 문제없이 시간이 흘러갈 거라고 생각했지만, 아무래도 그녀들은 터무니없는 폭탄을 설치해두고 간 모양이었다.

우선, 아침 일찍 룩스가 잠에서 깨어났더니 요루카가 방 안에서 대기하고 있었다.

그것도— 속옷 차림으로 이불 하나만 덮고서.

역시 코랄을 신용할 수 없어서 저지른 행동인 것 같았지만,

잠에서 깨어나 그 광경을 본 코랄이 다시 굳어버린 건 말해봐야 입만 아프리라.

그 와중에 티르파까지 와버렸으니 사태는 수습할 수 없는 지경까지 발전하고 말았다.

도저히 그냥 넘어갈 수 없었던 코랄은 룩스에게 어떤 제안을 했다.

『일단, 나는 크루루시퍼 씨에게 부탁받았거든. 룩스 군을 잘 지켜봐달라고. 이래서야 무슨 낯으로 그녀를 보겠어?』

크루루시퍼가 세워둔 대책이란 이걸 가리키는 모양이다.

한편, 요루카도 세리스에게서 룩스를 지켜달라고 부탁받았는지 룩스의 시종으로서 이 경호 임무는 양보할 수 없다고 선언했다.

그리하여 이야기는 완벽한 평행선을 유지한 채 렐리의 귀에까지 들어갔지만, 분명 그것이 문제였을 것이다.

『그렇구나. 그럼— 둘이 대결을 해서 정해보는 건 어때? 요양 중인 룩스 군도 심판 정도는 할 수 있을 테니까—.』

그 사명을 트라이어드가 받아서 방과 후에 이렇게 실현시키고 말았다.

"룩스 군의 몸은 내가 지켜줄 테니까 괜찮아. 이 대결에서 내가 이기면, 앞으로 시간과 거리를 잘 고려하면서 행동해 줘. 알았지?"

"알겠사와요. 당신이 진다면, 약속대로 주인님 곁을 떠나주시길."

눈앞에 있는 코랄과 요루카는 마주 보고 대치하며 이번 대결의 보수를 확인했다.

그 광경을 본 직후에 아이리가 작게 탄식했다.

"미안해, 아이리. 이런 일에 말려들게 해서."

엄밀히 말하자면 사태를 수습하는 역할을 맡은 건 트라이어드였지만, 녹트의 연출로 아이리가 이번 대결의 심판 및 진행을 맡게 되었다.

"그렇게 생각한다면 좀 더 제대로 처신하세요. 정말이지, 옛날부터 이런 일에는 틈이 많았잖아요."

"으으……."

옆에 앉은 아이리가 지적하자 룩스는 의기소침해졌다.

하지만 이번만큼은 룩스의 어중간한 태도가 일으킨 문제가 아니었다.

크루루시퍼와 세리스가 우연찮게도 서로 다른 인물들에게 룩스의 안전을 부탁한 것이 일으킨 사태라고 할 수 있으리라.

"그럼, 슬슬 2주 동안 룩스 군을 호위할 권리를 건 대결을 시작해볼까? 두 사람 다 준비됐어?"

"저는 언제든."

"시작해도 괜찮사와요."

트라이어드의 리더 격인 샤리스가 묻자 당사자 두 사람은 고개를 끄덕였다.

이번에 룩스와 아이리는 심판을 맡았다. 그리고—.

"Yes. 그럼 이번 대결 종목은, 우선 이 분께서 정하시겠습니다.”
녹트가 데려온 사람은 신왕국의 공주, 리샤였다.
“—아니, 잠깐만! 이 대결은 뭐냐?! 처음 듣는 이야기다만!”
그러나 리샤는 나타나기가 무섭게 소리를 지르며 견제했다.
“에이, 리샤 님. 눈치 없이 왜 그러세요~. 그 뭐야, 이런 건 적당히 맞장구를 쳐야—.”
“아니 그보다, 이래서야 누가 이기든 룩스를 빼앗겨버리잖느냐?! 모처럼 그 크루루시퍼와 세리스가 없는 동안, 룩스랑 이렇게 저렇게…… 함께 보낼 수 있겠다고 생각했더니!”
모종의 계획을 세워뒀는지 그런 소리를 하면서 고뇌하는 리샤를 보며 참가자 두 사람이 말을 건넸다.
“안심하시길. 저도 그저 곁에 있기만 할 뿐, 주인님과 함께 보내는 건 자유랍니다.”
“저도 업무상 룩스 군 곁에 있을 뿐이니까, 방해하진 않을 거예요.”
“그러니까 그게 안 된단 말이다!”
“……?”
부드럽게 대응하는 요루카와 코랄 앞에서 리샤는 머리를 싸쥐며 신음했다.
그 모습을 보고 고개를 갸웃거리는 룩스 옆에서 아이리는 한숨을 푹 내쉬었다.
“다들 골치 아픈 분이시네요. 리샤 님, 어서 종목을 정해주세요.”

"알았다고! 아— 진짜, 그렇다면 역시—."

"저기, 장갑기룡에 대한 자잘한 문제 같은 걸 낼 생각 마세요—. 아무도 대답 못 하니까."

"다, 당연하지. 내가 온종일 장갑기룡만 생각하는 줄 안다면 큰 착각이라고!"

"……."

팔짱을 끼며 반박하는 리샤의 말을 듣고서 주위 사람들을 뭐라고 표현하기 힘든 표정을 지었다.

그러나 곧바로 생각났는지 리샤는 고개를 힘차게 들어 올렸다.

"좋아, 그럼 잘 들어라! 내가 지정할 종목은— 변장 대결이다!"

"네……?"

룩스가 고개를 갸웃하자 리샤가 가슴을 활짝 펴며 말했다.

"모르겠느냐? 자고로 호위란 어떤 상황에서든 호위 대상 곁에 있어야만 하지 않느냐. 호위 대상과 어울리는 자연스러운 옷차림이 가능한가, 그건 중요한 요소가 아니더냐?"

그것은 리샤가 신왕국의 공주 입장에서 꺼낸 말이었다.

공무나 사적인 일에서도 호위가 없어서는 안 되는 지위의 몸이기에 떠오른 발상이었다.

"리샤 님치고는 생각보다 제대로 된 거네요. 그럼 코랄 씨와 요루카 씨. 휴일에 오빠 곁에 있기 어울리는 옷차림으로 갈아입어주세요."

잠시 생각한 후, 진행을 맡은 아이리가 지시를 내렸다.

트라이어드를 비롯한 여학생들이 의상을 모으러 분주히 움직였고, 준비된 1인용 천막 속에서 두 사람이 옷을 갈아입었다.

“두 사람 다 준비는 OK? 그럼, 1회전 변장 대결 참가자들의 모습을— 공개합니다!”

티르파의 선언과 동시에 옷을 갈아입은 두 사람이 모습을 드러냈다.

한쪽은 예쁜 순백색 원피스로 몸을 감싼 코랄.

한편 요루카는 검은색이 기본이지만 하얀 레이스나 리본으로 장식된, 아가씨들이 입을 법한 드레스를 입고 있었다.

그 고운 자태를 보고서 소녀들이 꺄아아아! 하고 환호성을 질렀다.

요루카는 자연스럽게 미소 짓고 있었지만 코랄은 다소 부끄러운 듯 곤혹스러워했다.

“으, 왜 난 당연하다는 듯 여자애 차림을 하게 된 거야?”

수치심에 뺨을 붉히고 있지만, 평소에 세 갈래로 땋고 다니는 머리카락 덕분인지 위화감은 전혀 없었다.

오히려 그의 분위기와 맞물려서 귀여웠으며, 길게 뻗은 날씬한 다리에 무심코 시선을 빼앗겼다.

“흐음. 이거 새로운 인재가 나타난 것 같군. 언젠가 꼭 룩스 군과 세트로 여장을 시켜봐야겠어—.”

“응응. 여러모로 재미있어지는걸.”

아니나 다를까 그 옷차림을 추천한 건 트라이어드였는지 좋지 않은 일을 꾸미고 있었다.

"저기, 코랄은 어쩌다 여장을 하게 된 거죠?"

룩스가 복잡한 표정으로 지적하자 샤리스는 자신감 가득한 미소를 지으며 대답했다.

"호위를 쓰는 목적에는 위협이나 견제도 있지만, 예쁘장한 남자애인 코랄 경에게는 그런 효과를 그다지 기대할 수 없을 것 같잖아? 그렇다면 아예 곁에 있는 게 연약하고 평범한 여자애인 것처럼 위장하는 거야. 하지만 실제로는 남자 기룡사(드래곤 나이트)니까, 호위 임무를 문제없이 해낼 수 있는 거지."

"……."

"……그, 그게 진짜인가요?"

룩스는 형언하기 어려운 표정을 지었지만 순진한 코랄은 진지하게 받아들였다.

아이리가 보내는 무언의 시선을 깨달은 룩스는 어찌어찌 파악하고서 입을 열었다.

"자, 잘 어울려, 코랄. 그게, 귀여운걸."

"그, 그래……?! 그럼, 조금 창피하긴 하지만, 괜찮으려나?"

당황하는 코랄을 격려하며 어떻게든 분위기를 수습했다.

한편, 요루카도 살짝 앞으로 나서며 룩스를 향해 예를 표했다.

"주인님, 제 옷차림은 어떠시온지요?"

"아, 요루카도 보기 드문 옷차림이지만, 그— 정말 예뻐."

이것도 사탕발림이 아닌 본심이었다.

푸른색과 보라색으로 빛나는 비대칭 눈동자와 백자 같은

피부, 윤기 있는 검은색 머리카락.

그리고 그녀 자신이 자아내는 요염한 분위기와 신비로운 느낌의 검은색 드레스가 잘 어울렸다.

남자라면 위험하다는 걸 알면서도 손을 뻗을 수밖에 없는, 저항하기 힘든 매력이 있었다.

"자, 그럼 어느 쪽이 루크찌의 호위에 어울리는 옷차림일까요?"

사회를 맡은 티르파가 심판인 룩스와 아이리를 재촉했다.

룩스는 숙고한 끝에 모두의 앞에서 자신의 선택을 공개했다.

"그게, 내 생각엔 코랄……이려나? 확실히 호위라는 걸 알아차리기 힘든 복장이고, 그리 튀는 것 같지도 않으니까—."

"정말? 내가 그렇게 잘 어울려……?"

수치심에 뺨이 달아오르긴 했지만 코랄이 무조건 싫지만은 않아 보이는 표정으로 중얼거렸다.

그 모습이 생각보다 귀여워서 묘한 기분이 들뻔했지만 룩스는 자제심을 발휘했다.

그리고 리샤를 포함한 관객들도 룩스의 의견에 납득한 분위기였지만…….

"그럼, 저는 요루카 씨를 추천하겠어요."

그 직후, 아이리는 반대로 요루카에게 한 표를 던졌다.

"어라~. 아이리한테 우정이 싹튼 걸까? 아니면 루크찌를 향한 질투 탓?"

"둘 다 아니에요!"

일단 장난스러운 티르파의 발언을 반박한 후.

"오빠는 겉모습만 보는군요. 요루카 씨와 코랄 씨 사이에는 결정적인 차이가 있어요. 그건—."

"요루카의 중심이, 뭔가 이상해. 무기를 갖고 있을, 지도."

지금까지 러스크를 먹으며 조용히 관망하던 피르히가 불쑥 입을 열었다.

그 말을 들은 리샤가 헛, 하고 숨을 삼켰다.

"설마, 그 옷 속에 기공각검을—?!"

"네, 그 말대로여요."

요루카가 고개를 끄덕이며 스커트 안쪽에서 꺼낸 건, 신장기룡 《야토노카미》의 기공각검이었다.

아무래도 저 펑퍼짐한 검은색 롱스커트는 위장 역할도 하는 모양이다.

어떤 의미로는 요루카다운 선택이다.

"주인님의 옥체를 지키기 위해서, 기공각검 한 자루는 최소한이자 빼놓을 수 없는 장비랍니다. 보기 좋은 겉모습에만 주목해서는 아니 되지요."

"으음……."

코랄이 볼을 조금 부풀리며 살짝 아쉬워했다.

하지만 룩스가 뒤늦게 판정을 뒤집는 일은 없었기 때문에 1대 1로 비기게 되었지만, 이 종목의 발안자인 리샤가 요루카에게 한 표를 던져서 요루카가 1승을 거두게 되었다.

룩스에게도 뜻밖이었던 그 승리에 주위의 관객들이 술렁거렸다.

"그녀도 생각보다 제법이네. 평소에는 가까이하기 어려운 느낌인데, 흥미로운걸."

"에이— 나는 코랄 군 쪽이 훨씬 좋은데. 룩스 군 곁에 있어도 용서할 수 있고, 이것저것 해볼 수 있을 테니까—."

"……."

기분 탓인지 그런 수상한 소리도 들렸지만, 깊이 생각하지 않기로 했다.

"그럼~ 2회전으로 넘어갑시다~! 이번에는 장소를 옮길 거예요~!"

"다들 일렬로 서주게. 학원장님의 허가는 받아뒀어."

"Yes. 다음 회장 준비는 이미 끝내두었습니다."

계속해서 트라이어드인 샤리스, 티르파, 녹트가 한마디씩 마친 후에 다음 전장으로 이동했다.

"저기, 다들 어째 일처리 솜씨가 너무 좋은 거 아냐……?"

"다들 오빠랑 노는 게 즐거운 거 아닐까요? 한동안 학원에 없었으니까요."

숨은 뜻이 느껴지는 아이리의 장난스러운 미소를 보며 룩스는 쓴웃음을 지을 수밖에 없었다.

"—그럼, 2회전을 시작하겠습니다. 자 피르히, 종목을 정해줘—!"

장소는 바뀌어서, 실내 연습장.

그 이름대로 장갑기룡을 사용하지 않는 백병전 훈련용 시설로, 넓은 판자 바닥 위에 붉은 카펫을 깔아둔 공간이었다.

대결 종목을 선정하게 된 피르히가 제안한 것은—.

"그러니까, 과자 만들기 대결……이었나? 루우, 과자 좋아하니까."

멍한 표정과 말투로 피르히가 중얼거리자 리샤가 허둥지둥 끼어들었다.

"아니, 그게 아니지 천연 아가씨! 네가 말한 건 호신술이었잖아?!"

"그랬, 나?"

리샤의 태클을 듣고서 피르히는 고개를 갸웃했다.

잠시 우물우물 도넛을 먹은 후에 탁, 손을 때렸다.

"그랬, 지. 루우를 지키려면, 힘이 필요하니까."

간신히 떠올린 듯한 피르히의 주장을 요약하자면, 호위 능력을 파악하기 위해 맨손 기술을 측정하는 것이 목적이라는 이야기였다.

"그러니까~ 두 사람의 상대는 루크찌가 맡아줘~."

"에엑?! 내가 해야 해?!"

룩스는 교복으로 갈아입은 요루카와 코랄 앞에서 티르파의 말을 듣고 당황했다.

"어쩔 수 없잖아. 아 두 사람을 직접 싸우게 할 수도 없는 노릇인걸."

"그야 뭐, 그렇기는 한데……."

"달려드는 룩스 군을 반대로 쓰러뜨린다면 승리다. 무기를 쓰지 않고 다치게 하지 않는 것 말고 세세한 규칙은 없어."

"Yes. 그럼 이번에는 요루카 씨부터 시작해주십시오. 시간을 재겠습니다."

챙— 하고 시작을 알리는 작은 종소리에 재촉받은 것처럼 룩스는 움직였다.

'검을 쓰지 않는 요루카의 실력은 잘 모르지만, 일단 다치지 않게 조심해야—.'

일단 그렇게 조심하면서 룩스는 요루카와의 거리를 좁혔다.

하지만 어떤 의미로는 예상대로 틈이 없었다.

요루카의 마성의 눈동자는 룩스의 의식의 흐름을 읽어내기 때문에, 섣불리 공격에 나서는 순간 당해버릴지도 모른다.

'그렇다면—.'

방어 태세로 전환한 순간, 룩스의 눈앞에서 요루카의 모습이 사라졌다.

"—엇?!"

갑자기 부드러운 무언가가 룩스의 가슴을 눌렀다.

어쩐지 피 냄새가 섞인 것 같은 달콤한 향기.

동시에 가슴의 고동과 따스한 온기가 직접 전달되었고, 동요한 탓에 머릿속이 새하얗게 변했다.

깨달은 순간에는 천장을 올려다보며 쓰러져 있었다.

마치 입이라도 맞출 수 있을 듯한 거리에서 소녀는 요염하게 웃고 있었다.

"꺄아아앗!"

또다시 여학생 관객들이 새된 환호성을 지르고 연습장의 분위기가 후끈 달아올랐다.

"너 지금 뭘 하는 거냐! 냉큼 룩스한테서 떨어져!"

"알겠사와요."

허겁지겁 달려온 리샤가 요루카를 잡아당겨서 떼어놓자 룩스는 아이리가 뻗은 손을 잡고 일어섰다.

"깔끔하게 당해버렸네요. 역시 오빠는 여자한테 약하군요."

"……."

아이리의 지적에 반박할 말이 없었다.

심지어 요루카는 아무렇지도 않게 절기를 보여주었다.

룩스가 자기 쪽에서 공격하는 건 어렵겠다고 생각하며 방어 태세로 전환한 순간을 노려서 달려들었다.

그리고 몸이 밀착돼서 동요하고 무방비해진 찰나를 노려 다리를 걸었다.

물 흐르는 듯한 일련의 동작에 룩스는 자기도 모르게 숨을 삼키고 말았다.

"놀랍습니다! 간단하게 루크찌를 사로잡은 요루카 선수. 여자에게 약한 그의 본질을 파악해서 고도의 기술을 사용한 모양입니다! 상대를 제압할 때까지 걸린 시간은 겨우 5초. 이걸로 승패가 결정된 걸까요―?!"

잔뜩 흥분한 티르파가 소리를 지르는 한편에서.

코랄은 그저 멍하니 요루카의 싸움을 지켜보고 있었다.

"대단하네. 다시 봤어, 요루카 씨."

"어머? 겨우 이 정도로요?"

퍼뜩 제정신으로 돌아온 코랄이 나지막하게 말하자 요루카는 요염한 미소를 돌려주었다.

그러나 한없이 맑은 미소의 도발을, 코랄도 부드럽게 되받아쳤다.

"응. 나는 충분히 대단하고 생각해. 하지만 지지 않을 거야."

미소년의 시원스러운 미소를 보고 학원 여학생들이 환호성을 질렀다.

"그럼~ 계속해서 코랄 대 루크찌의 대결입니다—! 위치에 서줘—."

티르파의 진행을 따라 룩스와 코랄은 거리를 두었다.

어느 쪽이 이길까. 주위에서는 돈은 걸지 않은 내기가 시작되었다. 다들 이래도 괜찮은 걸까……?

룩스가 학원의 미래에 일말의 불안을 품고 있는데—.

"있잖아, 룩스 군은 신기루가 뭔지 알고 있어?"

"신기루?"

코랄이 갑자기 꺼낸 이야기를 듣고 룩스는 고개를 갸웃했다.

"뜨거워진 대기가 원인이 돼서 생기는 빛의 굴절현상이에요, 오빠. 요컨대 시각과 뇌가 보여주는 환상이죠. 신왕국에서는 거의 볼 수 없지만요—."

아는 것이 많은 아이리가 뒤에서 보충 설명을 해주었다.

하지만 그 이야기를 왜 꺼내는 걸까.

"자, 잡담은 거기까지다. 슬슬 시작하라고."

"Yes. 시합 개시입니다."

샤리스의 말을 녹트가 이어받은 후, 챙— 작은 종소리가 울렸다.

그 직후, 몇 메르 거리를 두고서 마주보고 있던 코랄의 왼쪽 눈이 한순간 녹색 빛을 띠었다.

"——?!"

룩스는 당황했지만, 조금 전 요루카 때를 생각하며 방심하지 않았다.

하지만 뒤에 무언가가 닿은 감촉이 느껴지는 동시에 코랄의 모습이 사라졌다.

"어라?"

"자. 잡았다."

귓가에서 속삭이는 소리가 들리는 동시에, 생각보다 부드러운 몸의 감촉이 느껴졌다.

정신이 들었을 때, 룩스는 등 뒤에서 꼼짝 못하게 안긴 채 뒤로 쓰러져 있었다.

"어이쿠, 이것도 빠르군요~! 눈 깜빡할 사이에 루크찌를 안은 채 쓰러뜨렸습니다아아아!"

티르파가 기뻐하며 소리를 지르고 주위 여학생들이 환호성을 터뜨렸다.

"흐음. 집어던진 손수건을 보고 룩스의 주의가 분산된 순간을 노려서 순식간에 뒤를 잡을 줄이야—."

"어……?"

멀리서 지켜보고 있던 리샤의 말에 룩스는 당황했다.

확실히 연습장 카펫 위에는 새하얀 손수건이 떨어져 있었다.

하지만 애초에 룩스는 그걸 던진 순간을 보지 못했다.

"저기, 룩스 군. 괜찮아?"

"……아, 응, 멀쩡해. 그보다 코랄은, 생각보다 몸이 부드럽구나."

"그, 그런가……?"

어째서인지 볼을 붉히는 그를 보며 룩스도 이상한 기분이 들었다.

어떻게 된 것인지는 잘 알 수 없었지만 의아하게 생각하는 건 룩스뿐인 듯했다.

"시간은 똑같이 5초입니다. 피르히, 이건 무승부일까?"

이번에는 룩스와 아이리의 판정이 필요 없는 까닭에, 티르파가 종목을 제시한 피르히에게 의견을 물었다.

"아니야. 코랄의 승리."

피르히가 진지한 표정으로 담담하게 중얼거렸다.

"에엣?! 하지만 시간은 같은데—."

"루우의 몸, 제대로 감쌌으니까."

"어……?! 그런가, 그런 거였군."

피르히의 대답을 듣고서 리샤는 저도 모르게 고개를 끄덕였고, 아이리도 앗 하고 숨을 삼켰다.

한 박자 늦게 룩스도 깨달았다.

물론 요루카도 최소한으로 힘을 조절하긴 했지만, 코랄은 자기 몸을 아래쪽에 둔 채 룩스를 쓰러뜨려서 충격을 최대한 완화했다.

아직 완전히 회복되지 않은 룩스의 몸을 좀 더 배려해준 것이리라.

"아무래도, 같은 5초라도 차이가 있었던 모양이로군."

"Yes. 단순한 실력만이 아니라, 배려심이 있다는 점은 높이 평가할만하다고 봅니다."

"불만 없음! 2회전은 코랄의 승리입니다—!"

트라이어드의 판정을 듣고서 그를 응원하던 학생들이 환성을 질렀다.

코랄이 가볍게 손을 흔들어서 호응하자 요루카도 요염하게 미소 지었다.

"제법이군요. 게다가 방금 그 움직임— 당신, 평범한 사람이 아니지요?"

"글쎄? 자, 승부는 지금부터야."

비교적 뜨겁게 타오르는 것처럼 보이지만, 실제로는 사소한 충돌에 지나지 않는다.

하지만 그 뒤에도 트라이어드가 제시한 룩스 찾기 게임과 렐리가 정한 퀴즈 대결을 거쳐 2승 2패 되었다.

그리고 최종결전의 무대는 마침내 본격적인 싸움의 양상을 보이게 되었다.

겨울이라서 해가 지는 게 빨랐다.

석양이 드리운 연습장에서, 드디어 두 사람은 모의전을 치르게 되었다.

"자, 드디어 최종전입니다. 역시 루크찌의 호위는 강한 기룡사가 맡아야 하겠죠—."

장벽 담당 중 한 명으로서 《와이엄》을 장착한 티르파가 확성 기능을 사용해서 쩌렁쩌렁 울리도록 말했다.

이미 원형 필드에는 장의를 입은 요루카와 코랄이 대치하고 있었다.

"이 학원의 사람들은 정말로 한가한가 보네요……."

어이가 없어서 한숨을 쉬는 아이리에게 동의하며 룩스도 턱을 가볍게 긁었다.

"일단 아직은, 방심할 수 없는 상황일 텐데 말이지……."

다음 유적 공략을 시작할 때까지 주어진 한 달의 대기 기간은 세계 붕괴의 위기를 모르는 학생들과는 관계가 없지만, 역시 전체적으로 긴장감이 사라졌다는 게 학생들에게도 전달된 것 같았다.

드디어 장갑기룡을 사용하는 모의전을 치르게 되었지만, 당연히 여흥이기 때문에 강력한 무장은 사용할 수 없다.

허가해준 렐리의 이야기에 의하면, 반하임 공국의 특급 계층(엑스 클래스) 실력자인 코랄과 신왕국 내에서도 손꼽히는 실력을 보유한 요루카의 대결을 가까이에서 볼 수 있다는 명목도 있는 모양이지만—.

'그냥 축제를 좋아해서 그런 거겠지, 분명…….'

룩스가 복잡한 표정으로 지켜보는 가운데 두 사람은 신속하게 장갑기룡을 장착했다.

물론 여흥으로 하는 모의전이므로 요루카는 신장기룡이 아니라 범용기룡인 《드레이크》를, 코랄도 《엑스 와이번》이 아니라 평범한 《와이번》을 장착했다.

무장은 각자 기룡식총(브레스 건), 기룡아검(블레이드), 기룡조인(대거), 용미강선(와이어 테일), 기룡식포(캐논)로 다섯 개.

기본 성능은 비행 능력을 보유한 《와이번》이 우세하기 때문에 코랄이 유리할 테지만…….

"룩스 군. 뭐든 좋으니까 조언해줄 거 없어?"

《와이번》을 장착한 코랄이 물어보았지만 대답하기가 곤란했다.

솔직히 상황이 이렇게 된 시점에서 요루카의 승리라고 생각했기 때문이다.

코랄의 실력을 낮게 평가하는 건 아니지만, 요루카의 대(對)기룡사 실력은 몹시 뛰어나다.

아무리 이번에 《야토노카미》를 사용할 수 없다 해도, 룩스처럼 기룡 조작 3대 오의와 의식의 간극을 파고드는 비검—각격을 사용하는 시점에서 그녀가 압도적 우위에 있다는 점은 흔들리지 않는다.

게다가 대처할 방법도 떠오르지 않았다.

“그러니까— 무모한 행동만 하지 마. 요루카는 강하니까.”
“신뢰하고 있구나. 샘나는 걸…….”
그러나 불쾌함은 조금도 느껴지지 않는 표정으로 미소 지은 코랄은 조용히 조종간을 꽉 쥐었다.
“하지만 나도 그런대로 노력은 하고 있어. 그러니까, 조금은 다시 보게 해줄게.”
그리고 그답게 소극적인 선언을 하고서 앞으로 나아갔다.
“그럼— 최종전. 모의전·개시!”
룩스 일행이 관전석에서 지켜보는 가운데, 마침내 전투가 시작되었다.
“이번 대결은 포인트 제도래요. 뭐, 다치기라도 하면 곤란하니까요.”
룩스 옆에 있는 아이리가 보충해주었다.
토너먼트에서도 사용하는 규칙 중 하나로써, 상대의 행동 정지보다도 클린 히트한 횟수를 중심으로 점수를 매겨 승패를 정하는 방식이다.
어디까지나 명중만 하면 되므로 장갑기룡의 파손이나 기룡사의 부상을 억제할 수 있으며, 초심자도 승급자도 하기 쉬운 방식이다.
참고로 비행형인 《와이번》이 참전할 경우에는 공중으로 계속 도망치면 상대할 방법이 없기 때문에, 일정 고도에서 연속적으로 체공할 수 있는 시간은 10초로 제한되어 있다.
정석을 따른다면 《와이번》을 조종하는 코랄은 개전과 동시에 거리를 두고 상황을 살펴야 하지만— 갑자기 앞을 향해 전속력으로 돌진했다.

『우와! 보기와는 다르게 대담하네!』

장벽을 펼친 티르파가 확성기로 감탄했지만 샤리스는 침착하게 보충 설명을 해주었다.

"아니, 나쁘지 않은 판단이다. 개시 직후의 근거리 상황에서는 상대편 《드레이크》가 도약으로 전진하면 따라잡히고 말아. 즉—."

"Yes. 요루카 씨가 후퇴를 예측하고 쫓아올 거라고 판단했다면, 반대로 돌격할 법도 하겠죠."

직접 맞부딪치는 상황이라면 기동력이 뛰어나고 적의 머리 위를 포착할 수 있는 《와이번》이 우세하다.

따라서 코랄은 정면승부에 나서보는 것도 문제없을 거라고 판단했겠지만— 그 눈앞에서 요루카의 모습이 사라졌다.

관전석의 룩스 일행이 목격한 요루카의 위치는 돌격한 코랄의 오른쪽— 오른손잡이인 코랄이 휘두른 블레이드와 장갑팔에 가려져서 보이지 않는 완벽한 사각지대에 있었다.

"가로 도약(사이드 스텝)?! 이 상황조차 예측한 건가요?!"

아이리가 깜짝 놀라 소리치는 와중에 룩스도 신음을 흘렸다.

그녀는 단순히 코랄의 첫 동작을 읽어내기만 한 것이 아니라, 반대로 필살의 일격을 안겨줄 수 있는 위치로 이동했다.

그것도— 특장형 기룡인 《드레이크》의 광학 위장 기능까지 구사해서.

공세에 나서면 위장 능력은 현격히 저하되지만 그때쯤이면 요루카의 참격이 닿을 것이다.

따라서 아무런 문제도 없다.

"……큭?!"

한 박자 늦게 요루카의 전술을 알아차린 코랄이 오른쪽으로 돌았다.

그 찰나 《드레이크》에서 뻗어 나온 초고속 참격은 이미 그 손목을 포착한 뒤였다.

"—신속제어(퀵 드로우), 랍니다."

명중한 직후, 모습을 드러낸 요루카가 당당하게 웃는다.

《와이번》의 오른쪽 손목을 가격당한 코랄은 충격을 이기지 못하고 블레이드를 놓쳤다.

『상대방의 무기를 떨어뜨리는 데 성공한 요루카 선수, 2포인트를 획득했습니다! 자, 이제 2대 0인데요. 과연 코랄 선수는—!』

"아니, 그렇지 않아."

하지만 블레이드를 놓쳤는데도 불구하고 코랄은 여전히 여유로웠다.

"……네, 2대 2로 동점이네요."

반면에 요루카는 《드레이크》의 도약 기능을 구사해서 후방으로 한참 물러났다.

그 장갑 팔에는 쥐고 있던 블레이드가 사라져 있었다.

"어떻게 된 거죠? 왜 요루카 씨의 블레이드가 사라졌—."

"아니야, 아이리. 코랄이 빼앗은 거야!"

자기도 모르게 눈을 동그랗게 뜬 아이리에게 룩스가 설명해주었다.

동시에 옆에서 관전 중이던 리샤도 감탄을 흘렸다.

"요루카의 전술을 예측하고 있었나?! 아니, 선공은 빼앗겼지만 반사적으로 움직인 건가."

코랄의 《와이번》 왼손에는 어느새 와이어 테일이 쥐여 있었다.

룩스는 그것을 보고 수수께끼를 푼 것이다.

"보기와는 다르게 여우같군요. 블레이드가 주무장인 것처럼 속였으면서, 사실은 와이어 테일을 주축으로 삼는 채찍 전문가였다니."

"사람이 나쁜 건 너도 마찬가지 아니야? 나도 당했구나 싶었는데."

거리를 두고 대치하던 코랄과 요루카가 가볍게 대화를 나누었다.

그 내용을 통해 코랄이 오른쪽 장갑 팔에 타격을 받은 직후, 와이어 테일을 《드레이크》의 블레이드에 감아서 빼앗았다는 것을 확인할 수 있었다.

처음에는 블레이드를 쥐고 있었을 뿐이지만, 시합 개시와 동시에 날아오른 순간 와이어 테일을 왼손으로 쥐었다.

요컨대 코랄은 블레이드를 이용한 첫 공격이 막힌 순간, 그걸 페인트삼아 요루카의 블레이드를 감아서 빼앗겠다고 계산한 것이리라.

요루카의 기습으로 인해 그 계산은 실패로 끝났지만, 반사적으로 채찍을 휘둘러 커버했다.

순간적으로 그렇게까지 정밀한 공격을 펼치는 모습을 보면 그것을 중심으로 삼는 전투 방식을 습득한 게 틀림없다.

룩스가 간략하게 해설해주었지만 아이리는 고개를 갸우뚱했다.

"하지만 매우 드문 거 아니에요? 저도 장갑기룡 모의전은 수백 번 이상 관전했지만, 굳이 구분하자면 보조계열 무기인 와이어 테일을 중심으로 싸우는 기룡사는 본 적이 없는데요—."

"나도 없어. 그보다 군사학교에서는 어디까지나 부무장으로만 사용해. 애초에 에너지를 주입해도 별 의미가 없으니까."

"—저렇게 말씀하고 계시는데, **그것**에는 비밀이 있는 건가요?"

충분히 거리를 둔 상태에서 요루카가 서서히 거리를 좁히기 시작했다.

블레이드를 잃은 손에는 두 자루의 대거를 쥐고 있었다.

이번 규칙에서 지면에 떨어진 무기는 『파괴된 것』으로 간주되므로 주워서는 안 된다.

요루카는 순수한 검사이므로 남아 있는 몇 자루의 대거를 사용할 생각이리라.

"애초에 채찍은 환신수(어비스)를 상대하는 전투에는 적합하지 않은 무기이고, 다수를 상대하기에도 불리하지요. 게다가 살상력도 낮아서 장갑과 장벽을 구사하는 기룡사를 상대로는 통하지 않는답니다."

거기다 채찍에는 동료를 말려들게 할 위험이 있다.

설령 코랄이 와이어 테일의 명수라고 해도, 블레이드의 달인인 요루카에게는 압도적으로 불리할 것이다.

"그럴지도 몰라. 하지만 내 기습은 이렇게 성공했잖아? 너야말로 에너지도 주입할 수 없는 대거만으로는 내 장벽을 뚫을 수 없을 텐데. 승패가 결정된 거 아닐까?"

요루카의 완곡한 도발을 코랄도 부드럽게 되받아쳤다.

와이어 테일은 이 이상은 도움이 안 될지도 모르지만 상황은 요루카의 블레이드를 빼앗은 코랄이 우세했다.

브레스 건도 있기는 하지만 기동력이 뛰어난 《와이번》은 쉽게 맞힐 수 없을 것이다.

그렇게 룩스가 머릿속으로 고찰한 직후, 《드레이크》가 폭발적인 기세로 돌진했다.

"……?!"

대거를 투척하고 그 뒤를 따라 고속으로 도약.

네 다리의 발바닥에서 바람을 분출, 가속해서 순식간에 육박했다.

한편 코랄은 동요하지 않고 대처에 나섰다. 와이어 테일로 신속하게 대거를 쳐냈지만, 그 그림자에 숨어 있던 것처럼 다른 대거 한 자루가 더 육박했다.

"크……!"

허를 찔린 코랄은 장벽을 전개해 두 번째 대거를 막아냈다.

그리고 남아 있는 오른손 블레이드로 《드레이크》를 어깨부터 베려고 했지만— 요루카는 이 공격을 양쪽 장갑 팔로 합장하는 것처럼 막아냈다.

“그건―?!”

코랄은 경악하면서도 방어가 텅 빈 《드레이크》의 동체를 노리고 기룡포효(하울링 로어)를 방출했다.

요루카는 후방으로 밀려나는 와중에 《와이번》의 장갑 팔에서 다시 블레이드를 빼앗았다.

“칼날 잡기라는 기술이랍니다. 이걸로 형세 역전이지요?”

생각도 못한 공방전을 지켜보던 관전석의 학생들이 숨을 삼켰다.

박빙의 대결이었다.

아니, 무기를 다루는 실력은 호각일지라도 그 특성 때문에 요루카가 다시 크게 리드하고 있었다.

『하울링 로어를 명중시킨 코랄 선수, 2포인트를 획득! 무기를 다시 빼앗은 요루카 선수에게도 2포인트 추가! 점점 결과를 알 수 없게 되어가고 있습니다~!』

포인트로는 4대 4지만 사실상 최종 국면이리라.

코랄은 빈손에 브레스 건을 들고 다음 공방에 대비했다.

―그러나 준비를 마친 그 순간, 환창기핵(포스 코어)이 숨겨져 있는 어깨는 이미 베여 있었다.

“이게 무슨……!”

코랄의 두 눈이 경악으로 크게 뜨였다.

옆에서 보면 요루카가 태연하게 다가가 벤 것으로 보일 뿐이지만 실상은 다르다.

"각격— 인가."

집중한 의식이 끊어진 순간을 노려 공격하는 요루카의 절기.

그것도 장벽을 교묘하게 피해 명중시켰다.

환창기핵이 있는 어깨를 직격당하는 것은 기룡의 성능이 저하되는 동시에 포인트 제 시합의 패배조건이기도 하다.

『환창기핵 공격에 성공하였으므로, 승자는 요루카—.』

"아뇨, 비겼사와요."

승자를 선언하려는 티르파를 향해 요루카가 미소를 보였다.

그녀가 허리에 찬 검대에 있어야 할 《드레이크》의 기공각검이 조금 전 블레이드처럼 채찍에 휘감겨 있었다.

"아……."

리샤와 아이리가 그것을 깨닫고 외마디소리를 내뱉었다.

기공각검을 빼앗기는 것도 포인트 제 시합의 패배조건 중 하나.

실전에서도 정신조작의 조종간인 기공각검을 빼앗기는 것은 패배로 직결되기 때문이다.

『무, 무승부다! 서로 동시에 승리조건을 달성했으니, 이 최종전의 결과는 무승부로 하겠다!』

샤리스가 장갑기룡의 확성 기능으로 모두에게 알리자 회장에서 환호성이 터져 나왔다.

요루카의 끝을 알 수 없는 실력을 칭송하는 목소리.

그리고 짧은 기간 동안 학원에서 함께 생활할 미소년 유학생 코랄 또한, 그녀에게 뒤지지 않는 실력자임을 증명한 것에 대한 찬사가 교차했다.

"대단해요, 요루카 양. 꼭 『기사단』에 가입해주세요!"

"코랄 군 멋져~ 우리들도 가르쳐 줘—!"

그런 갈채와 환성을 한 몸에 받으며 장갑을 해제한 두 사람은 서로 마주보았다.

"네 장갑기룡 조종 실력은 역시 대단하네. 두 손 들었어."

"저도 놀랐사와요. 설마 그런 기술을 숨기고 있을 줄은—."

요루카가 환창기핵을 벤 직후, 《드레이크》의 장벽 사이를 헤쳐 나가듯 채찍을 움직여서 기공각검 자루를 낚아챈 코랄의 기량에 룩스 또한 놀랐다.

"아니야. 역시 네 쪽이 훨씬 대단했어. 이번에는 내 무기를 활용하기에 유리한 조건이기도 했고, 허를 찌르는 데도 성공했어. 그런데도 못 이겼는걸."

겸손한 태도로 말하는 코랄을 향해 요루카는 미소 지으며 대답했다.

"하지만, 다행이어요. 당신이 주인님을 위해서, 자신의 진심을 다하는 사람이라. 그렇다면 그럭저럭 신뢰할 수 있사와요."

"아……."

코랄이 살짝 놀란 순간, 심판을 맡은 트라이어드가 우르르 몰려왔다.

리더 격인 샤리스가 두 사람 사이에 끼어들어 판정을 개시했다.

"두 사람 다 훌륭했어. 이번에는 호각이었으므로, 일단 코랄 경이 귀국할 때까지 2주간 교대로 룩스 군의 호위를 맡기려고 하는데, 그걸로 괜찮겠나?"

"네. 부탁드립니다."

"알겠사와요."

코랄과 요루카가 고개를 끄덕이자 한 건 해결된 듯한 분위기가 감돌았다.

하지만 그때, 리샤가 당황한 것처럼 관전석에서 뛰쳐나왔다.

"아니, 잠까아아아안! 둘이서 멋대로 납득하지 말란 말이다! 두 사람이 번갈아 룩스를 독점하면, 나는 어떻게 되는 건데!"

"저기, 리샤 님. 딱히 코랄이랑 요루카가 곁에 계속 붙어 있는 것도 아니잖아요. 제가 만나러 갈 테니까……."

"루우의 호위는, 내 역할."

"아, 피르히도 와도 괜찮아. 그, 학원에 있는 동안이라면 일단 안심도 되고."

무표정으로 말을 꺼낸 피르히에게 대답해주는 것을 끝으로, 이번 소동은 그럭저럭 일단락 된 것 같았다.

"이러니저러니 해도, 오빠는 여전히 어설프네요."

도끼눈을 뜬 아이리가 태연하게 독설을 날리긴 했지만 어쨌거나 상황은 정리되었다.

여학생들은 코랄과 요루카를 부러운 눈초리로 바라보긴 했지만 이벤트 결과에 만족했고, 그 자리에서 전부 해산했다.

†

“저답지 않게 그만, 크루루시퍼의 감언이설에 넘어가고 말았습니다. 요루카는, 학원에 있는 여러분은 괜찮을까요……?”

가구나 장식품은 적지만 깔끔한 여관의 어떤 방에서, 간단히 목욕을 마치고 나온 세리스가 중얼거렸다.

신왕국에서 멀리 떨어진 동쪽 땅에서, 세리스는 여행을 하고 있었다.

그러나 역시 학원에 관련된 일이 떠오른다.

『보좌관 교환』을 앞두고 유미르 교국이 위험하기 때문에 특례로 고향에 돌아가게 된 크루루시퍼를 내심 부럽다고 생각했다.

심지어 크루루시퍼의 달콤한 말에 속아 『기사단』 단장답지 않은 짓을 하고 말았다.

『세리스 선배. 잠시 상담하고 싶은 게 있는데, 괜찮을까?』

외국으로 떠나기 이틀 전. 왠지 모르게 의미심장한 표정으로 크루루시퍼가 어떤 이야기를 꺼냈다.

그것은 두 사람이 『보좌관 교환』으로 인해 자리를 비우는 동안 요루카에게 부탁해줄 수 없겠냐는 이야기였다.

세리스는 당연히 의아하게 생각했지만 크루루시퍼는 쿨한 표정으로 계속해서 말했다.

『나는 코랄 군에게 룩스 군을 부탁할 거야. 학원에서 여자애들이랑 문제를 자주 일으켜서 곤란하니까, 남자인 네가 방패가 돼서 그 문제를 바로잡아주지 않겠냐고.』

『확실히 룩스가 그런 문제를 자주 일으키긴 합니다만, 주의를 주려는 건가요?』

세리스가 그렇게 대답하자 크루루시퍼는 어깨를 살짝 으쓱였다.

『이런 노골적인 표현은 그다지 안 좋아하는데, 이대로라면 룩스 군을 빼앗기게 될지도 모른다구?』

드물게도 초조한 표정을 드러낸 크루루시퍼의 가설은 다음과 같았다.

피르히와 위장 신혼여행을 하며 룩스와 그녀의 유대는 상당히 깊어졌다.

가능하다면 싸움에서 멀어지기를 바라던 피르히에게 새 검대를 선물해주면서까지 곁에 있어주기를 바란다고 전했을 정도이니까.

이 타이밍에 자신과 세리스가 동시에 학원에서 멀리 떨어진다면, 렐리 학원장이 이때다 하고 두 사람을 붙여놓으려고 일을 꾸미겠지.

그렇게 되면, 자신들이 돌아왔을 무렵에는 이미 **관계를 맺었을** 가능성조차 있다.

『최악의 경우, 룩스 군이 죄인의 목걸이를 벗게 될지도 몰라. 「성식」 문제가 해결되기 전에 끝나버릴 거야. 그러니까, 우리가 없는 동안 우리를 대신해줄 억지력이 필요한 거지.』

『그건—.』

『단순한 이야기야. 소꿉친구인 그녀 이외의 두 사람이 룩스 군을 사이에 두고 다투면 돼. 항상 룩스 군 주위를 소란스럽게 만들면 일단은 막을 수 있을 거야. 게다가 사실 룩스 군은 신변도 위험하잖아? 그러니까 종자인 그녀에게 의뢰해두는 건 잘못된 게 아니라고 봐.』

세리스는 자신을 위한 변명까지 빈틈없이 만들어 온 크루루시퍼에게 감탄마저 했지만, 그만큼 찬밥 더운밥을 가리고 있을 상황이 아니라는 증거이리라.

크루루시퍼는 코랄에게 요루카가 위험하니까 감시해줬으면 한다고.

세리스는 요루카에게 코랄이 위험하니까 감시해줬으면 한다고 부탁하면, 필연적으로 두 사람 중 누군가가 항상 룩스 곁에 있게 된다.

'곤란한 아이네요. 그 이야기에 넘어간 저도 사대 귀족 실격일지도 모르겠습니다만…….'

요루카와 코랄의 대결이 일단락되었을 무렵 세리스는 그렇게 생각했다.

이른 아침에 신왕국을 출발한 세리스 또한 마르카팔 왕국 부근에 도착했다.

아무리 장갑기룡으로 비행한다 해도 이틀은 걸리기 때문에, 오늘 밤은 산악 지대에 위치한 소국인 렘다르트의 여관에서 묵고, 내일쯤 도착해야겠다고 생각했다.

기본적으로는 『칠용기성』 대장 마기알카와 단둘이 하는 여행이라 실력적인 측면은 안심하고 있었지만—.

"역시 이 사람을 상대로는 방심할 수 없군요……. 그런 생각이라도 하고 계신가? 학원 최강이여."

짤막한 시간이라도 낭비하고 싶지 않은 것인지, 이 지역 상회에 들러서 장갑기룡으로 채굴한 광석 등의 사업 이야기를 나눈 마기알카가 세리스의 방에 들어왔다.

숙소는 넓고 깔끔했지만 같은 방을 쓰는 건 아니었다.

마기알카는 세리스가 잠을 청할 침대 위에 화려한 무늬의 네글리제 차림으로 앉았다.

"그렇게 딱딱하게 굴지 말고 술이라도 마시는 게 어떤가? 여자끼리 허물없이 이야기해볼 생각 없는가? 응?"

"거부합니다. 쉽게 취하는 제가 술을 마시면, 임무에 지장이 가니까요."

와인이 든 유리잔을 내밀었지만 세리스는 퉁명스럽게 거절했다.

마기알카 젠 반프리크.

상인 복장, 혹은 연금술사 복장 같은 기능미와 화려함을 겸비한 옷차림과 고리 모양으로 묶은 머리카락이 특징적인 소녀.

외모만이라면 자신보다도 작고 상당히 어려 보이지만, 세계 최대의 상회 조직을 통솔하며 각국에 막대한 영향력을 발휘하는 이 여성 또한 정체를 알 수 없었다.

"흐음, 재미없구먼. 근면한 건 바람직하네만, 너무 진지하게만 굴다가는 오히려 발목을 붙잡히게 될 걸세. 아무리 그 『보

좌관 교환』의 목적이 각국의 꿍꿍이를 캐내기 위한 것이라지만, 그렇게 적의를 드러내다간 2주도 못 버티지 않겠는가?"

"……."

마기알카의 말은 정론이었지만 여기서 안일하게 긴장을 풀 수는 없었다.

마르카팔 왕국과 마기알카의 속내를 탐색하려다가, 오히려 신왕국의 정보를 빼앗기게 될 가능성마저 있으니까.

"그럼 몇 가지 여쭈어도 괜찮겠습니까?"

"오오, 뭐든 물어보시게. 대신 질문 하나당 이 술잔을 한 번 비워야 하네."

"그건 불허하겠습니다. 그런 말씀을 하실 거라면 저는 이만 자겠습니다."

"허어, 소문대로 농담이 통하지 않는 아가씨로고. 그래서 무얼 물어보고 싶은 겐가? 나이와 몸무게를 제외한 거라면, 내 적극적으로 대답해주지."

"당신은 실제로 어떤 사람인 겁니까? 어째서 1대(代)만에 재벌이 되었는데도 『칠용기성』 대장 같은 걸 맡은 겁니까?"

"어허, 좀 기다리게. 질문은 세 개까지만이야. 그 이상은 그대도 합당한 값을 치러야 할 걸세."

마기알카가 당황한 것처럼 말하자 세리스는 잠시 생각에 잠겼다.

질문 개수가 정해져 있다면 어떤 것을 쳐내야 할까?

"그나저나 거 참 서슬 퍼런 칼날 같은 질문이로고. 그렇게 단칼에 자르려 들면, 나도 어떻게 대답해야 할지 당황하게 되지 않는가."

마기알카는 곤란한 것처럼 웃었다.

"뭐, 규율로 스스로를 억제하며 훌륭한 귀족답게 살아가려 하는 그대와는 상극이라 할 수 있는 존재인 건 틀림없네만."

시치미를 떼듯 그렇게 말한 직후, 고리 모양으로 묶은 오렌지색 머리카락을 만지작거리기 시작했다.

"나는 이래 봬도 고아라네. 사업에 실패한 부모님은 어린 나를 버렸지. 그 후로 우여곡절을 거친 끝에 무술가였던 숙부에게 거둬져서 기술을 익히게 되었다네. 이 괴상한 말투도 그때 옮은 것이지."

"……."

"다행히도 재능이 있었던 게야. 나는 순식간에 그 기술을 흡수해서 내 것으로 만들었다네. 그리고 제 앞가림을 할 수 있는 실력과 나이가 되니, 사업에 대한 갈망이 걷잡을 수 없이 솟구치더구먼."

"부모님께서 빚이라도 남기셨습니까?"

"아니."

마기알카는 조용히 고개를 저었다.

"날 버린 것에 대한 원한이 아예 없었다곤 할 수 없다네. 역시 미련도 있었지. 게다가 부모님께서 아직도 사업 세계에서 살고 계신다면, 또 그 자리에서 만날 수 있을지도 모른다는 기대도 품고 있었다네."

"그럼, 그 머리 모양은 설마—."

그녀와 어울리긴 하지만 어쩐지 어린아이처럼 보이기도 하는 신기한 헤어스타일.

나이를 먹었음에도 어린 소녀처럼 생긴 건, 부모님이 쉽게 찾을 수 있도록 본능적으로 젊은 외모를 유지하고 있기 때문일까?

그런 비현실적인 상상마저 세리스의 뇌리에 떠올랐다.

"뭐, 그럴 필요도 없어졌네만……."

하지만 그 상상을 부정하는 것처럼 마기알카가 쓴웃음을 지었다.

"그럼, 설마—."

"바로 그 설마일세. 부모님은 진작 돌아가셨어. 아무래도 적대 사업가에게 속아 가짜 보물을 사셨나 보더군. 어린 날 버린 건 그 빚의 굴레에서 떨어뜨려 놓기 위해서였던 것 같다네. 뭐, 나중에 범인을 찾아 숙청은 했네만. 물론 우리 쪽 방식으로 말이지."

마기알카는 싱긋 웃으며 엄지와 검지로 원을 만들었다.

그 손짓을 통해 같은『사업』무대에서 때려눕혔음을 예상할 수 있었다.

"그 뒤에는 뭐, 대충 곳곳에서 떠도는 소문대로라네. 장갑기룡이 발견된 후 이 세계는 급속도로 발전했지. 다행히 몇몇 국가의 유적 조사에 관여할 수 있었던 나는 운 좋게도 신병기를 누구보다 빠르게 상품화해서 더욱 막대한 부를 축적하게 되었다네. 마르카팔 왕국의 대표가 된 건 이 나라에 상당한 액수의 돈을 빌려줬기 때문이지."

"그런 사정이 있었습니까……. 하지만 알 수 없군요. 부와 명성을 얻었고, 부모님의 원수도 갚으셨지요. 그런데 왜 『칠용기성』이라는 자리까지 원하신 겁니까?"

마기알카의 과거사를 듣고 생각하는 바가 있는 것인지 세리스가 복잡한 표정으로 질문했다.

반면에 소녀의 외모를 지닌 여성은 의미심장한 미소를 지으며 대답했다.

"호오. 욕심이 많다고 생각하는가? 하지만 상인이란 족속은 대개 그런 법이야. 『칠용기성』 대장 신분으로 임무에 도전했더니, 보게나. 지금처럼 『대성역』이라는 보물도 얻어걸리게 되지 않았는가?"

"아니요. 구태여 위험을 무릅쓸 필요 없이, 사업만으로 안전하게 살 수 있었던 게 아니냐고 묻는 겁니다."

세리스가 반론을 막으며 그렇게 말하자 마기알카는 요염하게 웃었다.

"뭘 그리 어렵게 생각하는가. 그냥 천성인 게야. 항상 쌓고, 벌고, 자산을 불리는 것이야말로 살아가는 목적. 그런 인간도 있는 법이지. 오히려 그대 같은 사람이 세계적으로 희귀하다고 생각하네만? 국가나 백성을 위해, 올바른 귀족으로서 싸우려고 하는 쪽이 말이지."

"……그런, 걸까요."

“어쨌거나, 나는 내 자신의 욕망을 위해 싸우고 있다네. 그대가 연모하는 이를 살살 건드리는 것도 그 일환이라는 것이지.”

“그건, 룩스를 이용할 생각이라는 말씀이십니까?”

기습과도 같은 한마디를 듣고서 세리스는 깜짝 놀라 눈을 깜빡거렸다.

“그나저나, 연모하는 이라니 뭡니까?! 저, 저는 딱히, 그런—.”

“아무도 룩스라는 이름은 꺼내지 않았네만?”

“으……?!”

마기알카가 음흉하게 웃자 세리스의 말문이 막혔다.

“그렇다 해도, 걱정 마시게나. 딱히 그 도련님을 잡아먹을 생각은 없어. 성적인 의미로는 있네만, 애초에 그 녀석은 보기보다 뛰어난 사내라네. 확실히 사람이 너무 좋은 면도 있지만 — 설령 위선이라 해도, 그것을 관철해내면 영웅인 법이야.”

“……그게, 무슨 뜻이지요?”

와인잔을 쭉 들이켠 후, 마기알카는 취기로 벌개진 얼굴로 말했다.

“눈치 채지 못했다면 말하지 않는 게 나을 것 같지만, 오늘은 기분이 좋으니까 대답해줌세. 룩스 아카디아. 그 녀석은 어떤 의미로는 이미 이 유적 공략에서 평가를 높이고 있다네. 대장인 나나 부대장인 속물과는 다른 방법으로 말이지.”

대장인 마기알카나 『푸른 폭군』 싱글렌을, 어떤 면에서는 웃돌고 있다.

그녀는 그렇게 돌려 말하고 있었다.

"룩스가, 그렇다고요?"

그 말을 들은 세리스는 당황하며 고개를 갸웃한다.

하지만 곰곰이 생각해보니 짐작 가는 바가 있기는 했다.

"그대라면 잘 알고 있을 텐데? 그대가 다니는 학원은, 지금 어떻게 되었는가?"

"그건…… 헛?!"

그리고 그 말을 듣고서야 마기알카가 가리키는 바를 깨달았다.

"이제 알겠는가? 원래는 극악무도한 구제국의 죄인이 여학원에 뛰어든 상황인데, 어느덧 그 녀석은 신왕국— 나아가서는 그 학원에 필요 불가결한 존재가 되었지. 기이하게도 그 신왕국의 공주가 그 녀석의 재능을 발견해냈다는 말이야."

기룡사로서 세운 공적에 가려져 있던 룩스의 진정한 재능과 공적.

아니— 지금까지 발휘하지 못한 왕으로서의 자질.

그것은 리샤를 시작으로 처음에는 대립했던 세리스나 다른 학생들에게 존재했던 마음의 벽을 허물고, 차츰 아군으로 만들어나가는 힘이라는 것을.

"가능한 한 상처를 주지 않고, 또한 차별하지 않고 타인에게 접촉하는 룩스의 방식에는 각고의 노력이 필요하지. 게다가 자신도 상처를 입을 정도로 무모한 방법이라네. 그러나 그 과정을 겪어서 마음의 벽이 허물어진다면 아군이 늘어나지. 실제로 반하임 공국의 그라이퍼, 유미르 교국의 메르, 헤이부르그 공화국의 로자에게서 상당히 신뢰받고 있지 않은가. 물론 정식으로 협력자가 된 건 아니네만, 이건 상당한 성과라고 할 수 있어."

진심으로 감탄한 것처럼 마기알카는 신음을 흘렸다.

그녀는 얼핏 보면 표표한 성격인 것 같지만 그 통찰력은 역시 얕볼 수 없었다.

"그러니까, 룩스가 『칠용기성』의 실질적인 중심이 되어가고 있다는 말씀이십니까?"

실적과 실력으로 강자들을 따르게 하려고 한 싱글렌.

돈과 권력으로 정점의 자리에 군림한 마기알카.

종합적으로는 그들의 힘이 더 강할지도 모르지만, 적어도 지금으로선 룩스에게 유리하게 돌아가는 상황으로 변해가고 있었다.

지금까지 싸워오면서 룩스 자신이 세운 공적에 의해 말이다.

"뭐, 그런 셈이지. 뭇 사람들은 그런 꿈속에 나올 법한 영웅에게 매료당하기 십상이라네. 뭐, 나나 그 속물 녀석은 예외네만. 보통 수단으로는 어림도 없어."

"……?"

지금까지 짓고 있던 미소는 간데없이 험악한 표정을 드러낸 마기알카를 보며 세리스는 당황했다.

"속물이라는 건 싱글렌 경을 말하는 겁니까? 그가 룩스를 대상으로 뭔가를 꾸미고 있기라도……?"

"글쎄. 나는 그 녀석의 꿍꿍이 따위엔 관심 없어."

마기알카는 익살맞게 말했지만 어쩐지 심술궂게 느껴지는

미소를 지었다.

"……허나, 녀석의 대략적인 목적은 안다네. 그 최종적인 의도도 말이지."

"그건, 도대체―."

잔뜩 긴장한 세리스와는 대조적으로 마기알카는 갑자기 몸에서 힘을 쭉 빼더니 침대에 드러누웠다.

"그게 마지막 질문인가? 그 대답을 듣고 싶다면 2주 뒤 마지막 날에 다시 묻게나. 그리고 그 사이에 내 질문에라도 대답해주겠나?"

감쪽같이 잘 속였다고 자랑하는 것처럼 마기알카가 미소 지었다.

지금까지 선심 쓰듯 질문에 대답해 준 것은 세리스에게서 정보를 끄집어내기 위한 포석이었던 것이다.

'역시…… 이 사람은 방심할 수 없네요.'

그래도 룩스의 신변이 걱정되는 이상 물어보지 않을 수는 없으리라.

"그보다, 마르카팔 왕국에 도착한 다음이라도 괜찮으니, 장갑기룡과 백병전으로 한 수 부탁드려도 되겠습니까? 피르히의 스승이자 『칠용기성』 대장인 한 당신의 실력을 이 기회에 배워보고 싶습니다."

그 말을 들은 마기알카는 처음으로 놀란 것처럼 눈을 크게 떴다.

"호오. 룩스하고 부대끼더니 조금은 성장한 모양이구먼."

“네?! 따, 딱히 어느 부위도 부대낀 적 없습니다! 그, 사소한 사고로 인한 불가항력 정도는 몇 번 있었지만—.”

“그런 건 아무도 안 물어봤다네…….”

드물게도 도끼눈을 뜨며 태클을 거는 대장 소녀.

하지만 마기알카는 세리스가 구실을 만들어서 자신에게 도전하고, 잘 풀린다면 승리의 보수로 조금 전 질문에 대한 답을 들으려 하고 있다는 것을 통찰했다.

‘역시 근면함으로 유명한 소녀로구먼. 룩스 곁에 있으면서 성장한 모양이로군.’

다시금 룩스의 영향력에 감탄하면서 그 날은 평온하게 끝냈다.

—그러나 이때, 두 사람의 생각에는 사실 큰 오산이 있었다.

싱글렌이 아무리 룩스를 대상으로 무언가를 꾸미고 있다고 해도, 이 『보좌관 교환』 기간에는 아무 짓도 하지 않을 거라고 방심하고 있었지만—.

그 전제 자체가, 큰 착각이었다.

Episode 3 여왕의 칙명

나뭇잎 사이로 비치는 평온한 햇빛.

오후의 졸음 속.

멀리서 들려오는 검끼리 부딪치는 소리에 키가 크고 마른 노병은 눈살을 찌푸린다.

성채 도시 크로스 피드, 1번 지구.

석조 청사 근처에 설치된 소형 연습장에서, 싱글렌이 지휘하는 백령 기사단원 서른 명이 장갑기룡 훈련을 하고 있다.

싱글렌이 여기에 온 건 정기 감사라는 이름의 시찰을 위해서다.

아직 공략되지 않은 유적이 겨우 세 개밖에 남지 않은 이상, 『칠용기성』 중 어느 한 진영은 가능한 한 지원할 수 있게끔 상황을 지켜볼 의무가 있다.

의무라고 하지만 실제로는 어느 한쪽이 앞서나가지 못하게끔 견제하기 위한 행동이다.

"깜빡 졸아버리다니, 나도 나이를 먹었나……."

노병 츠바이베르크는 쓴웃음을 지으며 청사 밖으로 시선을 옮겼다.

연한 빛살이 들어오는 복도를 걸으며, 그는 과거에 겪은 일을 떠올렸다.

20년 이상이나 지난 일.

모국, 블래큰드 왕국에서의 기억을—.

"『검성(劍聖)』 츠바이베르크여. 내일부터 귀공이 쉘불릿 백작 가문의 가정교사를 맡아줬으면 하네."

돌로 만들어진 거친 성내에 붉은 태피스트리가 드리워져 있는 공간.

근위기사단 단장을 맡고 있던 츠바이베르크는 어느 날 갑자기 알현실에서 해고 통보를 들었다.

"이제 저는 필요 없다는 것이옵니까? 정치판에서 그렇게까지 심하게 대신들의 심기를 건드린 기억은 없습니다만."

당당하게 웃으며 대답하는 츠바이베르크를 보며 그 자리에 모여 있던 관리들이 술렁거렸다.

제아무리 왕국 직속 기사단장이라고 하지만 일개 기사가 꺼낸 불경한 발언.

그것은 왕족과 그의 관계를 시사하는 동시에 이 퇴역이 부당한 처사라는 것을 드러냈다.

실제로도 그랬다.

츠바이베르크가 이 나라의 기사단장 자리에 앉은 이후로는 내란이 일어날 때마다 평정하는 등 성과는 셀 수 없을 정도다.

확실히 연령은 40대 중반이긴 하지만 지휘관으로서는 적령

기— 아니, 여전히 검술이나 체력 면에서도 뒤쳐지는 모습을 보이지 않았으며, 당해낼 수 있는 이가 하나도 없는 희대의 장군이었다.

그럼에도 불구하고 퇴역 명령을 받게 된 이유는 츠바이베르크에게도 짐작 가는 바가 있었다.

'권력자들의 우려 같은 것이지. 30년 가까이 성에 붙어 있는 장군을 좋은 얼굴로 봐줄 수 있을 리 만무한……가.'

이따금 타국과 소규모 전쟁을 벌이긴 했지만, 구제국과는 다소 거리가 떨어져 있기 때문에 대체로 평화로웠다.

치안도 나쁘지 않은 현재, 강력한 기사는 그저 그 자리에 있는 것만으로도 위정자에게 버거운 존재다.

갓 왕위를 물려받은 젊은 왕은 이 중진 기사가 있으면 위엄을 유지할 수 없는 것이다.

"허나 귀공의 능력을 썩히는 것은 아까우니, 새로운 후진을 육성하는 데 힘을 빌려주지 않겠는가?"

"훗……. 쉘불릿 백작가의 가정교사란 말이지요. 확실히 명문이긴 합니다만—."

츠바이베르크는 내심 코웃음 쳤다.

대대로 기사를 배출해낸 명문이자 왕가의 친족이라고 하면 듣기는 좋지만, 기억이 확실하다면 그 행실은 변변치 않다.

영주인 백작은 쓸데없이 세금을 낭비하며 수많은 첩에게 둘러싸여 호화로운 생활을 보내고 있다.

권력에 기대어 호가호위 하지만 주변 사람들에게는 무시당하는 전형적인 방탕 영주 가문이다.

그러나 아무리 성격이 거칠고 호방한 츠바이베르크라고 해도 어명을 거부할 수는 없다.

다음날부터 마지못해 가정교사 자격으로 영지로 향했더니 상황은 상상 이상으로 심각했다.

영주가 해야 할 일을 하지 않으며 흥청망청 돈을 낭비하고 있으니 치안은 최악.

정신 나간 크기의 대저택에서는 매일 연회가 열렸고, 조금 떨어져 있는 저택 몇 개를 아들들이 관리하고 있지만 그들 또한 타락 일로를 뒤따르고 있었다.

그들의 관심사라고는 술과 여자, 그리고 사냥뿐.

아직 나이도 차지 않은 후계자들이 시종이나 시녀를 말도 못하게 괴롭혀댔다.

'쓰레기장이라더니 딱 맞는 표현이군.'

이런 상황이었으니 당연히 츠바이베르크도 제대로 할 마음이 들지 않았다.

그곳에서 머무르기 시작한지 며칠 후. 공부나 검술 지도 등에도 손 놓고 있었는데 백작가 부지 내에서 불현듯 어떤 광경을 맞닥뜨렸다.

"아차, 망했다. 가정교사 아저씨에게 들켰어!"

"그만 가자! 어이, 할아버지! 우린 그냥 놀고 있었을 뿐이야! 괜히 고자질 하지 말라고!"

비열한 표정을 지은 아이들 몇 명이 안뜰에서 달려 나갔다.

아무래도 같은 영주의 아들을 괴롭히고 있던 듯했다.

그것도 이미 병사해버린 첩이 남긴 남매인 것 같았다.

'분명 이름이—.'

누나의 이름이 마르셰, 동생의 이름이 싱글렌.

그런 이름이었던 것 같긴 하지만 딱히 외울 생각은 없었다.

"설 수 있겠느냐? 자, 잡고 일어서라. 저 두 사람에게는 내가 주의를 주마."

나이는 열 살 정도일까. 아직 어린 소년에게 손을 뻗어주었지만 지금 한 말은 거짓이었다.

어차피 주의를 준다 해봤자 들을 녀석들도 아니므로 쓸데없는 짓을 할 생각은 없었다.

어디까지나 표면적인 의무감으로 그렇게 말하자 소년은 미소 지으며 입을 열었다.

"배려해줘서 고맙군. 하지만— 걱정해줄 필요는 없다."

"——."

싱글렌이라는 이름의 이 소년은 여러 형들에게 얻어맞으면서도 저항하지 않는 나약한 존재.

그런 첫 인상은 그의 미소를 본 순간 기묘한 위화감으로 덧칠되었다.

뭔가 이상하다.

머릿속 한쪽으로는 그렇게 생각하면서도, 그때는 말로 꺼내지 못하고 그 자리를 떠났다.

그리고 그날 취침 시간이 되었을 때, 츠바이베르크는 문득 깨달았다.

그의 등 뒤에는 불안에 떠는 병약한 누나가 있었다는 걸.

그리고 소년 자신은 온몸이 멍투성이가 되었음에도 얼굴이나 복부 등 중요한 급소는 전혀라고 해도 될 정도로 다치지 않았다.

"설마, 일부러 맞아준 건가?"

배다른 형들의 공격으로부터 몸을 지키기 위해, 누나를 감싸기 위해, 일부러 불손함을 가장해서 얻어맞는 역할을 자처한 것이다.

심지어 자신의 몸이 크게 다치지 않게, 동체시력만으로 구타를 감당하고 있었다.

"—재미있군. 가정교사 같은 건 따분한 여생이라고 생각했는데 말이야."

이곳의 가정교사가 되고서 처음으로 즐거움을 찾아낸 츠바이베르크는 남몰래 싱글렌에게 온갖 영재 교육을 실시하게 되었다.

그는 다른 후계자들과는 다르게 츠바이베르크를 솔직하게 스승으로 모시며 순식간에 실력을 키워나갔지만, 그래도 무능한 형들에게 이빨을 드러내지는 않았다.

물론 츠바이베르크도 불만은 없었으며 「어째서 이길 수 있는데 반격하지 않는 거냐」라고 부추기지도 않았다.

그것은 직무에 충실했기 때문이 아니라, 발톱을 숨긴 매인 싱글렌의 본성을 꿰뚫어보았기 때문이다.

포악한 형들에게 일시적인 승리를 거둔다 해도 언젠가 권력을 내세운 역습에 당하리라는 것을 알고 있었다.

그저 자신의 힘이 확고해질 때까지 당하는 시늉을 하고 있을 뿐.

그는 언젠가 순수한 실력과 지략으로 이 타락한 백작가를 장악하리라.

'일어설 때까지, 앞으로 몇 년 정도면 될까.'

그런 츠바이베르크의 예상과 상상은 고작 몇 개월 만에 배신당했다.

그 소년은 딱히 역전의 날 따위를 기다리고 있던 게 아니었다.

싱글렌이 부재중일 때, 누나가 구타로 인해 실명하고 고작 3주 뒤— 영지 내에서 농노들의 반란이 일어나 백작가는 불길에 휩싸였다.

누나를 구타한 이복형들은 하나도 남지 않고 살해당했으며 싱글렌과 누나는 밖으로 도망쳤다.

그래서 츠바이베르크는 뒤늦게나마 깨달았다.

저택의 경비에 구멍을 뚫어서 유도하고, 반기를 들게 한 싱글렌의 권모술수.

그는 처음부터 언제든지 멸망시킬 수 있었다는 걸.

단순한 변덕인지 아니면 여유가 있었기 때문인지, 그저 실천하지 않았을 뿐이라는 걸—.

며칠 후 제자와 재회해서 그것을 지적하자 싱글렌은 주춤하는 기색도 없이 웃어보였다.

"그래서, 나를 감옥에라도 처넣을 생각이신가? 츠바이 선생."

한없이 오만불손하게 웃으며 스승을 올려다보는 소년을 향해 츠바이베르크는 고개를 저었다.

대신에 스스로 머리를 숙이며 이렇게 말했다.

"—제게, 당신의 패도(覇道)를 보여주십시오."

100년에 한 번 나오는 천재가 아니라, 저력을 가늠할 수 없는 인외의 마물인 그에게 충성을 맹세했다.

그렇게 해서 두 사람의 관계는 지금에 이르게 된다.

그 블래큰드 왕국에서 일어난 무시무시한 사건 후에도, 변함없이.

"……."

츠바이베르크가 현실로 의식을 되돌리자 연습장에서는 기사단원을 상대로 싱글렌이 가볍게 대련 중이었다.

튼튼한 성벽에 둘러싸인 작은 링 형태의 공간.

거기서 《와이번》을 장착한 기사단원이 전력으로 검을 휘두르고 때로는 총의 방아쇠를 당겼지만, 《드레이크》를 조종하는 싱글렌에게는 스치지도 않았다.

그것만이라면 그다지 놀랄 일도 아니었지만.

"부단장님. 저게 대체 무슨 광경입니까? 싱글렌 경은 어떻게 눈을 감은 채 공격을 피하실 수 있는 겁니까?"

어느새 옆으로 다가온 신참 기사단원이 아연실색한 어조로 중얼거렸다.

"주인님의 비기, 전진(戰陳)·수월(水月)이다. 와이어 테일을 상대의 기룡에 접촉, 그 적의 구동음을 감지해서 다음 동작을 읽어내는 기술이지."

장갑기룡의 동작 과정은 다음 행동을 하기 전에 프레임을 먼저 움직이게 되어 있다.

하지만 소리와 진동만으로 그것을 예측하는 것은 평범한 사람에게는 불가능한 절기라고 할 수 있다.

10여 년 전에 유적이 발견된 이후로 츠바이베르크도 『검성』이라는 칭호가 부끄럽지 않은 실력을 키웠지만, 싱글렌의 재능은 차원이 달랐다.

담담하게 대답하면서 츠바이베르크는 훈련을 마친 주인 곁으로 다가갔다.

"주인님의 예상대로, 라피 여왕은 성채 도시로 향한 모양입니다. 아마도 모종의 밀담을 나눌 생각인 것 같더군요. 『용비적』과 『달』의 수색에는 진전은 없습니다."

"그런가."

"어떻게 하시겠습니까? 룩스 아카디아는 주인님의 예상과 다른 행동을 보이고 있습니다. 이대로 가다간, 마기알카의 지위를 뛰어넘을 가능성도—."

그러나 그의 주인인 싱글렌 쉘불릿은 오만하게 미소 지었다.

"크크크, 축하할 일 아니냐. 그 남자가 내 예측을 상회한다면, 그대로 『영웅』이라도 되면 된다. 이 세계를 구할, 영웅 말이지."

그날 이후로 십여 년의 세월 동안 다양한 사건이 있었고,

이제는 그의 누나도 이 세상에서 사라졌다.

늘 자신의 송곳니를 숨기고 있던 남자는 자신을 속박하던 사슬을 물어뜯고서 『푸른 폭군』으로 변화했다.

자신의 실력을 숨기지 않고 과시함으로써 타인을 지배하는 방식으로 바뀌었다.

'—그래도 단 하나 변하지 않은 것이 있다.'

싱글렌 쉘블릿이라는 용을 상대로 그 역린을 건드린 자는, 확실하게 멸망할 것이다.

"뜻을 받듭니다. 그럼 예정대로 하겠습니다."

츠바이베르크는 진심으로 두려운 존재라고 생각하며 몸을 떨었다.

그러나 어째서인지 그 룩스라는 남자에게서도 동질적인 두려움을 느꼈다.

†

결국 요루카와 코랄의 대결은 무승부로 끝나 상황에 따라 교대로 호위를 하게 되었지만, 의외로 제대로 돌아가기 시작했다.

『보좌관 교환』 자체가 각 국가의 속내를 캐내기 위한 의도가 있다고 생각하기는 했다. 하지만 룩스의 호위로 곁에 있는 상황에서 그러기는 어려웠으며, 무엇보다도 사정을 모르는 여학생들이 항상 코랄 뒤를 졸졸 따라다녔다.

남자 2인조이니까 다소 조용해질 거라고 생각했는데, 오히려 눈에 띄어서 사람들을 끌어 모았다.

"뭐랄까, 룩스 군도 고생이 많구나. 이래서야 나도 여자인 쪽이 나았을지도 모르겠어."

평소에는 남에게 상냥한 그조차 녹초가 된 모습을 보고서, 룩스는 새삼 이 상황이 이상한 거구나 하고 생각하며 쓴웃음을 짓고 말았다.

'익숙해진다는 건 무섭구나…….'

머리 구석으로는 그런 생각을 하면서, 방과 후 안뜰에 떨어진 낙엽을 청소하는 잡일을 시작했다.

늦가을의 낙엽이 이 근처에 쌓여 있긴 하지만 슬슬 나뭇잎도 줄어들어가고 있었다.

코랄의 도움을 받으며 묵묵하게 작업하고 있는데 갑자기 뒤에서 누군가가 말을 걸었다.

"어이— 룩스. 여기다, 여기야! 일은 그 유학생에게 맡기고 안으로 들어와라."

공방 문 앞에는 어느새 리샤가 서 있었다.

"리샤 님, 무슨 일 있으세요?"

갑작스러운 부름을 룩스가 의아하게 생각하자 리샤는 팔짱을 낀 채로 볼을 부풀리며 고개를 돌렸다.

"무슨 일 있냐니, 그 질문은 뭐냐. 모처럼 크루루시퍼도 세리스도 없는데 잡무에 연연하지 마라. 너는 내 기사잖느냐. 은밀하게 할 이야기가 있으니 어서 오너라."

"아, 그 공방이라는 장소는 장갑기룡을 개발하는 곳이죠? 저도 견학할 수 있을까요?"

"거절한다. 중요 기밀이니까 외부인은 출입 금지다."

쌀쌀맞은 태도의 리샤를 보고 룩스는 곤란한 듯 미소를 지었다.

"저기, 조금도 안 되나요? 코랄은 믿을 수 있다고 생각하는데……."

"안 돼! 다른 이야기도 있다! 쉽게 말하자면 공무 이야기다!"

"아……."

룩스의 태도에 조바심이 난 리샤가 그렇게 소리치자 코랄은 미묘하게 웃으며 굳어버렸다.

"그, 의뢰 받은 낙엽 청소는 내가 해둘 테니까 신경 쓰지 마."

코랄의 배려를 고맙게 생각하며 공방 안으로 들어가자 이제는 익숙한 금속과 기름 냄새가 났다.

거기까지는 평소와 다를 게 없었지만, 잠깐 이곳을 찾아오지 않은 동안에 어떤 변화가 있었다.

"이 세 기는, 범용기룡인가요? 하지만 트라이어드의 기체인 것 같지는 않은데……."

공방 안쪽에서 발견한 세 기의 장갑기룡을 보며 룩스는 고개를 갸웃했다.

비행형인 《와이번》, 육전형인 《와이엄》, 특장형인 《드레이크》. 총 세 종류였는데, 각각 일반적인 기체와는 미묘하게 형태가 달랐다.

“제법 눈썰미가 좋군. 내 신기술을 눈치챘느냐. 뭐, 어디까지나 내 《티아마트》 용으로밖에 사용할 수 없지만, 강력하다고.”

단순히 강화했을 뿐이라면 이미 『엑스』 계통 강화형 범용기룡이 존재한다.

그런데 이 세 기는 일반적인 기체를 분해한 후에 다른 형태로 재조립한 것이었으며, 단독으로는 작동할 것 같지 않은 이미지를 풍겼다.

“……그래요?”

“후후, 알고 싶으냐. 하지만 아직 비밀이다. 가장 어울리는 순간에 사용해서, 널 깜짝 놀라게 해줄 거니까.”

‘물어봐줬으면 하는 거겠지…….’

팔짱을 낀 채 가슴을 편 리샤를 보며 룩스는 속으로 쓴웃음을 지었다.

하지만 지금은 그 호기심보다 리샤의 전속 기사로서의 사명감이 앞섰다.

“그래서 공무 이야기는 어떤 겁니까? 일단 연말에는 사대귀족을 불러서 연회를 연다고 들었는데―.”

그 자리에는 긴급한 사태가 일어나지 않는 한 참석하기로 했다.

하지만 이번 이야기는 아무래도 그것과는 다른 모양이었다.

“그게― 말이다, 잠시 후 어머님께서 이 학원을 시찰하러 오시겠다는구나. 그때, 너도 함께 인사를 하게 될 것 같다.”

“라피 여왕 폐하께서요?”

리샤의 말을 듣고 룩스는 내심 놀랐다.

왕도에서 여기까지는 그리 멀지는 않지만 그런대로 거리가 되는 편이다.

이런 애매한 타이밍에 직접 여기까지 오겠다면, 서신이나 사자를 통해서는 전달할 수 없는 중요한 이야기일 가능성이 있다.

“대화에는 너도 꼭 동석해주길 바라신다더군. 나쁜 소식이 아니었으면 좋겠는데—.”

리샤는 평소에는 활력이 넘치지만 왕녀로서 공무를 수행할 때는 이따금 자신감 없는 모습을 보인다.

룩스는 그것이 이 소녀가 과거에 겪은 일에서 기인하는 반응임을 알고 있다.

그래서 평소처럼 리샤를 안심시키기 위해 미소 지었다.

“걱정하지 마세요. 리샤 님은 무척 잘 하고 계세요. 지난번 『탑』 공략 때도, 제가 부재중일 때도 트라이포트를 지켜주셨잖아요.”

“그, 그래? 정말이냐?”

발그래 뺨이 물든 리샤가 기쁜 듯 룩스를 올려다보았다.

여전히 표정이 다채롭게 변하는 모습이 사랑스러웠다.

“네, 정말이고말고요. 제가 모시는 자랑스러운 공주님이십니다.”

“룩스……. 그, 그럼, 지난 번 포상을—.”

“네……?”

갑작스러운 그 한마디에 룩스는 당황했다.

하지만 리샤는 창피한 것처럼 우물쭈물 시선을 피했다.

"그, 저번에 네가 그 천연 아가씨랑 여행을 떠났을 때 깨달았다. 기다리기만 하고, 만나러 가지 못하는 건 쓸쓸하다는 걸. 그래서, 내가 먼저 다가가기로 했다."

"리샤, 님?"

"어, 얼른 하지 못하겠느냐?! 여자를 너무 기다리게 하면 안 된다고, 어디서 들었단 말이다."

"그러니까…… 아, 알겠습니다."

뭘 요구하는 것인지 잘 모르는 상태로 흐름에 떠밀리는 것처럼 다가갔다.

평소와는 조금 다른 리샤의 모습을 보며, 룩스는 두근대는 가슴을 안고 그녀의 부드러운 머리를 쓰다듬었다.

작은 동물이라도 쓰다듬는 듯한 사랑스러운 느낌에 더하여 자신을 올려다보는 붉은 눈동자의 아름다움에 무심코 넋을 잃고 말았다.

"이, 이게 아닌데…… 뭐, 됐다. 이것도 충분히 좋아하니까……."

리샤가 기대한 행동은 아닌 모양이었지만, 그래도 만족스러워하는 것 같았다.

'역시 귀여운걸, 리샤 님.'

처음 만났을 때부터 사이좋게 지낸 까닭에 잊을 뻔했지만, 다른 친한 친구들과 마찬가지로 무척 매력적인 소녀임을 재차

인식하게 되었다.

세리스가 어딘가 서먹서먹했던 자신의 가치관을 무너뜨려준 덕분에 리샤를 보는 시선도 경애하는 대상에서 조금 변해가고 있었다.

지금까지 리샤가 항상 자신보다 룩스의 기룡을 우선적으로 조정하고 수리해준 것도, 그녀의 순수한 호의를 나타내는 증거일지도 모른다.

'이건 좀 너무 긍정적인 생각인가…….'

룩스는 쓴웃음을 지으며 그 생각을 바로 지웠다.

자신을 아무 편견 없이 대해주는 소녀들에게 묘한 감정을 품어서는 안 된다.

자신은 아직 구제국의 황족으로서 사명을 수행 중인 죄인이다.

적어도 앞으로 세 달 뒤에 다가올 『성식』의 위기를 『칠용기성』으로서 해결하고 신왕국을 구할 때까지는 긴장을 늦출 수 없다.

'하지만— 그게 끝난다면…….'

최근 마음 구석에서 그런 생각을 하는 자신이 있었다.

부끄러워하면서도 어쩐지 기분 좋은 것처럼 자신의 머리를 쓰다듬는 손길을 음미하는 리샤의 모습을 룩스가 멍하니 바라보고 있을 때.

"리샤 님, 루크찌! 여왕님께서 도착하셨어! 장갑기룡은 놔두고, 지금 당장 이사장실로 오래—!"

"——?!"

티르파의 목소리를 듣고 현실로 돌아온 룩스는 퍼뜩 정신 차린 리샤와 눈이 마주쳤다.

아주 잠깐 진지한 얼굴로 서로 바라본 후, 곤란한 듯 쓴웃음을 지었다.

"정말이지, 모처럼 좋은 때였건만. 역시 왕녀는 힘들구나."

"도와드리겠습니다, 리샤 님."

룩스는 그녀를 달래는 것처럼 말하며 살며시 손을 내밀었다.

리샤는 조금 수줍게 그 손을 잡았고, 두 사람은 이사장실로 걸어갔다.

†

이사장실에 도착하자 방에는 이미 많은 호위가 있었다.

렐리는 자리를 비웠는지 안에 있는 사람은 여왕 일행뿐인 것 같았다.

허가를 받고 입실하자, 측근인 나르프 재상과 함께 반가운 여왕의 얼굴이 보였다.

"그간 잘 지냈나요, 리샤. 당신의 활약에 대해선 왕도에도 소문이 자자하답니다."

이번에는 학원 시찰이라는 명목으로 방문했기 때문인지 수수한 드레스를 입은 라피 여왕은 우선 리샤를 보며 미소 지었다.

여전히 좋은 의미로 그다지 여왕답지 않은 여성이다.

다른 사람을 압도하는 패기는 없지만 온화하면서 이지적인 기품을 지니고 있었다.

반면에 룩스와 리샤는 예법에 따라 우선 리샤가 정석적인 인사를 올렸다.

"황송하옵니다, 폐하. 이렇게 배알하는 영광을 입어—."

"그런 딱딱한 인사는 필요 없어요. 여기는 알현실이 아니니까."

"그럼, 오랜만이에요. 어머님."

어쩐지 긴장돼 보이는 리샤가 인사를 마쳤고, 이어서 룩스도 고개를 들었다.

"그간 별고 없으셨는지요, 폐하. 건강하신 것 다행이옵니다."

"네, 당신도 얼굴이 무척 좋아졌군요. 당신과 처음으로 헤어진 5년 전보다 훨씬 생기가 넘쳐요."

그 말을 듣고 룩스는 잠시 5년 전 기억을 떠올렸다.

황족의 생존자로서 사로잡힌 룩스에게 은사를 베풀어 석방하고, 룩스의 소망대로 죄인의 신분으로 후길을 추격하며 날품팔이 왕자로서 신왕국을 자유롭게 돌아다닐 수 있는 허가를 주었다.

아티스마타 백작의 아내이자 룩스의 사정을 알고 있던 라피의 조치.

룩스가 지금 이렇게 평온하게 지낼 수 있는 것도 여왕으로서 국가를 계승해준 라피의 존재가 있는 덕분이다.

그런 생각을 하는 사이에 라피가 근황을 이야기하기 시작했다.

우선 룩스와 리샤의 활약 덕분에 신왕국이 몇 번이나 위기를 모면했다는 것.

유적을 포함한 신왕국의 상황. 『창조주』와 관련된 것을 포함한 타국과의 정세. 헤이부르그에서 일어났던 사태에도 일단 결판을 지었다는 이야기.

그것들이 지금은 어떻게든 돌아가고 있으며, 유적 조사를 중단한 현재는 큰 문제가 없다고 했다.

"이것도 전부 당신 덕분이에요, 룩스. 신왕국을 위해 애써 줘서, 정말 감사합니다."

간결하게 이야기를 마친 라피는 거듭 고마움을 표했다.

"과찬의 말씀이십니다, 폐하."

룩스도 공손하게 인사를 올리자, 어째서인지 옆에 있던 리샤까지 마치 자기 일인 양 가슴을 활짝 폈다.

—하지만 이때, 어떤 의미로는 예상하고 있던 말이 튀어나왔다.

"그런데 룩스, 한 가지 물어보고 싶은 게 있어요. 당신은 구제국의 비밀을 얼마나 알고 있나요?"

딱히 태도를 바꾸지도 않고 더없이 자연스럽게 물어보았다.

룩스와 리샤는 그 모습이 무엇보다도 긴장되었다.

"……제가 아는 사실은, 혁명이 끝난 그날 전부 말씀드렸습니다. 그 후에 습득한 구제국에 관련된 정보도 지금까지 있는 그대로 전달해드렸고요."

비단 헤이즈에 대한 것만이 아니라 후길이 함께하는 『창조주』 일행이 나타났을 때도, 구제국에 관련된 중요한 정보는 숨김없이 전달했다.

아이리가 해독한 유적의 고문서에서 『신성 아카디아 황국』이라는 이름이 튀어나온 직후에만 딱 한 번 알리는 게 늦었지만, 그 뒤에 열린 세계 회의에서 각국의 지도자나 신왕국의 중신들에게도 주지의 사실이 되었다.

룩스가 조심스럽게 대답을 기다리자 라피는 쓴웃음을 지으며 표정을 풀었다.

"걱정하지 마세요. 당신들을 의심하는 건 아니에요. 다만 옛날부터 아무리 알아내려 해봐도, 도통 알 수 없는 것 하나가 있어서 그래요."

"그건—."

룩스가 질문하려 하자 뒤로 물러나 있던 나르프 재상이 품에 안고 있던 보석함의 자물쇠를 열었다.

엄중히 보관되어 있던 그 안에는, 사람 머리만한 크기의 투명한 크리스털 『그랑 포스』가 존재했다.

"—헉?!"

"폐하께서는 이것에 대해서 뭔가 아는 것이 없냐고, 재차 물어보시려는 겁니다."

한없이 침착한, 하지만 약간의 온기도 느껴지지 않는 냉엄한 말투로 나르프 재상이 물었다.

리샤와 함께 숨을 들이쉰 상태로 굳어버리자, 라피 여왕이 말을 이어나갔다.

"구제국이 붕괴했을 때 보물고에서 발견한 거대한 크리스털. 당시에는 이게 무엇인지 알 수 없었지만, 유적에 관련된 중요한 것이라는 메시지만은 남아 있었습니다."

그 뒤에는 이 크라스털의 조사를 고려해서, 유적에 가깝고 유사시에 대처 가능한 전력도 있는 성채 도시의 학원에서 관리하게 되었다.

—하지만 그 후에 어둠의 무기상 헤이즈가 보낸 스파이 사니아가 찾고 있었다는 사실을 통해 의심으로 바뀌었으며, 『창조주』의 강림과 함께 그 정체가 명확해졌다.

고대 유산이 잠든 땅—『대성역』으로 가는 길을 여는 열쇠이자, 일곱 마리 종언신수의 체내에 숨겨진 중요한 아이템이라는 것이 말이다.

"저랑 나르프는, 이것은 이 성채 도시에서 가까운 제6 유적 『모형 정원』에서 나온 것이 아닐까 예상하고 있습니다."

현재 상황을 더해서 생각하면 그건 당연한 귀결이리라.

구제국의 보물고에 잠들어 있었다는 건, 이 『그랑 포스』는 십중팔구 신왕국 영내 유적에서 나온 것이라고 가정할 수 있다.

그리고 영내에는 총 세 개의 유적이 존재한다. 『탑』, 『방주』의 『그랑 포스』를 각 유적의 종언신수에게서 획득하여 수납을 마친 지금, 소거법을 따르면 『모형 정원』이 출처일 가능성이 높았다.

"솔직히 이 크리스털이 세계의 운명을 좌우할 정도의 보물일 거라곤, 당시에는 상상도 못 했어요. 게다가 『용비적』 등의 도적들에게 표적이 될 것을 우려하여 타국에도 정보를 제공하지 않기로 판단한 것이 잘못되었다고는 생각하지 않습니다."

라피 여왕은 어쩐지 난처하게 느껴지는 모습으로 담담히 말했다.

그 생각에는 룩스도 동감이었다.

"하지만 지난 몇 달 사이에 상황이 너무나도 급변하고 말았습니다."

나르프 재상이 보충했다.

고대인의 후예인 『창조주』가 유적 조사에 관련된 정보 은닉 같은 배신행위를 철저하게 벌하겠다고 선언해버리는 바람에, 이제 와서 가장 중요한 『그랑 포스』의 존재를 처음부터 소지하고 있었다는 이야기를 꺼낼 수 있는 상황이 아니게 되어버렸다.

"즉, 이제는 솔직하게 밝히는 것만으로는 끝나지 않을 거라는—."

리샤의 직설적으로 묻자 나르프는 고개를 끄덕였다.

"『창조주』가 언급한 배신자는 여전히 파악하지 못했으며, 『용비적』도 건재하지요. 각국이 균형을 유지하고 있는 이 상황에서, 그런 틈을 보여주면 『배신자』로 몰리게 될지도 모릅니다. 이미 각국이 유적 공략을 위해 대량의 자금과 병사를 투입하고 있기 때문이지요."

『대성역』의 해방이 가까워지고— 고대 기술의 유산이나 보물의 존재가 명확해지면, 이에 관련된 신왕국의 약점을 찌를 가능성도 부정할 수 없다.

"그럼, 어떻게 해야……."

리샤가 그렇게 말하려고 찰나, 라피 여왕이 말없이 한쪽 벽을 꽉 채우는 창문 쪽으로 시선을 옮겼다.

"대책은 생각해두었어요. 이제부터 그 이야기를 하겠습니다. 부탁해도 될까요? 두 사람 다—."

그리고 라피는 이 책임에서 벗어나기 위해 『그랑 포스』를 신왕국의 손으로 직접 수납하는 극비 임무를 제시했다.

당연히 룩스와 리샤가 거절할 리는 없었고, 10일 후에 두 사람의 주도 하에 실행하기로 계획했다.

†

"후우……."

정오 전, 길었던 회의가 끝난 직후.

방과 후의 학원 복도를 걸으며 룩스가 한숨을 내쉬자, 나란히 걷던 코랄이 눈을 동그랗게 떴다.

코랄과 요루카는 2주 동안 오전과 오후로 구분해서 호위를 담당하게 되었다. 그리고 오늘 오전은 코랄이 맡기로 했기 때문에 룩스가 회의를 마치자마자 그를 찾아갔다.

룩스가 황급히 손으로 입을 막자 코랄은 놀리는 것처럼 미소를 지었다.

"그러면 안 돼, 룩스 군. 한숨을 쉬면 행복이 도망간다고 그라이퍼가 그랬어."

"그라이퍼가?"

그 삐뚤어진 소년의 이미지와는 어울리지 않는 이야기라 룩스가 고개를 갸웃했지만—.

"응. 내가 가르쳐줬지만 말이야. 끈질기게 주입해줬지."

이어지는 코랄의 말에 걸려들어서 룩스도 쓴웃음을 지었다.

'위험해, 위험해. 나도 모르게 방금 전 이야기를 꺼낼 뻔했어.'

라피 여왕에게 의뢰받은 극비 임무에 대해선 외부인인 그에게는 당연히— 아니 학원 안이라 해도 다른 사람에게 알릴 수는 없다.

『한계 돌파』의 반동으로 인한 피로가 심각한 탓에 원래는 푹 쉬고 싶었는데, 실제로는 생각하는 일이 커져버렸다.

그 후 리샤와 라피가 모녀 단둘이서만 할 이야기가 있다고 해서 룩스는 한 발 먼저 방에서 나왔지만— 상당히 어려운 임무다.

룩스가 그런 생각을 하며 걷고 있는데 갑자기 여학생들이 말을 걸었다.

"실례할게요. 두 분께 잠시 할 이야기가 있는데, 어울려……가 아니라 의뢰 좀 할 수 있을까요?"

얼굴은 알지만 그다지 친하지는 않은 동급생 여자아이들이다.

그 눈에 비치는 호기심과 기대를 보니 어쩐지 귀찮아질 듯한 예감이 들었지만, 의뢰라는 말을 꺼낸 이상 룩스는 이야기를 들어줄 수밖에 없었다.

룩스가 복잡하게 웃으며 소녀들을 응대하려고 하는데 코랄이 슬쩍 앞으로 나섰다.

"미안해. 룩스 군은 다른 의뢰가 있거든. 그 대신 나라도 괜찮다면 잡일 정도는 해줄 수 있는데, 그건 안 될까?"

"엣, 그, 그래도 돼요?! 코랄 군에게도 흥미 있었는데, 그럼— 너희는 어때?"

리더로 보이는 선두의 소녀가 주위의 친구들에게 의견을 물었고, 동의를 얻었는지 이야기가 정리되었다.

갑작스러운 상황에 룩스가 굳어 있는데 코랄이 작은 목소리로 속삭였다.

"그렇게 됐으니, 룩스 군의 잡일을 하고 올게. 네 성격은 잘 알고 있지만, 남이 부탁하는 걸 뭐든 들어주면 안 된다? 쉬는 것도 엄연히 일이야."

"코랄……."

어쩐지 속을 꿰뚫어보는 듯한 윙크를 하고서 코랄은 소녀들을 따라 멀어졌다.

그의 섬세한 배려에 고마워하고 있는데 갑자기 뒤에서 기척이 느껴졌다.

"오래 기다리셨나요, 주인님—."

그러고 보니 오늘 오후부터는 요루카의 호위를 받을 차례다.

그녀 쪽을 돌아보자 두 눈이 휘둥그레지는 광경이 펼쳐져 있었다.

"……요, 요루카?!"

"네. 저랍니다, 주인님."

그녀는 생긋 티 없이 맑은 미소를 짓고 있었지만 룩스는 말문이 막힌 채 굳어버렸다.

충격적이었다.

평소에 입고 다니는 화려하고 요염한 검은 옷이 아니었고, 학원 교복도 아니었다.

머리카락은 평소의 붉은 리본이 아니라 하얀 머리띠로 고정했고, 검은색을 바탕으로 한 프릴 원피스를 입고 있었다.

손에 들고 있는 대형 악기 케이스 안에는 왠지 기공각검이 들어 있을 것 같다고 상상했지만, 처음 보는 사람에게는 들키지 않으리라.

머리부터 발끝까지 품위 있는 디자인으로 통일한 그녀의 모습은, 그야말로 귀족가의 영애 그 자체였다.

그 상상도 해보지 못한 모습을 보며 룩스는 저도 모르게 할 말을 잃었다.

몇 초가 족히 흐른 후, 새삼스럽게 소녀에게 물어보았다.

“그러니까, 그 옷차림은…… 어떻게 된 거야?”

“렐리 학원장이 준비해주었사옵니다. 사복도 조금은 갖고 있는 편이 좋다면서……. 어울리지 않는지요?”

“아니, 무척 잘 어울리는데— 잠깐, 렐리 씨가 준비해줬다고?”

무척이나 드문 조합이라 룩스는 고개를 갸웃했다.

그러자 요루카는 피르히가 렐리를 통해 자신에게 부탁했다는 사실을 가르쳐주었다.

“요양 중인 자신을 대신해서 주인님을 지켜주기를 바란 것이어요."

"피이가…… 그랬구나."

여전한 그녀의 배려심을 느끼고 문득 미소를 지으며 룩스는 납득했다.

"학원장의 전언도 맡아두었사와요. 학원 안에 있으면 여러 가지로 소란스러우니 주인님을 모시고 밖으로 나가라는—."

덤으로 「당신이라면 룩스 군과 발전할 걱정이 없으니까 안심이야」라는 말을 들은 모양이다.

대체 뭐라는 건지…….

"응. 그럼 모처럼 이렇게 준비해줬으니, 그 호의를 받아들여 볼까."

웃는 얼굴로 그렇게 대답하며 고개를 끄덕인 직후, 어째서인지 요루카는 문 앞에서 굳어버렸다.

"……왜 그래?"

룩스가 고개를 갸웃하자, 그녀는 웬일로 주저하는 것처럼 눈을 내리깔고 말했다.

"곤란하군요. 제대로 밖에 나가보는 것이 처음이라, 어디로 모셔드려야 좋을지 모르겠사와요."

"엥, 뭐어어어?! 아직도 크로스 피드를 돌아다녀본 적이 없는 거야?!"

그녀가 학원 생활을 시작한지도 벌써 몇 개월이 지났건만.

"물론 대략적인 지리는 파악하고 있지만, 주인님을 대접해드릴 만한 장소 같은 건 알고 있지 않사옵니다. 호위하는 관점에서 보자면 숙소를 잡고 가만히 있는 것이 상책이라고 생각합니다만—."

"하아……."

어깨를 축 늘어뜨리며 룩스는 재차 요루카를 돌아봤다.

"설마, 요루카는 여태껏 제대로 놀아본 적이 없는 거야?"

"네. 듣고 보니 그러하네요."

고개를 갸웃하며 소녀는 중얼거렸다.

이건 중증이다.

—아니, 그보다는 일상생활면에서 요루카를 별로 도와주지 않은 자신에게 문제가 있는 걸지도 모른다.

그렇게 판단한 룩스는 이 기회에 그녀를 데리고 거리를 돌아다니기로 했다.

"그럼, 기왕 이렇게 된 거 거리 구경이나 해볼까? 놀 만한 장소도 한두 곳 정도는 알거든."

"……."

요루카는 어쩐지 이 상황을 신기해하는 것처럼 집게손가락을 자신의 입가에 대고 생각했다.

분명 거절할 거라고 생각했는데, 이윽고 소녀는 밝게 웃으며 고개를 끄덕였다.

"그럼, 잘 부탁드리옵니다. 주인님."

"—응."

사랑스러운 영애처럼 차려입은 소녀의 미소를 본 찰나 룩스의 심장이 순간적으로 요동쳤다.

'역시 평소 옷차림도 그렇지만, 요루카는 참 미인이야…….'

그 독특한 옷차림과 신묘한 분위기 때문에 평소에는 깨닫기 힘들지만, 새삼 이렇게 치장한 모습을 보니 그런 생각이 들었다.

룩스는 신비로운 고양감과 불안을 품고 살며시 그녀의 손을 잡으며 걸음을 뗐다.

†

우선 노점에서 간단히 식사를 마친 후, 잘 아는 마구간에 들렀다.

잡일 의뢰로 말을 관리해준 적이 있기 때문에 비교적 쉽게 거래가 성사되었다.

"어이쿠야, 또 다른 여자애를 데리고 나왔잖아? 그나저나 이번 여자애도 엄청난 미인이구만……."

우선 오랜만에 만나는 청년이 그렇게 놀리면서 요루카에게 말을 보여주었다.

만일에 대비해서 요루카에게 말이 날뛸 것 같아도 죽이지 말라고 당부한 후, 먹이를 주며 접촉하게 해봤다.

"생각보다 얌전하군요. 그리고— 따뜻해요."

물론 초보자가 말을 타는 건 어려우니 거기까진 하지 않았지만, 그래도 그녀는 만족한 것처럼 말을 바라보았다.

이어서 향한 곳은 번화가 외곽에 있는 작은 호숫가.

오두막 앞에서, 역시나 날품팔이 시절에 알게 된 노인에게서 낚싯대를 빌려 낚시를 해보았다.

오랜만이랄까— 룩스는 딱히 어부로서의 잡일을 했던 게 아니라서 낚지 못했지만, 대신에 요루카가 몇 마리를 낚았다.

"동생과 함께 한 몇 안 되는 취미가 낚시였던지라……. 물고기의 기척은 단순해서 읽기 쉽답니다."

역시 동방 섬나라 출신이라고 할까.

물고기는 기념으로 가져갈 수도 있었지만, 노인에게 선물하고 그곳을 떠나 이번에는 옷가게로 향했다.

요루카의 첫 요구였는데, 요루카는 사복을 거의 갖고 있지 않기 때문에 큰 맘 먹고 고급 옷가게를 선택했다.

물론 시험 삼아 입어보고 그녀의 마음에 든 물건이 있다면 그걸 만들어달라고 할 생각이었다.

이래 봬도 『기사단』에서 봉급이 나오기 때문에 돈은 그럭저럭 갖고 있었다.

낭비할 수준은 아니어도 옷 한 벌 선물하는 정도는 문제없었다.

"주인님은 어떤 옷이 취향이신지요? 저는 딱히 좋아하고 싫어하는 게 없는지라……."

가게 안으로 들어가자 요루카가 그렇게 물어보았다.

처음에는 그녀의 취향에 맞춰 골라주려고 했지만 단서가 없었기 때문에, 평소와의 인상 차이를 생각해서 청초한 스타일을 골라보는 게 어떻겠냐고 제안했다.

"다 갈아입었사옵니다. 부디 봐주시어요."

"어디 보자— 어, 어어어어어엇?!"

요루카의 손짓을 따라 피팅룸에 들어간 순간 룩스의 머릿속이 새하얗게 변했다.

알몸— 아니, 평소와 분위기가 다른 속옷을 입은 소녀가 룩스 앞에서 맨살을 드러내고 있다.

머리띠로 정리한 매끄러운 장발과 검은 리본으로 포인트를 준 순백색 레이스와 가터벨트가 눈부셨다.

무심결에 시선이 빼앗기는 정도가 아니라, 아예 시선을 뗄 수 없게 하는 농염한 색기를 뿌리고 있었다.

"아니, 이게 무슨 짓이야 요루카?! 제대로 옷을 입고—."

"어머나? 이미 입었답니다. 주인님의 취향을 따라, 최대한 청초한 것을 점원에게 부탁했사옵니다만?"

"나는 속옷을 말한 게 아니거든?! 그 위에 입을 옷만 고르라고!"

빰이 발그레 상기된 요루카를 향해 마찬가지로 얼굴을 붉힌 룩스가 소리쳤다.

"청초한 양복만을……. 그렇다면, 주인님은 속옷을 입지 않는 쪽이 취향이신 거군요. 그럼 다음부터는 학원에서도 그렇게—."

"그러지 마?! 어느새 내가 수치 플레이를 강요한 것처럼 되어버렸잖아?!"

"어쩔 수 없군요. 그렇다면 점원의 추천을 따르겠사와요."

© 2016 Ayumu Kasuga

"아, 응. 그래……."

허둥지둥 시선을 돌리며 룩스는 그 자리에서 떠났다.

여느 때와 분위기가 다르다고 생각했지만 결국 평소의 요루카였다.

뭐라고 표현하기 힘든 복잡함이 섞인 한숨을 쉬며, 룩스는 쇼핑이 끝나기를 기다렸다.

†

겨울 하늘은 해가 지는 게 빠르다.

석양이 저물기 시작한 초저녁. 룩스와 요루카는 중앙 광장에서 휴식하기로 했다.

노점에서 살이 통통한 꼬치구이를 사서 먹고 있는데, 길을 오가는 사람들이 연신 말을 걸었다.

"오, 룩스 아냐? 다음에 또 도와달라고."

"어머, 이이 좀 봐. 룩스는 이제 왕녀님의 기사라고요, 정말."

그렇게 말하는 중년 부부.

"또 다른 미인을 데리고 왔잖아? 한 명만 소개시켜주라."

조금 나이가 많은 청년 노점상.

"룩스 군도 별세계 사람이 되어버렸구나……."

애틋한 눈으로 하늘을 올려다보는 처자들도 있었다.

결국 학원 밖에 있어도 소란스러운 건 마찬가지라는 생각에 쓴웃음을 지으면서 룩스는 일일이 응대해줬지만, 결정적으로 예전과 다른 점이 딱 하나 있었다.

"주인님은 모두에게 신뢰받고 계시는군요. 그 인품만이 아니라— 장갑기룡 실력까지. 그 점은 제 동생과 다르답니다."

옆에 앉아 있는 요루카가 불쑥 그런 말을 꺼내며 미소 지었다.

룩스가 예전과 다른 점이란 학원에서 얻은 것들이다.

날품팔이 생활을 하던 5년간은 사람들의 신뢰를 얻긴 했어도, 기룡사로서는 공격을 전혀 하지 않는 『무패의 최약』이라고 불릴 뿐이었다. 하지만 이제는 환신수나 라그나뢰크 등의 습격으로부터 『기사단』이나 학원, 나아가서는 성채 도시 자체를 지켜냈다는 명성이 들려오게 되었다.

리샤가 룩스를 전속 기사로 뽑은 일도 포함해서, 이제는 신왕국을 지키는 기룡사로서도 일약 경의를 받는 존재가 되었다.

"내가 여기까지 오게 된 건 모두들 덕분이야. 물론 요루카 덕도 있고."

그러나 겸손이 아니라 룩스는 진심으로 그렇게 생각했다.

자기 혼자만의 힘으로 위기를 극복해낸 것이 아니라고.

그녀들의 배려와 협력이 있었기에, 비로소 자신은 힘을 발휘할 수 있었던 거라고.

"제 덕분— 이요?"

짐작 가는 구석이 없는 건지 요루카 본인은 눈을 동그랗게 뜨고 고개를 갸웃했다.

"지난번에 라그나뢰크 메타트론을 쓰러뜨렸을 때도, 공격 반사 때문에 손쓸 수 없던 상대와 몇 번이나 정면으로 맞섰다고 들었어. 덕분에 공략의 실마리를 찾아서 쓰러뜨린 거잖아."

"부끄럽사와요. 원래대로라면 주인님께 다가오는 적은, 주인님을 번거롭게 해드리지 않고 배제해야 하건만……."

"그래도— 나는 네게 감사해. 고마워."

그렇게 말하며 요루카의 손을 잡았다.

서늘하고 매끄러운 살갗의 감촉이 기분 좋았다. 새콤달콤한 신비로운 감정이 룩스의 가슴 속을 가득 채웠다.

한편 요루카는 진지한 얼굴로 그 손을 잠시 멍하니 바라보았다.

"미, 미안해. 그, 너무 오래 잡았지— 아……."

룩스가 그렇게 말하며 손을 떼려고 했을 때, 반대로 요루카가 놓치지 않겠다는 것처럼 붙잡았다.

"주인님의 손은, 따뜻하군요."

평소와는 다른, 약간 고양된 어조로 그녀가 중얼거렸다.

하지만 곧 그 손을 놓더니 저물어가는 석양을 보며 미소를 지었다.

"하지만— 이런 시간을 보낼 여유는 없사와요. 주인님의 신변을 노리는 무리들을 멸하는 칼날이 되는 것에, 제 가치가 있으니까요."

"그건, 요루카가 동생을 잃었을 때—."

말을 하려던 룩스는 퍼뜩 깨닫고 입을 다물었다.

고도국 공주로서는 실격이라는 낙인이 찍혔지만, 차기 국왕

후보인 동생을 가까이에서 호위하는 사명을 부여받은 요루카.

하지만 동생은 나라의 중신들에게 배신당하여 제물로 바쳐졌다.

사람의 자격이 없다는 말을 듣던 소녀는 하다못해 동생의 종자라는 도구적인 처지에 매달림으로써 살아갈 의미를 찾아내려고 했지만— 요루카는 자신에게 그런 자격 따위는 없음을, 역시 사람이 아님을 깨닫게 되었다.

"네, 그 때는 실패했사옵니다. 저는 제 생각만 하고 있었지요. 아직 어린 나이에 국왕의 자리에 오른 동생을 제 뜻대로 부리려 드는 무리들. 그런 존재를 어렴풋이 깨닫고서 처리하려고 했건만—."

잡담이라도 하는 것처럼 담담하게.

하지만 밑바닥을 알 수 없는 기척을 흘리며 요루카는 미소를 지었다.

한순간 룩스의 마음속에는 불온한 예감이 생겨났고, 깨닫고 보니 이미 묻고 있었다.

"혹시 동생은, 그걸 말린 거야……?"

딱히 짐작 가는 점이 있었던 것은 아니다.

룩스는 그저 그녀가 만약 같은 짓을 하려고 한다면, 자신 또한 말렸을 거라고 생각했을 뿐이다.

요루카는 대답하는 대신 그저 더욱 짙은 미소만을 지으며 입을 닫았다.

중앙 광장에서 인기척이 사라지고, 하늘에 달이 완전히 떠올랐을 때, 요루카는 일어섰다.

“돌아가지요, 주인님. 이런 추위에 밖에 있으면 건강에 좋지 않사옵니다.”

“아, 응. 그렇, 지…….”

그렇게 말하는 요루카는 어느덧 평소의 그녀로 돌아와 있었다.

하지만 막 외출했을 때와는 다르게 더는 곁에서 팔짱을 끼려고 하지 않았다.

룩스는 자기 쪽에서 요루카의 손을 잡는 대신에 조용히 물어보았다.

“있잖아, 요루카. 신왕국에 와서, 이 학원에 들어와서 뭔가 변했어? 소중한 건 찾아냈어?”

“……변하지 않았사와요. 동생 분과 녹트 씨, 『기사단』 여러 분들은 잘 대해주고 있습니다만, 변함없사옵니다.”

“……그래.”

쓸쓸한 목소리로 대답한 룩스는 요루카가 이따금 악기 케이스를 매만지고 있다는 것을 깨달았다.

“요루카는 그 기공각검이, 무척 소중한가 봐.”

데이트를 할 때도 몸에서 떼지 않고 지니고 있던 《야토노카미》의 기공각검.

어떤 의미로는 그녀다운 집착이라, 룩스는 저도 모르게 웃고 말았다.

“결국 제가 이해할 수 있는 건 이것뿐이니까요. 도움이 되는 도구라면 곁에 두고 싶어지는 것도, 아끼는 마음이 드는 것도 도리. 사람이 아닌 저는, 그 정도 밖에 이해할 수 없사와요."

그렇기에 요루카는 오로지 룩스에게 『도움이 되는 도구』가 되기를 바란다.

분명 그럴 것이다.

하지만—.

"정말로 그런 걸까?"

"네……?"

학원으로 돌아가는 길에 룩스는 불현듯 떠오른 의문을 중얼거렸다.

"요루카는 어째서 검에, 그리고 종자의 삶에 그렇게 집착하는 걸까. 그저 사람을 전혀 모르기 때문만은 아닐지도 몰라. 어쩌면 요루카 자신도 눈치 채지 못했을 뿐일지도, 모르지."

"……흥미로운 해석이로군요."

요루카는 잠시 눈을 크게 뜬 다음 요염하게 눈매를 좁혔다.

"하지만 저는 모두의 기대에 부응할 수 없사와요. 저는 결국 단순한 물건에 지나지 않으니까."

"……."

여느 때처럼 밝은 그녀의 미소.

그것이 걷잡을 수 없을 정도로 쓸쓸하게 느껴지는 건, 아마도 착각이리라.

이날 이후로도 코랄과 교대로 호위에 임하는 요루카의 모습에는 딱히 변한 점이 없었다.

두 사람 덕분인지, 아니면 우연인지.

『용비적』 등의 적은커녕 환신수 한 마리조차 나타났다는 보고도 없이 휴식 기간은 평화롭게 지나갔다.

그리고 열흘 후, 드디어 『모형 정원』으로 출동하게 되었다.

†

그날 정오를 지났을 무렵. 장갑기룡을 보관해두는 학원 부지 내의 제4 기룡 격납고 앞.

유적에서 출현하는 환신수를 토벌하기 위해 『기사단』의 정예들이 모였다.

부대장인 리샤를 시작으로 룩스와 요루카, 트라이어드인 샤리스, 티르파, 녹트.

기록 담당으로 아이리도 동행하게 되었다.

피르히 및 나머지 『기사단』 멤버는 학원을 방어하기 위해 대기.

요루카는 아직 정식으로 『기사단』에 등록되지 않았기 때문에 이번 조사에는 동행하지 않는다.

"이번 임무는 가벼운 정찰이니까 걱정할 것 없어."

룩스가 그렇게 말하자 요루카는 의외로 얌전히 물러났다.

"네, 만약 주인님의 신변에 위험이 닥칠 것 같으면, 순식간에 달려가겠사옵니다."

밝게 미소 지으며 대답하는 요루카에게 고개를 끄덕이고

리샤 일행을 돌아보았다.

"알고 있겠지, 룩스. 이번 임무의 중요성을."

"네. 세심하게 주의를 기울일 겁니다."

라피 여왕이 직접 하달한 극비 임무.

표면적으로는 『모형 정원』 일대에 출현한 환신수 토벌이 목적이라고 전달해두었다.

하지만 실제로는 처리하기 곤란한 정체불명의 『그랑 포스』를 『모형 정원』에 숨겨 놓는 게 목적이다.

처음부터 신왕국은 그런 것을 갖고 있지 않았다는 것처럼 숨기고, 다음번 공략 때 주우러 가는 계획이었다.

말하자면 자작극이었지만, 나르프 재상도 그게 최선이라고 말했다.

'확실히 신왕국이 타국에 『배신했다』는 의혹을 받지 않으면서, 공략 실마리도 남기려면 이 방법밖에 없지만…….'

아이리나 트라이어드, 그리고 요루카에게까지 이 경위를 알리지 않는 것이 살짝 마음에 걸렸다.

"그럼 출발하자! 목표는 제6 유적 『모형 정원』 표층. 주위에 출몰한 환신수만을 격퇴하는 거다!"

진짜 목적은 그 환신수를 제거한 후 유적 내부의 땅에 보물 상자를 묻어두는 것이지만, 그 사실은 밝히지 않고 리샤가 작전개시를 선언한 찰나— 갑자기 뒤쪽에서 불청객의 목소리가 들려왔다.

"—이거야 원, 이렇게 믿음직하지 못한 기사단도 다 있었군."

"당신은—?!"

그 자리에 있는 거의 모든 사람들이 리샤 뒤에 나타난 인물을 보고 깜짝 놀랐다.

룩스와 비슷한 정도로 작달막한 체구.

어두운 푸른색 외투와 후드 밑으로는 특징적으로 생긴 안대와 한없이 어두운 검은색 눈동자가 드러나 있었다.

『칠용기성』 부대장—『푸른 폭군』 싱글렌 쉘블릿이 갑작스럽게 격납고 앞에 나타났다.

"너! 무슨 짓을 하러 온 거냐! 썩 물러나라!"

전율한 리샤가 허둥지둥 싱글렌과 거리를 벌렸다.

그 사이를 막는 것처럼 룩스가 재빨리 끼어들었다.

"싱글렌 경, 무슨 용건이십니까? 작전을 방해하는 행동은 삼가주셨으면 좋겠습니다만."

"하하핫. 말발이 제법 좋아졌잖아, 날품팔이 왕자. 하지만 감탄은 할 수 없겠군. 지금은 각국이 합의한 대기 기간이다. 유적을 자극할지도 모르는 공략은 협정으로 금지되어 있다만. 설마 그걸 깰 생각은 아니겠지?"

추궁하는 듯한 용서 없는 말투가 아닌, 농담이 섞인 목소리.

하지만 이 남자는 그럴 때일수록 방심할 수 없는 상대라는 걸 룩스는 알고 있다.

"……추격 중이던 『용비적』 사단장들이 신왕국 영내에 나타났다는 정보를 입수했다. 물론 성채 도시에서는 아직 발견되지 않았지만, 그 놈들 성격에 남아 있는 유적에 접촉할 가능성은 아주 높겠지."

"……."

룩스가 미심쩍은 표정을 보였을 때, 뒤에서 다가온 나르프 재상이 귓속말했다.

"현재 신왕국은 『용비적』에 관련된 그런 이야기를 듣지 못했습니다. 아마도 싱글렌 경이 만들어낸 이야기일 테지만 부정할 수 있는 근거도 없군요."

씁쓸함이 섞인 목소리를 듣고서 룩스는 사정을 쉽게 파악했다.

갑자기 나타난 이 남자의 강행을 막지 못했다는 것을 말이다.

예전에 발제리드 때도 성가셨지만, 룩스 일행이 명령받은 극비 임무를 수행하는데 이 남자가 따라오는 건 무척 위험하다.

어떻게든 변명해서 이 남자를 떼어놓지 않으면 임무를 실패할 뿐만 아니라, 『그랑 포스』의 존재까지 발각당해서 신왕국이 은폐하려고 한 증거라고 몰아붙이게 될지도 모른다.

그렇게 되면 『창조주』들에게 배신자로 간주될 위험이 있으며, 최악의 경우— 각국의 공격 대상이 될 수도 있다.

즉, 어떻게든 싱글렌을 동행시켜서는 안 되는 상황이었다.

"귀공의 손까지 빌릴 것까지도 없다. 이 일은 우리들만으로 충분하다!"

룩스와 같은 결론을 도출했는지 리샤가 그렇게 소리쳤다.

그러나 싱글렌은 의미심장하게 웃으며 단칼에 거절했다.

"신왕국 상층부에는 이미 이야기해두었지. 너희들에겐 내

행동을 나무랄 권리가 없다."

"같은 말 반복하게 하지 마라! 동행 따위는 필요 없다고 했다!"

리샤가 재차 거부 의사를 드러냈다.

룩스도 그 뒤를 이어서 말하려고 숨을 들이쉬었을 때, 나르프 재상이 고개를 저었다.

"아닙니다, 리즈샤르테 왕녀 전하. 싱글렌 경은 유적 앞에 있는 제1 요새 방위를 자처했습니다."

"요새 방위……?"

아이리가 놀라면서, 말을 곱씹는 것처럼 다시 중얼거렸다.

"요컨대, 만에 하나 환신수가 유적 밖으로 뛰쳐나가는 경우에 대비해, 그곳에서 성채 도시를 향한 진군을 막아주시겠다는 말씀입니까?"

샤리스의 질문에 싱글렌은 조용히 고개를 끄덕였다.

그리고 초승달 모양으로 입을 빼끔 열고서 조롱하는 듯한 웃음을 보였다.

"이미 내가 백령 기사단의 기룡사들로 유적 방면 제1 요새를 방어하고 있다. 나도 물론 거기서 움직일 생각은 없지. 그러니까 동행할 계획은 애초에 없었지만― 크크크크, 쓸데없이 미운털만 박힌 것 같군."

"……큭!"

분노를 미처 숨기지 못한 리샤가 신음했다.

처음부터 룩스 일행이 유적에서 무언가 할 거라고 예상하고서 넘겨짚었단 말인가.

어쨌거나 『모형 정원』 근처 제1 요새까지는 기껏해야 몇 km(키르메르) 밖에 떨어져 있지 않다.

여차하면 충분히 끼어들 수 있는 거리임을 생각하면 방심은 할 수 없다.

"그렇게 되었으니 나는 한 발 먼저 요새로 가야겠군. 부디 건투를 빌지, 날품팔이 왕자."

"……."

그 말을 끝으로 싱글렌은 부하의 《와이번》 어깨에 올라타 그대로 날아갔다.

주위에는 그저 형언하기 힘든 무거운 분위기만 남았다.

"여전히 저 남자는 남을 괴롭히는 데 천재적이군."

싱글렌이 떠난 직후, 불만을 숨기려고 하지도 않고 리샤가 투덜거렸다.

하지만 룩스는 더욱 긴장한 얼굴로 나르프 재상의 이야기를 들었다.

"미안하군요. 싱글렌 경이 이번 협력을 제안한 건 오늘 아침이었습니다. 저항하긴 했지만, 딱 잘라 거절할 수는 없었죠."

남은 유적은 고작 세 개.

유적 공략이 금지된 대기 기간임에도 불구하고 아직 공략되지 않은 유적에 다가가려 한다면, 신왕국이 추월을 꾀하고 있다고 의심당하는 것도 이상하지는 않다.

그러나 룩스는 그것보다도 좀 더 무서운 사실을 경계했다.

'설마 눈치챘나?'

룩스가 《와이번》 등에 매달아둔 거대한 배낭.

그 안에 문제의 『그랑 포스』를 보관 중인 보물 상자가 존재하고 있다는 걸.

"룩스, 어쩌겠느냐? 이번 토벌 말이다만—."

불안한 목소리로 묻는 리샤를 보며 룩스는 망설였다.

몇 초 정도 고민한 끝에 결단했다.

"미안, 요루카. 이번에 너한테 부탁 하나만 해도 될까?"

"네……?"

고개를 갸웃거리는 아이리는 상관하지 않고 요루카는 고개를 끄덕였다.

"바라던 바랍니다, 주인님. 뒤에서 뭔가가 오지 않는지, 몰래 감시하면 되는 것이지요?"

"과연, 그런 건가."

한 박자 늦게 샤리스가 손뼉을 쳤다.

"《야토노카미》의 탐사장치라면 녀석들의 움직임도 멀리서 알 수 있으니까."

"Yes. 토벌 팀의 눈과 귀는 제가 맡을 테니, 안심하시길."

요루카가 즉시 룩스의 생각을 간파하고 대답한 후, 이어서 트라이어드도 그 의도를 이해한 것처럼 대답했다.

요루카가 후미를 맡아 후방에 있는 요새에서 싱글렌이 묘한 움직임을 보이지 않는지 감시하고, 룩스 일행은 전방에 존재하는 환신수 무리에만 집중하는 작전이다.

"그럼, 출격한다! 다들 준비는 됐겠지!"

"네!"

리샤의 호령을 따라 룩스 일행은 저마다 장갑기룡을 발진시켰다.

오랜만의 출격에 긴장하며 『모형 정원』으로 향했다.

"룩스, 몸 상태는 어떠냐? 그 천연 아가씨처럼 무리하지 않아도 되는데?"

낮은 고도에서 비행하며 옆에서 리샤가 말을 걸었다.

조금 전까지의 불안함은 사라지고 평소의 자신감으로 가득한 기운이 느껴졌다.

"괜찮습니다. 그리고 리샤 님은 역시 기운찬 모습이 좋네요."

"훗, 뭐 그렇지."

리샤는 《티아마트》 조종간을 쥔 채 기운차게 웃으며 대답했다.

"환신수 토벌이라든지, 극비 임무라고 하지만 오랜만에 너와 함께 출격하는 거니까. 게다가— 저번 회의 때, 어머님께서 칭찬해주셨다. 룩스를 전속 기사로 삼은 내 판단은 틀리지 않았다고 말이다."

"라피 여왕 폐하께서요……?"

그 말을 들으니 룩스도 마음의 짐이 조금 가벼워지는 것 같았다.

아티스마타 백작의 죽음으로 여왕 자리에 오르게 된 라피지만 그만큼 룩스를 신뢰하고 있다는 이야기이리라.

구제국을 멸망시키고 간신히 손에 넣은 평화다.

이번에야말로 자신은 『칠용기성』으로서 그 기대와 책임에

응해야만 한다.

"저기요— 저희들도 있거든요?"

《와이엄》을 장착한 티르파가 활주하며 질투심 섞인 미소와 목소리로 말했다.

그러자 약간 뒤쪽에서 날아오고 있던 샤리스도 맞장구를 쳤다.

"이거이거, 공주님도 다른 여자들에게 밀려나서 꽤 울분이 쌓였던 모양이야. 이런 상황에서 룩스 군에게 자기주장이라니."

"뭐……?! 따, 딱히 그런 게 아니다만?! 나는 그저 사실을 말했을 뿐—."

"Yes. 하오나 리샤 님은 아직도 밀어붙이는 게 약하다고 판단합니다. 그 정도로는 다른 경쟁자들을 상대할 수 없어요."

지상을 달리던 녹트도 당황하는 리샤를 향해 담담하게 태클을 걸었다.

"다, 다들 시끄럽다! 멋대로 내 걱정 하지 마라! 이, 이래 봬도 일단 연말에는 룩스를 파티에 초대할 예정이라고!"

"리샤 님, 임무에 집중해주세요. 대장이시잖아요."

녹트에게 안긴 채 한숨을 내쉬는 아이리의 한마디에 「으으으……」 하고 말문이 막혀버린 리샤는 빨간 홍당무로 변해서 앞을 바라보았다.

요루카는 《야토노카미》의 위장 기능을 작동시킨 상태로 훨씬 뒤쪽에서 따라오는 중이라 대화에는 참가할 수 없었지만—.

'어쩐지, 마음이 편해지는 분위기야.'

헤이부르그에서는 긴장이 강제되는 상황이었기 때문에, 이렇게 소녀들의 일상적인 대화를 듣고 있으니 무심결에 미소가 떠올랐다.

하지만 룩스와 리샤 일행이 맡은 임무는 쉽지 않다.

심호흡을 한 차례 하고 다시 기합을 넣었을 때 예상한 광경이 눈앞에 펼쳐졌다.

"저게, 『모형 정원』 현재 모습인가요."

긴장감이 감도는 아이리의 한마디에 모두가 숨을 죽였다.

유적이 활성화된 이후로 룩스는 접근해본 적이 없지만, 확실히 지금까지와는 낌새가 달랐다.

예전에 토벌한 골렘이 두 마리, 키마이라나 하이트 같은 개체가 일고여덟 마리가량 보였다.

예전의 전력이라면 『기사단』 다섯 명만으로 상대하기엔 다소 버거운 숫자였다.

후방에 있는 요루카에게도 협력을 요청해서 한 마리씩 유인해가며 쓰러뜨리는 게 최선이었다.

그러나 환신수 측의 강력한 포진에도 동요하지 않고 리샤는 모두를 향해 말했다.

"위험하군. —하지만 여기서 시간을 들여 안전하게 돌파할지 말지, 그걸 판단하는 건 내가 아니다."

리샤의 말에 놀란 룩스가 당황한 모습을 보인 직후, 트라이어드 삼인조는 무장을 들어 올렸다.

"트라이어드, 할 수 있겠지? 룩스에게 멋진 모습을 보여줄

기회다!"

"네에?!"

녹트는 《드레이크》의 어깨에 타고 있던 아이리를 룩스에게 넘겨주었다.

"라저. 지금부로 교전을 시작하겠어. 룩스 군은 아이리를 데리고 후방을 계속 경계해줘."

리더인 샤리스가 선언함과 거의 동시에 트라이어드가 움직였다.

『모형 정원』에 접근한 것을 알아차린 환신수 무리가 반응을 보이자 재빨리 공격을 개시했다.

브레스 건 탄막으로 움직임을 제한하고, 하울링 로어로 자세를 무너뜨린 다음 무장으로 파괴.

모범적인 기초 전술이었지만, 세 사람은 절묘한 콤비네이션을 발휘해서 확실하게 적을 약화시켰다.

적들 또한 강력한 환신수가 모여 있는 점을 고려하더라도 한 발짝도 물러설 낌새를 보이지 않았다.

"우리들도 가자. 뒤쳐지지 마라! 《일곱 개의 용머리(세븐스 헤즈)》!"

《티마아트》의 특수 무장에서 특대 섬광이 뿜어져 나와 골렘의 핵을 꿰뚫어서 파괴했다.

동시에 《공정요새(레기온)》은 날아다니는 가고일이나 키마이라를 공격했고, 신장인 《천성(스프레셔)》에 걸려 움직임이 멈춘 개체를 트라이어드가 캐논으로 포격했다.

하지만 그렇게 우세를 점하고 있음에도 불구하고, 역시 유적과 환신수는 난적이었다.

"조심하세요, 녹트! 새로운 적입니다!"

"——?!"

아이리의 목소리에 반응한 녹트의 《드레이크》가 충격을 받고 후방으로 튕겨 나갔다.

동시에 리샤나 룩스, 샤리스와 티르파에게도 보이지 않는 공격이 닥쳐왔다.

"이건— 보이지 않는 환신수입니까?"

녹트가 《드레이크》의 레이더를 확인하고 의아해하는 표정으로 중얼거렸다.

서서히 환신수 무리를 압도하는 와중에 전선이 앞으로 이동했는데, 그 배후에서 무수한 환신수가 소환되었다.

다시 말해 『모형 정원』의 룩스 일행 바깥쪽에 거대한 환신수 포위망이 펼쳐진 것이었다.

"팬텀인가……. 이것도 최근에야 정보를 습득한 신형 환신수인 모양이네요."

본디 환신수에게 연계라는 개념은 존재하지 않지만, 이것은 매복에 특화된 전용 환신수인 듯했다.

"10여 마리의 팬텀이 후방에서 우리를 포위하고 있습니다. 이것을 제외한 증원은 없는 모양입니다."

물량은 그렇게 많지 않은 모양이지만 협공은 생각 이상으로 불리한 상황이다.

"하지만 공략법은 단순해. 이 포위망을 한 번 돌파하면 되니까.”

샤리스가 그렇게 말하며 강렬하게 미소 짓자 룩스는 망설이지 않고 손을 들었다.

“제가 가서 적을 유인하겠습니다.”

예전에 전용전 이면에서 수행한 환신수 백여 마리를 유인하는 임무에 비하면 말도 못하게 쉽다.

그렇게 생각한 룩스가 위험한 역할을 자처하려고 하자 트라이어드 삼인조가 미소를 지었다.

“으음— 하지만 지금은 『모형 정원』 쪽 포위망이 얇지 않아? 루크찌랑 리샤 님은 그냥 그쪽을 먼저 돌파하는 게 나을지도 모르겠는데—?”

“Yes. 잘 보이지 않는 약한 환신수 무리를 전부 쓰러뜨리는 건 힘듭니다. 게다가 시간도 많지 않아요.”

“—그렇군, 일리 있는 말이야.”

트라이어드가 제안하자 리샤도 망설인 끝에 고개를 끄덕였다.

룩스가 없는 동안 여러 차례 환신수 토벌에 참여했다는 말은 들었지만, 트라이어드도 제법 성장한 것 같았다.

지금까지와는 다르게 환신수의 갑작스런 출현에도 동요하지 않고 냉정하게 상황을 파악하고 있다.

트라이포트의 싸움에서 보여준 건 단순히 환신수를 상대하는 전투력만은 아니었던 것이다.

“그럼, 내가 반대쪽을 돌파해서—.”

룩스가 순간적으로 돌아본 순간, 티르파가 남아 있는 환신수 무리를 향해 돌격했다.

“라저~! 선두는 내게 맡겨두시라~!”

무장인 해머를 휘두르며 지상에 남아 있던 하이트 무리를 향해 쭉 달려갔다.

“위험해, 티르파! 적에게 포위당하겠어!”

티르파의 움직임을 보고 하이트 세 마리가 단숨에 달려들었다.

아무리 실력이 발전했다 해도 순전히 기체 성능 한계 때문에 상대할 수 없을 터였다.

룩스가 그렇게 판단한 찰나, 아이리의 목소리가 날아왔다.

“믿고 맡기세요, 오빠. 지금은 회복이 덜 된 오빠보다도 그녀들 쪽이 전황을 더 잘 파악하고 있다구요.”

“뭐—?”

룩스가 공중에서 멈춘 순간, 샤리스와 녹트까지 적진 한복판으로 뛰어들었다.

키마이라와 하이트 무리 여러 마리가 그녀들 앞을 막아선 순간, 세 사람의 기체에서 섬광이 뿜어져 나왔다.

“—기룡해방(브레이크 퍼지)!”

자의로 장갑을 해제하는 동시에 산탄처럼 사출하는 공방일체의 기술.

동시에 세 사람은 **다른 한 자루**의 기공각검을 뽑아 기룡 소환을 마쳤다.

“이건, 설마—.”

빛의 입자가 모여들며 새로운 기룡을 만들어낸다.

눈 깜빡할 사이에 소녀들의 몸을 감싼 그 장갑은, 범용기룡보다 한층 크고 장갑도 두꺼운 세 종류의 장갑기룡이었다.

《엑스 와이번》을 샤리스가, 《엑스 와이엄》을 티르파가, 《엑스 드레이크》를 녹트가 각자 장착하고 있었다.

원래는 특급 계층밖에 사용할 수 없을 강화형 범용기룡.

비록 신장은 갖추고 있지 않지만 성능 자체는 크게 뒤지지 않는 그 기룡을 소녀들은 교묘하게 조종하며 공격했다.

브레이크 퍼지의 충격에 기가 꺾인 환신수 진형을 돌파해서 『모형 정원』으로 가는 길을 열었다.

"다들, 대단해……."

다수의 환신수를 상대로도 밀리지 않고 싸우는 소녀들을 보며, 룩스는 자기도 모르게 감탄을 흘렸다.

그러자 옆에서 체공 중이던 리샤가 득의양양하게 팔짱을 끼며 가슴을 활짝 폈다.

"훗, 아직 다룰 수 있는 시간은 짧지만 말이지. 그래서 일반 기공각검도 겸용하고 있는 거다. 그리고 세 사람에 걸리는 부담이 최대한 가벼워지도록 기체별로 특별한 조정을 해두었지."

리샤는 자신만만한 모습으로 설명한 다음 룩스를 보며 대담하게 미소 지었다.

"강해진 건 너뿐만이 아니라고. 네가 몇 번이나 나라를 떠나 있는 동안, 저 세 사람도 우리들이 돌아가며 단련시켜줬으니 말이다."

"……."

반하임 공국에서 벌인 싸움 직후, 트라이어드 세 사람이 강해지려 한다는 것은 깨달았다.

하지만 실제로 이렇게 짧은 기간 만에 실현하기는 어렵다.

아마도 장갑기룡의 기술적인 면에서 서포트하고 있는 리샤의 힘도 컸을 것이다.

룩스에게만 싸움의 책임을 떠넘기지 않도록 그녀들 또한 힘을 키우고 있다.

그 사실에 감동해서 잠시 멍하니 있는데 샤리스의 목소리가 귀에 닿았다.

"지금이다, 룩스 군! 공주! 포위망은 돌파했어! 여긴 우리들에게 맡기고 그 목적이라는 걸 이루고 와."

"하지만 아직 위험해! 숫자가 너무 많고, 보이지 않는 환신수인 팬텀도—."

그녀들의 실력을 의심하는 건 아니지만 그래도 환신수는 얕볼 수 없는 상대다.

룩스가 결정하지 못하고 망설이는데 갑자기 뒤쪽에서 목소리가 들렸다.

"걱정하실 필요는 없사와요, 주인님. 그 보이지 않는 환신수라는 건 이미 다 처리했으니까."

"뭐라?!"

그 말을 듣고 옆에 있던 리샤가 입을 떡 벌리고 경악했다.

지금까지 먼 후방에서 대기하고 있던 요루카가, 어느 틈엔가 팬텀의 위치를 파악하고 십여 마리를 전부 처리한 모양이었다.

확실히 특장형인 《야토노카미》라면 레이더를 이용해서 보이지 않는 환신수도 간단히 공략할 수 있지만, 그래도 그녀는 역시 압도적이었다.

"뭐야 이게. 우리의 활약이 빛이 바래잖아."

샤리스가 농담조로 중얼거리자 티르파도 씁쓸한 표정으로 그 모습을 바라보았다.

"아, 아무렴 어때. 우리의 비밀 병기도 이게 전부가 아닌걸! 다음에는 루크찌를 깜짝 놀라게 해주겠어!"

"No. 티르파, 목적이 변질되었습니다. 그보다 룩스 씨, 우리들을 걱정하실 필요는 없으므로."

"응. 고마워, 다들. 돌아가면 꼭 축하 파티하자."

요루카의 지원에 안도하며 미소 짓고서, 룩스는 아이리를 안은 채 리샤와 함께 『모형 정원』 표층을 목적지로 삼았다.

"요루카도 조심해."

"걱정 마시어요. 그 『푸른 폭군』이라는 자는 얼씬도 하지 못하게 할 것이옵니다."

"그게 아니라, 무모한 짓은 하지 말아줘. 그럼—."

룩스는 곤란한 듯한 미소를 지으며 요루카에게 당부한 후 자리에서 떠났다.

"온다, 룩스! 이제 곧 『모형 정원』의 전송이 시작된다!"

"네! 리샤 님!"

긴장된 표정으로 대답한 순간『모형 정원』개폐가 시작되었다.

개폐— 일정 시간마다 주위에 존재하는 생물이나 무기물을 내부로 전송시키는 빛이 방출되었고, 룩스 일행은 그 안에 몸을 넣었다.

"다들— 무사해야 해."

그 한마디를 남기고 룩스는 리샤, 아이리와 함께『모형 정원』안으로 사라졌다.

훌륭하게 선도 임무를 마친 트라이어드는 만족스러운 시선으로 서로를 바라보았다.

"하아, 가버렸구나—. 역시 기회는 없을 것 같네……."

조금 기운 없는 모습으로《엑스 와이엄》을 장착한 티르파가 불평했다.

"어째 유난히 외로워 보이는데, 그 마음을 모르는 건 아냐. 그와 함께 싸우는 것도 오랜만이었으니까. 여기서 사이가 가까워질 기회를 놓치는 건 아깝긴 해."

"……그보다, 최근에 여러 면에서 레벨이 너무 올라가버렸지. 실력만이 아니라 전체적으로 말이야."

"Yes. 하오나 우리에게도 할 수 있는 일이 있을 겁니다. 그녀들 신장기룡 사용자를 쫓아가는 건 불가능하다 해도, 동료로서."

녹트가 냉정하게 정리하자 샤리스도 고개를 끄덕이며 동의했다.

"—그렇지. 그럼 일이 잘 풀리면, 다가올 성야제 때 우리도 그에게 선물을 해볼까?”

연말 이벤트.

신세를 진 남성에게 선물을 건네는 관습 이야기였다.

일부에서는 연애적인 뉘앙스도 섞는데, 트라이어드도 그것을 염두에 두고 있었다.

“잠깐?! 샤리스도 참, 그렇게 흥미 없다고 할 땐 언제고—.”

“하하하하, 의리라고 의리. 뭐, 나도 잘만 하면— 그런 생각을 아예 안 하는 건 아니지만 말이야.”

어쩐지 창피함을 무마하려는 것처럼 웃는 샤리스를 보며 녹트도 지적했다.

“Yes. 다들 주기만 하는 거라면 자유입니다. 저도 분발할 것이므로.”

『측실과 후계자가 많은 것은 바람직한 일이라고 생각하여요.』

룩스를 주제로 대화하는 세 사람을 보고서 요루카가 용성을 통해 말을 걸자, 세 사람은 한숨을 내쉬며 정신을 차렸다.

“또 그런다—. 요루카찌는 항상 그런 식이라니까.”

“Yes. 이런 일에는 무드라는 것이 있는 법입니다.”

“어쨌거나 잡담은 이제 그만하지. 우리도 임무를 완수하자고. 지금까지 신왕국과 그를 위해 싸워온, 그녀들의 뒤를 쫓아가기 위해서도.”

샤리스가 늠름한 목소리로 이야기를 마무리하는 동시에 남아 있던 환신수 몇 마리가 달려들었다.

세 사람은 서로 고개를 끄덕이고 전투를 재개했다.

Episode 4 분기점

룩스 일행이 『모형 정원』으로 향하기 며칠 전.

"여긴— 대체……."

화려하고 생동감 넘치는 어느 성곽 도시에서 떨어진 곳에 있는 색을 잃은 회색 도시.

마르카팔 왕국 내에서 문화유산으로— 동시에 출입 금지 구역으로 지정된 폐도(廢都) 겔세라.

『칠용기성』 대장 마기알카의 보좌관으로 동행한 세리스는 그 엄청난 장관 앞에서 저도 모르게 숨을 쉬는 것마저 잊었다.

복잡한 조각으로 치장된 높은 건물들이 늘어선 시가지는 그 전부가 회색으로 얼룩져서 마치 시간이 멈춘 듯한 정취를 자아내고 있었다.

"제법 장관이지? 흥망성쇠, 사람이 사는 세상을 축소한 그림이, 이 한 지역에 역사로서 새겨져 있다네."

"……."

세리스가 지금까지 세계사에서 배운 건 어디까지나 과거에 멸망한 도시의 일부가 남아 있다는 일화뿐이다.

그럼에도 불구하고 눈앞에 펼쳐진 그 광경에서는 뭔가 이상한 분위기가 느껴졌다.

"뭔가 기척이 느껴지는군요. 사람이 아닌 존재의 기척— 환신수의 그림자가."

"호오? 역시 신왕국 최강이라 칭송받는 명문 사대 귀족답구먼. 아직 《드레이크》의 탐사장치로도 포착할 수 없는 거리이거늘, 혜안이로고."

마기알카가 야릇하고 오만한 웃음을 입가에 걸고서 칭찬했다.

그러나 세리스는 물론 긴장을 늦추지 않았다.

늦추기는커녕 마기알카에게마저 경계심을 품고 칼자루에 손을 댄 채 뒤로 물러났다.

"언제부터 이곳에 환신수가 정착하게 된 겁니까? 이 사실을 세계 각국은 알고 있나요?"

긴장감 어린 목소리로 묻자 마기알카는 씨익 비아냥거리는 웃음을 지으며 세리스를 올려다보았다.

"반대로 물어보고 싶네만, 부자연스럽다고는 생각하지 않는 겐가? 마르카팔 왕국은 바다에 접해 있고 국토도 넓으며, 천연 자원도 윤택한 중립국이라네. 허나 환신수가 출몰한다 해도 유적의 보물을 얻을 수 없는 장소 따위에는 아무도 흥미를 갖지 않지. 일곱 개의 유적이 확인된 뒤로 10여 년, 이곳을 좋아서 방문하는 타국 사람 따위는 없었다네."

"……."

세리스가 침묵하자 마기알카는 아트막한 언덕 위에서 폐도를 내려다보았다.

차가운 돌풍을 맞아 외투가 펄럭거리고 앞머리가 흐트러졌다.

듣자하니, 고대부터 이 장소는 가까이 다가가서는 안 되는 성역이라는 구전이 전해져왔다고 한다.

섣불리 손을 대면 재난과 함께 이 폐도처럼 종언이 찾아온다.

실제로 그 금기는 몇백 년 동안 지켜졌지만, 각지에서 유적이 발견된 이후로 다른 나라에서 외지인이 대거 찾아왔다.

"환신수는 출몰하지만 보물이라곤 장갑기룡 한 기조차 눈에 띄지 않았지. 그러면서도 이곳에서 나오는 환신수는 수는 적어도 더없이 강력했다네. 당연히 다른 나라의 협력이 없으면 주위에서 드물게 일어나는 재해도 막아낼 수 없지만, 그런 귀찮은 일에 끼어들려 하는 나라는 존재하지 않지. 그래서 내가 부름을 받게 된 것일세."

다행히도 마르카팔 왕국에는 천연 자원이 풍부했다.

당시에 대량의 장갑기룡을 사들인 마기알카는 이 폐도와 침입자들에게 겁먹은 마르카팔 왕국의 거래 상대로서 파격적인 지위를 부여받았다.

마기알카는 각국에서 기룡사를 고용하여 이 나라의 경비를 맡겼고, 유적이 존재하지 않는 마르카팔의 치안을 개선하기 위해 구심점이 되어 협력했다.

그 대신 상업에 관련된 모든 권한을 허가받아 막대한 재산을 쌓았고, 시장을 석권하게 된 것이다.

"하지만 어째서 제게 그런 이야기를 하는 겁니까? 설마, 최근 유적의 활성화에 맞춰서 이 폐도도 위험이 증가했다거나……?!"

거기까지 말한 세리스의 등에 전율이 쫙 일어났다.

"크크큭. 내가 『칠용기성』 대장인 주제에 일은 제대로 하지도 않는다고 떠들어대는 녀석들도 있거든. 실제로는 이런 사정이 있었지. 여기가 어떤 장소였는지, 그 헤이즈라는 무기 상인도 한때 이 폐도를 찾아온 적이 있다네."

"그럼 설마, 이 폐도가—."

"그래, 모든 고대 기술과 유산이 잠든 『대성역』. 거기로 통하는 입구라 봐도 틀림없겠지. 대외적인 일은 그 속물— 싱글렌에게 맡긴 것처럼 위장하고, 이 토지의 조사를 진행하고 있었다네. 『창조주』 녀석들도 계속 시치미를 뗄 작정이라면 멋대로 들어가더라도 불평하진 못하겠지. 저 너머에 우뚝 서 있는 허물어져가는 성의 지하에 아마도 모든 것이 존재할 걸세."

"그럴, 수가……."

아연실색해서 중얼거리는 세리스 옆에서, 마기알카가 다시 어깨를 으쓱 들어 올렸다.

"저 『창조주』라는 족속들은 이 사실을 알고 있었으면서도 입도 뻥끗 안 했다는 게야. 이 사이에 녀석들이 우릴 앞질러 나가지 못하도록 대책을 세워둘 필요가 있다네. 우리의 진짜 적이라는 녀석도, 초조하게 굴어준 덕분에 드디어 꼬리를 잡았으니까 말이야."

"……?! 지금 뭐라고 하셨습니까?!"

순간 그 의미를 파악하지 못하고 세리스가 되물었다.

마기알카는 담담한 어조로 계속 말했다.

“『창조주』 녀석들이 언급한 배신자라는 족속을 찾았단 말이네. 헤이부르그에서 떨어져나간 『용비적』이 누구와 계약해서 움직였을까. 어째서 토르키메스 연방 상공에서 달이 사라졌을까. 『용비적』 녀석들이 무슨 수로 엘릭시르 같은 유적의 보물을 손에 넣었을까—.”

『—떠나라, 어리석은 자들아.』

뷔이이이이이이이이잇—!

마기알카가 진상을 밝히려고 한 직후에 머릿속을 긁어대는 불협화음이 들리더니 환신수 몇 마리가 뛰쳐나왔다.

거대한 쌍두견 오르토스.

『방주』에서는 문지기로 취급될 정도로 강력한 개체가 나타났다.

“—핫! 쉽게 보내주지는 않겠다는 것이냐. 그런 고로 내 일 하나만 부탁함세, 보좌관 공. 유적을 둘러싼 이 싸움은 앞으로 더욱 치열해질 게야.”

호탕하게 웃으면서 마기알카는 자신의 허리에 찬 기공각검을 드디어 뽑아들었다.

신속하게 자루의 방아쇠를 당기는 동시에 영창부(패스 코드)를 읊조렸다.

†

다시 시간은 현재로 돌아와, 신왕국—.

유적 내부로 룩스와 리샤, 아이리가 들어가고 『모형 정원』 밖에서 트라이어드와 요루카가 방위 중인 이때.

거대한 입방체 형태의 『모형 정원』 뒤쪽에 한 소녀가 서 있었다.

하얗게 칠한 가면을 쓴, 매끄러운 흑발 소녀.

숨을 죽이고, 기척을 죽인 채 상황을 살피고 있다.

"……저 남자, 생각보다 말을 꽤 모아뒀어. 하지만 결국 연속되는 싸움으로 체력은 마모되지. 우리에게 대항할 수 있을 정도는 아니야."

말을 듣는 쪽은 소녀 옆에 없었다.

어디까지나 독백, 자기 자신에게 확인시키는 것처럼 상황을 설명해나갔다.

각오는 앞으로 이루어야 할 일의 크기에 따라 더욱 많은 양이 필요해진다.

그 무게를 견디기 위해, 이루어내기 위해, 소녀는 굳이 입 밖으로 내뱉었다.

"이 상황이라면 확실히 성공해. 만일의 경우에는 내가 제압할 거고. 시간은 앞으로—."

"움직이지 말아주겠어, 거기 너."

"——!"

가면을 쓴 소녀의 배후에서 코랄 에스터가 경고했다.

《엑스 와이번》을 장착한 채, 브레스 건의 총구를 등에 들이대고 있었다.

"어째서, 당신이 여기에?"

가면을 쓴 소녀는 돌아보지도 않고 불분명한 목소리를 냈다.

대치중인 코랄도 미동도 하지 않으며 담담하게 그 등을 향해 말했다.

"『용비적』은 세 명의 사단장으로 구성된 전쟁광 조직. 그들은 이미 『악한 왕』에게서 떨어져 나갔지만, 헤이즈와도 카렌시아와도 연결고리가 없다면 메인 계약자가 있을 거야. 너희가 뭘 꾸미고 있는지는 모르겠지만, 고용주가 존재할 게 분명했지."

"……."

가면 소녀는 꿈쩍도 하지 않았다.

그 대신 코랄이 계속해서 추궁했다.

"나도 네가 나타날 거라고 예상하진 못했어. 하지만 룩스 군을 지키기 위해 상황을 지켜보고 있었더니, 이렇게 생각지도 못한 월척이 낚인 거지. 『용비적』 녀석들에게 엘릭시르나 피리를 제공해준 건 너지?"

"거짓말쟁이."

갑자기 어린아이처럼 천진난만한 웃음소리가 가면 밑에서 튀어나왔다.

"—거짓말거짓말거짓말거짓말, 온통 거짓말뿐. 의기양양하게 사람을 추궁하려고 하지만, 정작 중요한 건 빠져있구나."

"——?!"

한없이 밝은 목소리로 가면 소녀가 실소했다.

"당신은 그 배신자의 후손을 감시하고 있었지. 확실히 『창조

주』가 신경 쓸법한 상대이긴 하지만, 아무리 그래도 너무 심했어. 당신의 독단인지, 아니면 무슨 비밀이라도 있는 건지는 모르겠지만— 어느 쪽이든 내 눈으로는 신용할 수 없어."

양손을 들고 저항하지 않겠다는 뜻을 드러내면서도, 소녀는 태연자약한 말투로 협박했다.

"어째서 그걸 알고 있지?! 너— 정체가 뭐야?!"

코랄의 목소리가 거칠어진 직후, 가면 소녀는 냉정하게 선고했다.

"함정을 펼치고 있었던 건 당신만이 아니야. 목적을 위해 일부러 모습을 드러내고 유인한 것 또한 양동이라는 이름의 함정."

"……코랄! 뒤야!"

갑자기 룩스의 절박한 목소리가 뒤쪽에서 들려왔다.

'아차! 복병인가!'

그렇게 생각하며 즉시 뒤를 돌아보았지만, 거기에 펼쳐진 것은 황야와 지평선, 끝없이 맑고 푸른 하늘뿐이었다.

"—불꽃에서 탄생한 불길한 신. 증오와 이치를 먹고 초월하라, 《브리트라》."

찰나, 돌아본 코랄의 뒤쪽에서 신장기룡을 소환하는 패스코드가 들려왔다.

코랄이 들은 룩스의 목소리는 허상, 방금 그것은 페이크였다.

코랄이 서둘러 다시 돌아보는 동시에 가면 소녀에게 브레스건을 쏘기 위해 방아쇠를 당기려는 순간, 그 장갑 팔이 **배후**

에서 공격받아 파괴되었다.

"—이런?!"

이번에는 무리하지 않고, 코랄은 옆으로 몸을 날려 이탈했다.

어째서 가면 소녀 쪽으로 다시 돌아섰는데 배후에서 일격을 당한 것인가?

그 의문은 눈앞에 나란히 선 두 기의 신장기룡을 보고 해결되었다.

가면 소녀가 장착한 칙칙한 울금색 신장기룡 《브리트라》.

그것과 나란히 선 것은 네 다리와 양손에 뻗어 나온 날카로운 강철 손톱이 특징인—《드레이크》 형태의 신장기룡 《애스프》.

『용비적』 삼두목 겸 사단장의 한 축을 맡는 드라켄 메기스트리.

가죽 가슴갑옷과 허리띠를 두른 도적 같은 차림으로 서 있는 그녀를 코랄도 본 적이 있었다.

지금까지 『용비적』을 추격해왔으니까.

"소리를 자유자재로 조작하는 《애스프》의 신장—《마락성창(헬 콰이어)》으로 룩스 군의 목소리를 만들어서 나를 부르고, 함정임을 깨닫고서 당황하는 사이에 위장 기능으로 숨어 있던 《애스프》가 공격한다—. 신경을 꽤 썼는걸. 나를 확실하게 죽이기 위해서라고는 하지만."

한 차례 드라켄이 숨어 있던 뒤를 바라보게 하고, 다시 한 번 돌아보게 함으로써 코랄의 집중력을 빼앗고 뒤쪽을 향한 경계심이 사라지게 만들었다.

하지만 갑자기 위화감을 느낀 것인지 간발의 차이로 코랄은 몸을 비틀어 급소를 피했다.

룩스의 목소리가 들려왔는데 아무도 없다는 부자연스러움이, 신장을 이용한 적이 여럿 있음을 눈치 채게 해주었다.

"속임수도 너무 과하면 오히려 부자연스러운 법이지. 역시 나는 싸움에는 어울리지 않아."

《브리트라》를 장착한 소녀가 탄식하자 드라켄이 조용히 앞으로 나섰다.

"이 자리는 전문가인 내게 맡기라고. 댁한테는 할 일이 있잖아?"

"당신은 입이 가벼워. 쓸데없는 소릴 하면 보수를 줄이겠어."

"그건 너무 심한데. 그럼— 쓸데없는 말은 이만 끝내도록 할까!"

소리치는 동시에 드라켄이 코랄에게 달려들었다.

《애스프》의 양손에서 튀어나온 강철 손톱을 무기 삼아 매서운 찌르기를 연속해서 시도했다.

동시에 다시 이상한 소리가 울려 퍼지더니, 그 직후— 가면 소녀는 자취를 감추었다.

"피리 소리를 만들어서 환신수를 부를 셈이야? 하지만 왜 네가 여기서 싸우는 거지?"

"응? 크크큭, 나는 용병이니까. 돈만 준다면 시간과 장소를 가리지 않는다고!"

코랄의 질문을 흘려 넘기고 드라켄은 앞으로 나아가며 공격을 퍼부었다.

그러나 《엑스 와이번》의 한쪽 팔이 파괴되었어도 블레이드한 자루를 교묘하게 다뤄 직격은 피할 수 있었다.

드라켄의 태도를 보고 코랄은 직감적으로 어떤 사실에 다다랐다.

'신장인 《마락성창》으로 피리 소리를 내서 환신수를 끌어모을 수 있는 그녀가, 어째서 굳이 『모형 정원』 밖에서 싸우는 거지?'

물론 다른 『용비적』 사단장인 바인과 가투한도 피리를 갖고 있겠지만, 자유자재로 소리를 다룰 수 있는 드라켄이 유적 안에서 싸우는 편이 훨씬 효율적일 터다.

그런데도 그렇게 하지 않는다는 건 두 가지 가능성을 시사하고 있었다.

하나는 언뜻 보기에는 정리된 것 같은 이 『모형 정원』 주위에 환신수가 숨어 있다는 것.

다른 하나는 드라켄이 유적 내에 있는 것보다, 이쪽에 있는 것이 유효하다고 생각한다는 것.

다시 말해—.

"실력은 그럭저럭 괜찮잖아? 게다가 머리도 꽤 똘똘하고. 역시 『칠용기성』의 부관답다고 해야 할까?"

일단 거리를 벌린 드라켄이 자세를 풀며 거만하게 웃었다.

"하지만— 전장에서는 오래 살아남을 타입이 아닌걸. 너는 자신의 역량에 과도한 자신감을 품고 있어. 위를 보시지."

"—윽?!"

이번에는 속아 넘어가지 않도록 코랄은 드라켄에게서 시선을 떼지 않고, 그저 경계 의식만 머리 위로 옮겼다.

흉악한 환신수의 살기를 느끼고 몸서리를 친 순간, 드라켄의 《애스프》가 손끝에서 대거를 연사했다.

"큭……!"

반사적으로 하울링 로어를 방출하는 동시에 장벽을 강화.

닥쳐오는 무수한 칼날의 궤도를 틀어서 직격을 피했다.

하지만 상공에서 닥쳐오는 중형 환신수— 디아볼로스의 일격에는 완전히 무방비했다.

'……이런, 당했다!'

코랄이 눈을 꽉 감고 각오한 순간.

"—너답지 않잖아. 천하의 우등생이 초조하게 굴다가 실수를 저지르다니."

귀에 익숙한 목소리와 함께 머리 위에서 허공을 가르는 소리가 들렸다.

그 직후, 코랄을 공격하려던 환신수 몇 마리는 여러 조각으로 절단된 고깃덩어리로 변해 지상에 떨어졌다.

"……아니?!"

이번에는 드라켄이 예상 밖의 사태에 눈살을 찌푸렸다.

코랄 앞을 막는 것처럼 내려온 것은, 흉흉하게 가시 돋친 장갑을 가진 신장기룡 《쿠엘레브레》와 반하임 공국의 『칠용기성』 그라이퍼였다.

여느 때와 다름없이 의욕이라곤 없어 보이는 반항적인 표정을 짓고 있었지만, 그 자세에는 약간의 빈틈도 없었다.

"그라이퍼! 여긴 어떻게……?!"

"『미궁』도 일단 공략이 끝나버려서 한가하잖냐. 그런데 우리 공녀님이 상황을 좀 보고 오라셔서 와봤지."

"—핫! 시시한 농담이로군. 겨우 그깟 이유로 자국의 수비력을 약화시킬 리가 있을까. 대충 그 마기알카나 싱글렌의 사주겠지? 우리가 너희 연합의 추격에서 도망친 다음, 이 『모형 정원』을 노릴 거라고 예측한 거 아냐?"

『보좌관 교환』은 『창조주』 리스테르카의 제안이었지만, 각국의 『칠용기성』이 그 자리에서 움직이면 안 된다는 규칙은 없다.

마기알카는 자신의 역량을 『대성역』에 집중하고, 나머지 전력을 『모형 정원』 근처에 집중해둔 것이었다.

씁쓸한 표정으로 드라켄이 말하자 그라이퍼는 턱을 살짝 치켜 올렸다.

"뭐, 자세한 내막은 비밀 엄수 의무가 있어서 밝힐 수 없다만, 상식적으로 생각하면 남은 유적 중에서 위치가 확실한 건 두 개뿐이지. 그야 경계하는 게 당연하잖아?"

"확실히 일리 있지. 하지만 우리의 실력을 얕보면 곤란해. 그래, 반하임에서 유명한 『탐랑(貪狼)』 그라이퍼란 말이지. 실력은 나름대로 괜찮은 모양이지만, 이 상황에서는 내가 압도적으로 유리하다 이거야."

"야, 코랄. 넌 아까 그 이상한 가면 자식을 쫓아가. 이 도적은 내가 처리하지."

"—알았어! 부탁할게!"

코랄은 순순히 고개를 끄덕이고 《엑스 와이번》을 『모형 정원』 방향으로 몰았다.

그 순간, 그라이퍼 주위를 디아볼로스 몇 마리가 에워쌌다.

조금 전처럼 『모형 정원』 주위에서가 아니라 저 멀리 상공에서 환신수들이 내려왔다.

"유감이로군, 『칠용기성』 나으리. 눈에 보이는 것만이 전부가 아니라고. 아무리 댁이라 해도 이건 못 당할걸."

"그래서 어쩌라고? 살려달라고 빌기라도 하면 눈감아줄 거냐?"

"안됐지만 댁 같은 들개 나부랭이한테는 인질 가치가 없거든. 속공으로 처리해주겠어—."

드라켄이 사형 선고와도 같은 위협을 했지만, 그라이퍼는 꿈쩍도 하지 않았다.

"그거 참 반가운 소식이구만. 나는 힘조절 같은 귀찮은 건 질색이걸랑. 네가 포로가 될 생각이 없다면 이렇게 쉬운 일도 없지."

"센 척도 정도껏 하는 게 어때. 『칠용기성』 중에서도 가장 약한 축에 들어가는 남자가—."

드라켄이 조롱하는 시선을 보낸 것과 동시에 명령을 받은 디아볼로스 무리가 일제히 달려들었다.

대기를 가르는 예리한 발톱, 커다란 입에서 뿜어져 나온 작열하는 불꽃.

그 모든 공격을 《쿠엘레브레》가 펼친 빛의 막으로 튕겨내고, 카운터로 《용미연검(테일 블레이드)》을 신속하게 휘둘렀다.

그 공격만으로 사정거리 안에 있던 디아볼로스 몇 마리의 목이 떨어지고, 핵이 터져나갔다.

깜짝 놀라 후방으로 거리를 벌린 드라켄의 눈앞으로 날카롭게 파고드는 것처럼 《쿠엘레브레》가 비상했다.

"《광자잠행(포톤 다이브)》— 무적으로 만들어주는 빛을 두르는 《쿠엘레브레》의 신장인가?"

일단 그것이 작동되면 어떤 공격이라 해도 그라이퍼를 쓰러뜨리는 것은 불가능하다.

하지만 무적화 지속시간은 10초도 되지 않을 정도로 짧으며, 효과가 끝난 직후에는 재사용이 불가능하다.

즉 환신수에게 시간차 연속 공격을 명령하면 피해를 입히는 것쯤은 간단했다.

"어수룩한걸. 댁 정도 상대에 대한 대책 같은 건 한참 전에 세워뒀다고."

태세를 가다듬기 위해 드라켄은 다시 《마락성창》으로 피리 소리를 내서 환신수를 불렀다.

그라이퍼 일행은 아직 발견하지 못했지만, 『모형 정원』 이외에 환신수를 모으고 풀어놓는 **시설**을 숨겨두고 있었다.

하지만 드라켄은 뒤로 도약해서 거리를 벌린 순간 주위가 짙은 안개로 뒤덮인 걸 깨달았다.

"《은신처의 진명(미스트 사이퍼)》— 그럼 하나 더 가르쳐주마. 이게 《쿠엘레브레》가 가진 특수 무장의 힘이라고."

"핫! 뭔가 했더니, 꽤 허접한 마술이었잖아!"

시야를 차단하는 안개의 생성.

확실히 일반적인 전투 상황이라면 성가시겠지만, 드라켄이 보유한 《애스프》는 특장형이다.

범용기룡인 《드레이크》처럼 레이더 기능을 갖추고 있기 때문에 시야 봉쇄 따위는 무의미한 짓이라고 생각하며 탐사해 보았지만— 아무 것도 감지되지 않았다.

"—설마?! 이건 전파를 방해하기 위한 안개……?!"

단순한 짙기만 한 안개가 아니라 레이더마저 차단하는 특수한 금속 조각으로 이루어진 안개.

그 사실을 깨달은 직후, 여러 조각의 칼날로 구성된 《테일 블레이드》가 나선을 그리며 드라켄의 목을 노렸다.

"크어엇?!"

채찍처럼 휘어지는 《와이어 테일》을 피하는 건 그렇지 않아도 지극히 어려운데, 짙은 안개 속에서 공격당한 드라켄은 방어에 늦고 말았다.

장벽을 강화해서 간신히 치명상만은 면했지만 어깨부터 가슴에 걸쳐 얕게 베였다.

하지만 그 직후, 안개 속의 그라이퍼를 향해 환신수가 잇따라 달려들었다.

그 사이에 안전한 간격까지 대피했지만 안개가 걷혔을 때 환신수는 전멸해 있었다.

“아무리 무적화가 해제되었다지만, 환신수를 《미스트 사이퍼》 안에 밀어 넣으면 섬멸하는 건 간단하거든? 나에 대한 대책을 제대로 세운 거 맞냐?”

“…….”

드라켄은 부상 때문에 숨을 헐떡거리며 자신의 생각이 짧았음을 깨달았다.

무모한 도전을 좋아하는 그라이퍼가 그럼에도 불구하고 어떻게 온갖 전장에서 살아남을 수 있었을까? 그것은 단순한 우연이 아니다.

항상 강자와의 싸움이나 위험한 곳에 자진해서 몸을 내던지며, 치명상을 피하고 끈질기게 살아남는 후각을 터득했기 때문이다.

그리고 다음 전투 때까지 상처를 회복하면서 대책을 찾아낸다.

그래서 『탐랑』이라는 이명으로 불리는 것이었다.

“이거 참, 내가 잘못 본 모양이네. 상황이 이러니 일단 철수하고 싶지만, 아직 그럴 수야 없지. 내 동료들이 **그것**을 들고 돌아올 때까지는―.”

“…….”

그라이퍼가 살짝 인상을 찌푸리며 입구가 닫힌 『모형 정원』 쪽으로 시선을 옮겼다.

조사로 위장한 룩스 일행의 이번 행동은, 어느 단계에서 간파당하고 말았다.

“네 《애스프》의 신장으로 소리를 긁어모아서, 녀석들의 상황은 파악하고 있다는 거냐? 하지만 나를 동요시키려고 하는 소리라면 의미 없는 짓이거든?”

“그럴 것 같았어. 외톨이 늑대에게 동료 의식 같은 건 없을 테니까.”

드라켄이 오만하게 웃으며 맞서 싸울 자세를 취했다.

“맞는 말이긴 한데— 조금 다르단 말이지.”

그라이퍼도 《테일 블레이드》를 들고 다시 숨을 고르며 비상했다.

“저 철부지 왕자님은 보이는 것만큼 약하지는 않다 이거야.”

익살스럽게 중얼거리며 그라이퍼는 웃고 있었다.

†

같은 시각—『모형 정원』 내부.

숲과 호수. 가짜 태양이 내리쬐는 작은 세계의 작은 방에 룩스는 다시 발을 들였다.

룩스의 《와이번》의 팔로 아이리를 안고 있었고, 그 옆에서는 《티아마트》를 장착한 리샤가 날고 있었다.

이대로 쭉 이동하면 예전에 크루루시퍼와 함께 들어간 제단 앞에 도착하지만, 어차피 이번에는 그 안에 들어갈 예정도, 그럴 필요도 없다.

『그랑 포스』를 담아둔 보물 상자는 어디까지나 다시 파내기 쉬운 장소에 둘 필요가 있기 때문이다.

“룩스, 이 바위 아래는 어떨 것 같으냐?”

“네. 저도 거기면 될 것 같아요.”

진짜 숲을 꼭 닮은 그 장소에는 집 몇 채 분량은 될 법한 거대한 바위가 있었는데, 범용기룡의 성능으로 파괴하기에는 시간이 걸릴 것 같았다.

“그럼 시작할까. 《천성》!”

리샤가 《티아마트》의 신장인 중력 조작 능력을 발동해서 거대한 바위를 공중으로 들어 올렸다.

바위가 박혀있던 자리에서 거리를 벌리고, 캐논으로 포격해서 구덩이를 만들었다.

거기까지는 문제없었지만 기룡의 손으로 흙을 더욱 파냈을 때, 묘하게 하얀 돌이 눈에 띄어서 파내보았다.

“뭐지, 이건— 읏?! 사람의 뼈?!”

룩스가 헉 하고 숨을 삼켰고, 리샤와 아이리도 깜짝 놀라며 그것을 살펴보았다.

인골. 그것도 몸집이 작은 아이나 여자 것으로 보였다.

두개골이 부서진 흔적은 처참한 사건을 연상하게 했다.

자기도 모르게 뚫어지게 바라보고 있는데, 바람을 가르는 날카로운 소리가 등줄기를 자극했다.

숲 방향에서 느껴진 공격 기척에 아이리가 반응했다.

“환신수인가요? 그렇다면—!”

순간적으로 만일에 대비해 가져온 피리를 불려고 한 순간, 숲의 나무들 사이를 뚫고 여러 개의 대거가 날아왔다.

"—기룡포효!"

룩스가 아이리 앞을 가로막으며 공격을 막아내자, 대거가 날아온 것과는 정반대 방향에서 돌풍처럼 뭔가가 뛰쳐나와 보물 상자를 낚아챘다.

사람 머리만한 거대한 크리스털『그랑 포스』가 들어 있는 보물 상자를.

"이런—?!"

너무나도 갑작스럽게 벌어진 일에 룩스를 포함해 모두가 굳어버렸다.

강탈해 간 이는 비행형 신장기룡을 장착한 갈색 피부의 거한.

그는 단 한마디도 꺼내지 않고 그대로 저 멀리 날아갔다.

"저건 웬 놈이냐! 어째서 보물 상자를 가져갔지?! 아니—."

지금은 생각하고 있을 겨를이 없다.

『성식』을 막기 위해 도달해야만 하는『대성역』— 유적 공략의 핵심인『그랑 포스』를 빼앗긴 것은 물론이거니와 이 사실이 새어나가면 위험하다.

신왕국이 유적 공략에 관련된 보물을 몰래 숨겨왔다는 사실이 세계 연합에 알려지면 배신자라는 누명을 피할 수 없게 된다.

"룩스! 저 녀석은 내가 쫓으마! 너는 지금 대거를 던진 녀석을 막거라!"

순식간에 격변한 상황이었지만 리샤는 가능한 한 냉정하게 판단했다.

적의 숫자는 오른쪽에서 대거를 던져 양동 역할을 맡은 한 명, 왼쪽에서 비행형 기룡으로 날아와 보물 상자를 강탈한 한 명, 총 2인조라고 판단.

아직 컨디션이 완벽하지 않은 룩스는 《바하무트》를 쓸 수 있는 시간이 극단적으로 짧기 때문에 도주하는 장갑기룡을 추격해서 싸우기는 어렵다.

사실은 이 상황에서 적과 교전하여 아이리를 위험에 노출시키고 싶진 않았지만, 이 정도가 최선의 타협책이었다.

"조심하세요! 적은 아마도 『용비적』 사단장일 겁니다!"

룩스가 어떻게든 전달하자 리샤는 적을 쫓아 숲속으로 사라졌다.

그 직후, 조금 전에 대거를 던진 적이 천천히 모습을 드러냈다.

"들켜버렸나. 그 짧은 순간에 반응하다니. 판단력이 꽤 뛰어난걸."

"너는— 바인 아세토스냐?"

"바인……. 『용비적』 삼두목이자 사단장 중 한 명…… 지룡 사단장?"

아이리가 의문을 보인 이유는 눈앞의 인물이 상상 이상으로 젊고 갸름하게 생긴 소년이기 때문이리라.

일반적인 용병 기룡사의 이미지와는 동떨어져 있었지만, 그 차분한 태도에서 역전의 강자임을 느낄수 있었다.

장착 중인 것은 심녹색 육전형 신장기룡인 것 같았지만 그 신장도, 특수 무장에 대해서도 정보가 없다.

지금 룩스의 상태로는 아이리를 지키며 적을 상대하는 건 지극히 어려운 일이다.

룩스가 긴장을 담아 상대를 노려보았을 때 갑자기 바인의 신장기룡이 눈부시게 빛났다.

“《석화의 독기(커스 페이더)》.”

“……윽?!”

주위에 뿜어져 나온 보라색 기체.

룩스는 반사적으로 그 자리에서 물러났지만, 보라색 연기에 닿은 장갑의 손목부터 끝까지 접착된 것처럼 굳어버려서 관절째로 움직일 수 없게 되었다.

점착질이자 순간적으로 굳는 기체.

환창기핵에서 나오는 에너지 자체도 전달되지 않았다.

“—이건?! 그 신장기룡의…… 물체를 고정시키는 신장인가?!”

“그런 셈이야. 내가 가진 이 신장기룡의 이름은 《바실리스크》인데, 이것 자체는 그리 대단하게 아니야. 이 독기를 계속 뒤집어쓴다고 해도 효과는 결국 사라지거든. 이 상황에서는 너와 싸울 수 없지. —그럼, 안녕.”

그 직후 바인은 발길을 돌리더니 정원을 전속력으로 활주해서 사라졌다.

어째서 룩스를 쓰러뜨릴 절호의 기회를 그냥 넘긴 것인가? 그리고 어째서 리샤를 뒤쫓지 않은 것인가? 그 수수께끼는 몇 초 후에 해결되었다.

—부우우우우우우우웅!

"이건— 유적 외벽이 진동하기 시작했어요?! 우리가 들어온 지 얼마 되지도 않았는데!"

아이리가 놀란 표정으로 좌우를 둘러보았다.

『모형 정원』은 일정 주기마다 벽 근처에 있는 것을 바깥에서 끌어들이고, 반대로 안쪽에 있는 것을 밖으로 전송하는 구조를 가졌다.

하지만 회중시계를 가지고 온 아이리가 그것과는 다르다는 사실을 알려줬다.

"어째서 시간이 되지도 않았는데 유적이 기동을, 설마—?!"

생각할 수 있는 가능성은 『열쇠 관리자』의 존재.

크루루시퍼의 위험를 감지하고 내부로 끌어들였을 때처럼, 그 존재와 의지의 힘으로 인해 자유롭게 개폐되고 있을 가능성이 있다.

"하지만 어째서? 크루루시퍼 씨도 미스시스 씨도 여기에는 안 왔을 텐데—."

당황하면서도 밖으로 나가기 위해 룩스가 움직였을 때, 거기에는 조금 전에 느낀 또 다른 위화감의 정체가 서 있었다.

"—꼼짝 마라. 세계 연합의 배신자, 룩스 아카디아여. 네가 『용비적』에게 『그랑 포스』를 넘기는 현장을 포착했다. 지금부로 나의 주인님의 처분을 기다리도록."

"……당신은, 싱글렌 경의—?!"

경악해서 떨리는 목소리로 중얼거리며 아이리는 눈을 부릅떴다.

블래큰드 왕국 『칠용기성』 보좌관, 츠바이베르크 기믈레.

은색 투구로 얼굴을 가린, 키가 크고 마른 노병.

장의와 같은 기능을 하는 장개라는 갑옷과 함께, 처음 보는 신장기룡을 장착하고 있었다.

"마기알카 씨한테서 들은 적이 있어요. 아마도 저 신장기룡은 《타라스쿠스》……. 육전형이라는 것 이외의 정보는 몰라요."

아이리의 이야기를 들으며 룩스는 왜 난데없이 이 남자가 나타난 것인지 그 이유를 파악하기 위해 머리를 굴렸다.

현장을 포착했다는 말은 걸러듣고, 시간을 벌기 위한 대화를 시도하기로 했다.

"왜 당신이 여기 있는 거죠? 이번엔 싱글렌 경과 함께 제1요새에서 대기하고 있던 게 아니었습니까?"

"그렇다. 하지만 『용비적』의 모습을 발견한 나는 그 뒤를 쫓아갔지. 그리고 우연히 목격했다. 너희가 『그랑 포스』가 든 상자를, 그 녀석들에게 빼앗긴 것처럼 위장해서 넘겨주는 광경을. 참고로— 《드레이크》를 사용하는 내 부하가 그 영상을 기록했으니 시치미를 떼 봐야 헛수고인 줄 알아라."

"과연, 이래서 조금 전 바인이 나를 공격하지 않고 물러난 건가……."

담담하게 협박조로 말하는 츠바이베르크를 보고 이해했다.

요컨대 룩스 일행이 『모형 정원』 들어왔을 때, 『용비적』과 싱글렌은 이미 저마다 함정을 준비해둔 채 기다리고 있던 것이다.

『용비적』은 무슨 조화를 부렸는지는 모르겠지만 모종의 방법으로 룩스 일행이 『그랑 포스』를 숨기려 한다는 정보를 입수했고, 탈취하기 위해 이곳에서 기다리고 있었다.

한편, 『그랑 포스』의 존재를 알고 있었던 싱글렌은 이 토벌 작전의 진짜 목적을 간파하고, 측근인 츠바이베르크에게 명령해서 룩스 일행이 『그랑 포스』를 묻는 현장을 진압하려고 했을 것이다.

그런데 예상 밖의 사태가 일어났다.

두 세력의 목적이 겹친 것이다.

『용비적』 사단장 바인은 보좌관 츠바이베르크와 싸우게 되는 것을 우려하여 룩스를 죽일 수 있는 기회를 버리고 도망쳤다.

그것이 이 일련의 사건의 내막이었다.

"농담하지 마세요! 배신이라니—."

갑자기 아이리가 드물게도 언성을 높이며 반박했다.

"시치미 떼도 소용없다. 우리에겐 증거가 있으니까. 하지만 우리도 그렇게까지 무자비하진 않지. 네가 주인님의 군문에 들어오겠다고 맹세한다면, 이 영상은 공개하지 않겠다."

"당신들은 처음부터 그럴 작정으로—!"

온몸을 파르르 떨면서 아이리가 신음했다.

그렇다 해도 결정적인 증거를 갖고 있는 이상 저항은 불가능할 거라고 생각했지만—.

"한 가지만 물어보겠습니다. 『용비적』을 보고 여기까지 쫓아왔다는 건 거짓말이죠?"

"……?"

룩스의 질문에 대해, 츠바이베르크는 투구 밑에서 침묵했다.

"신왕국에 조사 활동을 신청하지 않으면 애초에 이 『모형 정원』에 들어올 수 없어. 허가 없이 『모형 정원』 안에 **몰래 들어가는** 건 협정 위반이지."

"하찮은 저항이로군."

츠바이베르크는 그 반론을 냉정하게 쳐냈다.

"그깟 변명으로 너희의 행동을 무마할 수 있을 거라고 생각했나? 누구의 죄가 더 무거운지는 명백하다."

"꼭 그렇다고 할 수는 없어."

룩스는 어디까지나 의연한 태도로 말하며 가슴을 활짝 폈다.

"그때 『모형 정원』 주위에는 우리를 제외한 장갑기룡이 없었어. 즉, 당신은 미리 『모형 정원』에 숨어들어서 우리가 도착하기를 기다린 거지. 그리고 눈앞의 『용비적』을 쫓아가지 않은 것은 어째서일까. 그건, 다시 말해—."

반대로 싱글렌 일파야말로 『용비적』과 손잡고 있을 가능성도 지적할 수 있다.

"크크크크. 생각보다 말을 잘 하는군. 하지만 소용없는 짓이다. 네놈은 주인님의 손안에서 놀아나고 있을 뿐이지. 내가 녀석들을 쫓을 필요는 처음부터 없었다. 이미 이 『모형 정원』

을 우리 블래큰드 왕국의 백령 기사단이 포위하고 있으니까."

"——?!"

그 이야기를 들은 룩스와 아이리의 안색이 변했다.

싱글렌이 『모형 정원』에서 가까운 제1 요새에 주둔한 진짜 이유는 그것이었다.

룩스를 이 사건으로 협박하는 것과는 별개로, 『그랑 포스』를 눈앞에서 허무하게 놓친 것이 문제가 돼서 싱글렌이 『용비적』과 한통속이라고 의심받을 가능성이 있었다.

그 역습을 방지하기 위해 이미 손을 써둔 것이다.

'하지만 뭐지— 이, 강렬한 위화감은……?!'

신왕국에 싱글렌의 스파이가 있다 해도, 그 정도로 구체적인 정보를 얻진 못했을 것이다.

하지만 『탑』에서 싱글렌과 대화했을 때, 그는 신왕국이 『그랑 포스』를 숨기고 있다는 사실을 아는 투로 말했다.

그렇다면 신왕국이 며칠 전에 『모형 정원』 주변의 환신수 토벌 이야기를 꺼냈을 때 눈치챘을 가능성이 높다.

『그랑 포스』를 몰래 묻어두려는 라피 여왕의 책략 자체를, 싱글렌은 그것만으로 간파했다는 이야기다.

그렇다면—.

싱글렌을 경계하던 요루카 또한 일이 이렇게 되리라는 것을 어렴풋이 느끼고 있지 않았을까?

만약 요루카가 싱글렌의 이번 계략을 알아차렸다면, 그녀는—.

『츠, 츠바이베르크 부단장! 응답 바랍니다!』

그때, 츠바이베르크의 《타라스쿠스》에 부하가 용성 통신을 보냈다.

노령의 기사는 한숨을 쉬면서도 룩스와 아이리 앞에서 응답했다.

"무슨 일이지? 자네는 외부에서 환신수를 요격하는 진영에 있었을 텐데. 어째서 이 『모형 정원』에 들어왔나."

『옛! 말려드는 걸 피하기 위해 「모형 정원」 가까이 다가갔더니 갑자기 전송되는 바람에— 아니, 그보다 긴급 상황입니다! 제1 요새 주위에 배치된 아군의 기룡사들이 갑자기 서로 싸우기 시작했습니다!』

"뭐?!"

『황급히 그 자리를 벗어나 「모형 정원」 쪽으로 다가갔더니 이쪽으로 빨려들었습니다! 이제 포위는 불가능합니다. 이대로라면 작전이—.』

초조한 목소리로 보고하던 백령 기사단 남성의 통신이 갑자기 끊겼다.

계획이 와해되어 멍하니 서 있는 츠바이베르크 앞에서, 심상치 않은 위협을 느낀 룩스와 아이리는 서로 얼굴을 마주보았다.

"아군끼리……? 오빠, 그건 설마—."

"응. 아마, 틀림없어……."

아이리의 중얼거림에 룩스도 동요를 숨기지 못하고 고개를 끄덕였다.
키리히메 요루카가 지닌 《야토노카미》의 신장— 《금주부호(스펠 코드)》에 강제됐을 가능성이 비상히 높았다.
그렇다— 싱글렌이 눈에 불을 켜고 신왕국의 동향을 지켜보며 기회를 놓치지 않았다면— 그 소녀도…….
키리히메 요루카도, 마찬가지로 싱글렌의 움직임을 놓치지 않았을 것이다.
"오빠, 위험해요?! 요루카 씨가 이 상황을 눈치챘다면……!"
"—알고 있어. 우리도 밖으로 나가야만 해!"
룩스를 함정에 빠뜨리려고 한 싱글렌을 요루카가 직접 치러 갈 가능성이 있다.
하지만 그 움직임은 앞을 가로막고 있는 츠바이베르크의 시선 하나에 저지되었다.
"보내줄 거라고 생각하나? 비천한 것."
"큭! 우리에겐, 여기서 싸울 여유가 없다고!"
하울링 로어를 해방하며 룩스는 개전의 봉화를 올렸다.
『용비적』, 싱글렌, —그리고 신왕국.
세 진영의 의도가 얽힌 전투가 시작되었다.

†

그 무렵—『모형 정원』 지척에 존재하는 방위 거점인 제1 요새.
지금은 싱글렌 휘하 백령 기사단만 배치된 석조 요새 안에서, 지옥 같은 소란이 일어나고 있었다.

룩스 일행을 놓치지 않도록 환신수 토벌을 가장해서 『모형 정원』을 포위하기 위해 움직이려 한 기사단의 정예들은, 하나 둘 아군끼리 싸우기 시작했다.

"무슨 짓이야! 멈춰! 그만해!"

대부분이 상급 계층 실력자로 구성된 백령 기사단은 갑작스럽게 일어난 소동 때문에 본래의 작전을 수행하지 못하고 혼란에 빠져들었다.

"제길! 소문으로 듣던 『제국의 흉인』의 짓인가? 하지만 어떻게?! 처음부터 모든 방위를 《드레이크》의 레이더로 조사하고 있었는데, 크아아악!"

그렇게 외친 기사 중 하나가 같은 기사단원에게 당해 움직임을 멈췄다.

총 50명에 달하는 역전의 병사들이 완벽하게 혼란에 빠졌다.

"침입자에게 공격받고 있습니다, 싱글렌 경! 이대로는 룩스 아카디아의 신병을 구속하는 작전을 실행할 수 없습니다!"

"……."

동물성 기름 램프로 밝혀진 방— 요새 중앙에 존재하는 지휘관용 옥좌에 싱글렌이 홀로 앉아 있다.

의자 깊숙이 몸을 맡긴 언뜻 보기엔 단정하지 못한 자세였는데, 그 표정에는 진한 미소가 떠올라 있었다.

"이게 어떻게 된 일입니까?! 주위는 최대한 경계하고 있었습니다! 그런데 우리들이 그 여자를 놓치다니—."

"아무래도 우리의 행동이 예측 당했나 보군. 그 녀석의 책략에 걸려든 거다. 지하통로 입구를 통해서 미리 왔겠지."

옆에 서 있는 안경을 쓴 측근 여성 기룡사가 소리치자, 싱글렌은 천천히 등을 곧게 펴며 대답했다.

"우리가 그 날품팔이 왕자를 함정에 빠뜨리기 위해『모형 정원』에 복병을 준비해둔 것처럼,『제국의 흉인』도 처음부터 내 목을 노리고 있었던 거다. 독단적 행동인지, 아니면 왕자의 사주인지는 모르겠지만, 제법이로군."

싱글렌은 비아냥거리는 미소를 지으면서 허리에 찬 기공각검의 자루를 건드렸다.

거기에는 도신이 구부러진 만곡도(彎曲刀)를 차고 있었다.

"기, 기다려주십시오! 주인님을 번거롭게 해드릴 순 없습니다! 즉시《드레이크》로 메시지를 보내 총력을 다해서 침입자 말살을—."

분노와 긍지를 담아 측근 여성이 그렇게 외쳤지만, 싱글렌은 살짝 고개를 저었다.

"되었다. 어차피 아무도 녀석의 상대가 되지 못해. 귀중한 말을 낭비할 순 없지— 아니, 그게 아니군. **내 적이 늘어난다**."

"……?!"

측근 여성은 놀라며 숨을 들이마신 직후,《드레이크》로 주인의 말을 전체에게 전달했다.

그리고 몇 분 후, 백령 기사단 기룡사들은 철수했다.

"—혼자, 남았군요."

요루카가 《야토노카미》의 레이더로 주위를 탐색하며 목표의 위치를 찾았다.

장갑기룡을 장착 중인 다른 병사는 요새 내에 없으며, 생명 반응은 단 하나뿐.

그것이 지금 요루카가 처리하려 하는 『푸른 폭군』— 싱글렌 쉘불릿의 반응이라는 것에는 의심의 여지가 없다.

이 상황을 일으킨 자신의 존재를 파악하고 《금주부호》에 전군을 빼앗기기 전에 부하를 철수시킨 것이 분명하다.

"이것으로— 제 역할도 끝나겠지요."

자신의 존재는 학원에는 받아들여졌지만, 『기사단』의 정식 일원은 아니다.

이 전투에서 자신이 목숨을 잃는다 해도 룩스가 피해를 입는 일은 없다.

어떤 이유가 있는 것인지는 요루카도 모르지만, 룩스를 향한 싱글렌의 사악한 집착에 대해서는 예전부터 쭉 알고 있었다.

알고 있었지만, 싱글렌의 가늠할 수 없는 실력을 느끼고 선불리 다가가지 못하고 있었다.

실패하면 자신은 죽는다.

그것은 어떻게 보면 바라던 바이기는 했으나, 확실한 승산까지는 없었기 때문이었다.

"그 때와— 똑같네요."

고도국의 근위병으로 살던 시절. 동생을 노리는 중신들의 사악한 간계를 요루카는 어렴풋이 깨닫고 있었지만 간과했고, 동생은 살해당했다.

두 번 다시 같은 실패를 할 수는 없다.

사람이 아닌 자신에게 남겨진 존재의의.

주인인 룩스를 다시 빼앗길 수는 없다.

"재미있는 무대를 고르셨군요, 『푸른 폭군』은."

요새의 옥좌에 도착했지만 싱글렌은 없었다.

레이더를 확인해보자 지하— 기룡 격납고 안에서 싱글렌의 반응이 탐지되었다.

《야토노카미》의 《금주부호》를 이용한 기룡조작은 어디까지나 사용자가 장착 중인 장갑기룡만을 대상으로 삼는다.

싱글렌은 방해물이 많고 다른 무장 등을 사용할 수 있는 그 장소가 자신에게 유리하다고 판단한 것이리라.

그 점도 염두에 두면서 지형을 파악하고, 요루카는 즉각 전략을 세웠다.

최대한 경계하며 요루카는 지하 기룡 격납고에 도착.

조립 중이거나, 수리 도중이거나, 유적에서 막 발굴한 신품과 각종 부품들.

기름과 금속 냄새가 가득한 광대한 석조 공간.

지하에 무수한 기룡이 안치되어 있는 그 무대는, 흡사 장갑기룡의 지하묘지 같았다.

채광창이 닫혀 있는 이 장소를, 몇 개의 화톳불과 횃불만이 조용히 밝혀주고 있었다.

“뜻밖이군요? 분명 저를 상대하기 위한 대책으로 방해물 없는 장소에서 원거리 전투에 나설 거라고 예상했건만.”

요루카는 우선 목소리만을 내서 싱글렌의 반응을 살폈다.

적이 장착 중인 것은 범용기룡 《드레이크》다.

신장기룡 《리바이어선》을 장착하지 않은 것은 여유를 부리는 게 아니라, 레이더로 요루카의 접근을 탐지하는 게 목적일 것이다.

마침내 휑뎅그렁한 중앙 통로 끝에서 불꽃에 비친 싱글렌의 얼굴이 보였다.

“그렇게 하면 너는 내 부하를 노릴 거 아니냐? 그러니까 반대로, 이렇게 널 함정에 빠뜨린 거지. 날 암살하려던 네가 오히려 잡혀버리면, 그 사람 좋은 영웅 나리는 나를 따를 수밖에 없겠지.”

“…….”

“너는 자신의 의지로 여기에 왔다고 생각하나 본데, 아니라고. 나는 기다리고 있었다. 저 날품팔이 왕자의 급소인 『동료』를 빼앗을 기회를 말이지.”

“그건 착각이어요. 저는 주인님의 충실한 도구— 『동료』가 아니랍니다.”

요루카는 망설임 없이 대화를 이어나가며, 보라색으로 빛나는 마성의 눈동자로 싱글렌의 빈틈을 탐색했다.

“뭘 모르는 건 네 쪽이다, 『제국의 흉인』이여. 그게 네가 결함품인 이유지. 너는 스스로 자신에 대해서조차—.”

싱글렌이 말을 계속하려고 한 순간, 갑자기 대기가 흔들렸다.

《야토노카미》의 장갑 다리에 집중한 에너지를 해방하여 폭렬적인 기세로 돌진했다.

안치된 장갑기룡의 벽을 끼고 서 있었던 싱글렌의 목을, 발도 일섬으로 노렸다.

《드레이크》는 특장형이라 많은 기능을 보유한 대신에 기본 성능과 출력이 떨어진다.

소리보다 빠른 찰나의 일격은 장벽의 방어를 가르고 치명상을 줄 터.

하지만 완벽한 기습이라고 생각한 그 공격 앞을, 순식간에 펼쳐진 빛의 장벽이 가로막았다.

"—전진·유전."

조율— 장갑기룡 시스템을 응용한, 본디 자동으로 기동하는 장벽의 발생 타이밍과 방향을 수동으로 조정하는 전투 기술.

오른쪽에서 왼쪽으로— 혹은 위에서 아래로. 명중 직전에 일정 방향으로 역장을 순식간에 형성함으로써, 장벽 그 자체로 튕겨내기를 가능케 하는 절기.

문자 그대로 필살의 발도술이 실패로 돌아간 요루카는 앞으로 고꾸라지다시피 싱글렌의 옆구리를 스쳐 지나갔고, 뒤를 돌아본 싱글렌에게 자신의 등을 그대로 노출할 터였으나—. 그 직후 싱글렌의 장갑 팔 손목이 부서지더니 쥐고 있던 블레이드가 공중으로 날아갔다.

"……?!"

당혹스러운 감정과 함께 싱글렌이 고개를 갸웃한 순간, 빙글빙글 허공에서 춤추는 블레이드를 요루카가 공중에서 낚아챘다.

그 모습을 본 후에야 『푸른 폭군』은 간신히 상황을 파악했다.

처음에 시도한 일격은 코앞에서 블레이드를 던지는 수준에 지나지 않는 페이크.

그것이 『전진·유전』에 튕겨나간 순간, 왼손에 쥐고 있던 대거로 《드레이크》의 장갑 팔을 꿰뚫었다.

자세 때문에 직접 공격은 할 수 없었으나 싱글렌이 먼저 반격 수단을 꺼내게 함으로써 완전한 틈을 만들어냈다.

“그런 어중간한 기룡으로 제 실력을 탐색하려고 한 게 오산이었지요?”

공중에서 블레이드를 단단히 붙잡은 요루카는, 양손으로 자루를 붙잡고 날을 똑바로 세워서 아래에 있는 싱글렌을 꿰뚫을 자세를 잡았다.

그대로 《야토노카미》의 중량까지 실어서 즉사시킬 작정이었지만, 싱글렌은 여유로운 목소리로 대꾸했다.

“그게 어쨌다는 거지? 결함품. —전진·유전.”

그렇다.

요루카는 블레이드를 일시적으로 손에서 놓았기 때문에, 다음 필살 공격에 나서기까지 시간적 손해가 생겼다.

따라서 다시 발동된 전진·유전에 그녀의 일격은 튕겨 나가 — 지 않았다.

"……뭐지?"

전진·유전이— 아니, 장벽 자체가 《드레이크》에서 발생되지 않았다.

장갑을 보았더니, 문자처럼 생긴 보라색 문양이 그 표면을 뒤덮고 있었다.

《금주부호》— 《야토노카미》와 직접 접촉한 타인의 기룡을 조작할 수 있게 해주는 신장.

이번에는 대거를 통해 순간적으로 닿았을 뿐이지만, 그래도 적의 장벽을 해제하는 찰나의 틈은 만들 수 있었다.

그리고 달인 간의 전투에서는 그 찰나가 치명적으로 작용한다.

'—끝났군요. 이제 다시 주인님의 적을 처리하러 돌아갈 수 있겠네요. 하지만—.'

기습이 성공했다는 생각에 안도한 것인지 요루카의 긴장이 느슨해졌다.

그때 불현듯, 자신이 룩스 곁으로 돌아갈 수 있다는 사실을 좋아하는 마음과—.

사람이 아닌 자신이 돌아가 봐야 그를 위해서 할 수 있는 일은 이제 없다는 마음 사이에서 흔들렸다.

도구인 자신을 사람으로 대해준 동생의 마음에 응해주지 못하고, 눈물조차 흘리지 못했던 그때처럼—.

찰나라는 말조차 과할 정도로 짧은 시간.

그 끝과 함께 블레이드가 무방비한 《드레이크》를 갈랐을 때, 장갑이 사방으로 터져 나갔다.

"—전진(戰陣)·왕토(王土)."

자신이 장착 중인 기룡을 해제하는 동시에 그 장갑을 산탄처럼 사방으로 쏘아내는 기본기.

자신의 리스크도 감수해야만 하는 기습 공격이지만, 싱글렌의 전진은 조율을 통해 그것을 응용한 강화판 기술이다.

"전진·왕토…… 단순한 브레이크 퍼지는 아니군요. 적의 직접 공격에 피탄 당하는 동시에 해제함으로써 상대방의 자세를 무너뜨리고, 동시에 자신은 충격을 상쇄하며 후방으로 물러나다니. 하지만 어째서—."

"마무리가 허술하다고. 네 주인— 그 상냥한 날품팔이 왕자처럼 말이다. 그래서는 세계를 구할 수 없다. 그렇게 생각하지 않나?"

"……."

원래대로라면 기룡 격납고 안에 숨은 싱글렌의 질문을 무시하고 기척이 느껴지는 곳으로 도약해서 베어야 한다.

평소의 요루카라면 망설이지 않고 그렇게 했을 테지만, 눈앞에서 일어난 방금 전의 이해할 수 없는 현상이 그녀의 선택을 둔하게 만들었다.

확실하게 죽일 수 있는 기회를 피했다.

그 요령을 알아내지 못하는 이상 싱글렌은 쓰러뜨릴 수 없다.

그래서 조금 전 기억을 되짚어보니, 싱글렌은 그 순간 《드레이크》의 기공각검을 손에 쥔 채로 싸우고 있었다.

"아아, 명령 우선순위라는 게 있었지요."

요루카는 그제야 이해할 수 있었다.

요컨대 《금주부호》로 내린 명령보다 우선권이 강한 강력한 명령으로 『장벽을 해제하라』라는 명령을 덧씌운 것이었다.

게다가 싱글렌은 자기 손으로 기공각검을 들어 《금주부호》의 효과로부터 다른 하나의 조종간을 지켰다.

그래서 아슬아슬하게 회피행동을 할 수 있었던 것이다.

"역시 『칠용기성』이로군요. 하지만 같은 수단은 이제—."

"—원초의 대해(大海), 거세게 소용돌이치며 임계(臨界)하라. 하늘에서 빛나는 신의 뜻을 따라 심판을 내리거라, 《리바이어선》."

요루카가 앞을 노려보았을 때 격납고 안에서 눈부신 빛이 솟구쳤다.

안치된 장갑기룡의 벽 너머에서 한 기의 신장기룡이 소환되었다.

파랗고 단단한 비늘형 장갑으로 뒤덮인 거구는 육전형이었지만, 등에서 뻗어 나온 꼬리지느러미 같은 장갑이나 날개 대신 달린 등지느러미가 신비롭고 사나운 해룡을 연상케 했다.

"그게 당신의 비장의 수 《리바이어선》이로군요. 더 이상, 조금 전처럼 도망칠 수는 없답니다?"

그 위용에도 조금도 동요하지 않으며 요루카는 담담하게 말했다.

하지만 늘어선 장갑기룡의 벽 사이로 보이는 싱글렌은 냉소를 짓고 있었다.

“『제국의 흉인』이여. 이 내게 붙지 않겠나? 너는 그럭저럭 쓸 만한 도구다. 여기서 부수기는 조금 꺼려지는군.”

“시시한 농담이로군요. 아니면, 단순한 시간벌이 인가요?”

그렇게 대답하면서 요루카는 싱글렌과의 거리를 좁혔고, 동시에 빈틈을 찾기 시작했다.

의식의 간격을 노려서 공격하는 절기— 각격의 타이밍을 쟀다.

“너라면 이해할 수 있을 것이다—. 이 세계는 좋지 않은 것들이 지나치게 만연해있다. 구제할 가치가 없는 어리석은 놈들이 군림하는 왜곡된 세상이지. 누군가가 그걸 바로잡아야만 한다. 그리고 네 현재 주인에게는 불가능한 일이지. 아니, 불가능한 정도가 아니라 중도에 배신당하여 개죽음 당할 뿐이다.”

은연중에 연민이 느껴지는 말투로 말하며, 싱글렌은 조용히 요루카를 응시했다.

“그 녀석에게는 자신의 꿈을 좇을 힘이 없다. 그러니 내 군문에 들어와라. 나라면 네놈을 더욱 올바르게 쓸 수 있다. 그 대신 날품팔이 왕자의 목숨만큼은 살려주마.”

“…….”

자신의 주인인 동생의 목숨을 살려주는 대신에 구제국 휘하에 들어간다.

싱글렌의 권유는 과거에 받아들인 계약과 비슷했지만, 그러나 요루카는 고개를 가로저었다.

“전제가 성립되지 않사와요. 당신 같은 사람에게 당할 주인님이— 아니랍니다."

말을 마치기가 무섭게 요루카는 다시 도약하며 싱글렌에게 육박했다.

노리는 건 장갑기룡의 3대 오의 중 하나— 영구연환(엔드 액션).

두 계통의 조작 명령을 한꺼번에 활용한 무한 연속 공격을 퍼부어서 단숨에 결판을 낼 생각이었지만, 그 공격은 지면에서 솟구친 물기둥의 칼날에 막혔다.

"이건, 《리바이어선》의 신장—?!"

접촉한 물을 자유자재로 조작한다.

극히 단순한 성질과 능력이지만, 그렇기에 파괴하는 건 어렵다.

일단 상대의 기체에 닿기만 하면 압도적인 우위에 설 수 있는 《야토노카미》도 물이 끼어든다면 진가를 발휘할 수 없기 때문이다.

"그래, 《왕권(리닝)》이라고 하지. 보다시피 물을 조종하는 신장이다만, 다소 귀찮은 점도 있다. 물이 있는 장소 외에서 써먹으려면 내부에 설치된 특수 무장 《수조(밸러스트)》에다가 일단 물을 채워 둬야 하거든."

요새 같은 거점에는 많은 인원이 장기간 체류하는 성질상 우물 확보는 필수다.

따라서 주위가 황야로 둘러싸인 이 장소에서도, 쉽게 물을 끌어 모을 수 있다는 것인가.

싱글렌의 말처럼 《리바이어선》 주위에서 물의 파도가 소용돌이치기 시작했다.

그 자체가 방패이자 창이 되는 공방일체의 신장이 그 진가를 보여주려 하고 있었다.

“조금 전 헛소리는 정말로 시간벌이였나 보네요? 좀스러운 짓을 하시는군요.”

“호오. 배짱 한번 좋군. 이 나를 도발하고도 살아남은 자는 거의 없다는 걸 아나?”

싱글렌은 조소를 보인 직후 신속하게 자신의 기공각검을 휘둘렀다.

그 직후에 꽃잎이 벌어지는 것처럼 물의 칼날이 솟구치더니 주위의 벽과 돌기둥, 안치된 장갑기룡을 절단했다.

그 공격에 요루카가 펼쳐두었던 함정이 전부 잘려나갔다.

틈을 보고 주위에 쭉 펼쳐두었던 실 형태 특수 무장《거미줄》.

본디 사람의 눈에는 보이지 않을 정도로 가느다란 결계를 완벽하게 간파하고 있었다.

“—생각보다 참을성이 없군요?”

“불경한 녀석이로군. 날 상대로 그런 잔재주가 통할 거라고 생각했나? 그 대가를 치러야 할 거다.”

쿠웅— 격납고의 대기가 재차 진동했다.

《리바이어선》은 주위의 방해물을 처리한 직후 활주하며 요루카에게 달려들었다.

한편, 요루카는 공중 도약을 가능케 하는 특수 무장인《공답》을 이용해서 공중으로 피했다.

도약해서 쫓아온다면 상대의 공격 수단을 제한할 수 있고, 대응하기도 쉬워진다.

보이지 않는 공중의 대기를 박차며 천장 근처까지 접근한 요루카가 자세를 잡기 전에— 싱글렌은 어마어마한 속도로 접근해서 그 힘을 해방했다.

"—전진·겁화."

"……큭?!"

조율을 통해 에너지를 한 점에 집중한 대검의 칼날이 매서운 기세로 어깨를 노린다.

'받아내는 건— 불가능하겠군요.'

《금주부호》는 무장을 통해 접촉하는 것만으로도 효과를 발휘한다.

하지만 전진·겁화의 초월적 위력을 방어하면 블레이드나 장벽 째 기룡이 두 동강 나고 만다.

그래서 요루카는 네 다리의 아랫부분에서 빛과 바람을 분출, 옆으로 몸을 날려 회피했다.

하지만 그 직후 필살의 일격이 빗나간 싱글렌이 오만하게 웃었다.

"놓칠 거라고 생각하나?"

"—윽?!"

그 순간 세 개의 물줄기가 《리바이어선》 주위에서 구불대더니 나선 궤도를 그리며 솟구쳤다.

요루카는 반사적으로 블레이드를 방패로 삼았지만, 장벽까지 펼쳤음에도 막을 수 있었던 건 두 개뿐. 마지막 일격은 장벽을 관통하고 몸을 꿰뚫는 것 같은 충격을 선사했다.

"크……윽!"

숨이 막히고 몸이 자유를 살짝 잃었다.

그 틈을 노리는 것처럼 싱글렌이 즉시 거리를 좁혔다.

파도를 타는 것처럼 물줄기를 발판삼아, 육전형이면서 공중에서도 민첩한 기동력을 실현했다.

공격과 방어만이 아니라 이동할 때도 그 신장을 자유자재로 다뤘다.

"두 번 말하게 하지 마라. 네가 그 날품팔이 왕자를 구할 수 있는 방법은 너 자신이 그 몸을 바치는 것밖에 없다. 이 이상 내게 시간을 낭비하게 할 셈이냐?"

코앞으로 다가온 싱글렌은 재빨리 《야토노카미》의 환창기핵에 손을 댔다.

그 직후 조율용으로 발현한 빛의 스크린이 무수히 열리며 눈부신 빛줄기가 깜빡거렸다.

"—전진(戰陣)·자전(紫電)."

"윽……! 뭐죠 이건?! 《야토노카미》의 움직임이—!"

요루카는 바로 반격에 나서려 했지만 장갑기룡이 반응하지 않았다.

모든 명령계통이 일시적으로 먹통이 되는 바람에 완벽하게 무방비한 모습을 드러냈다.

'설마, 조율을 이용해서 다른 기룡에 간섭한 건가요?'

"기공각검과 장갑기룡의 연결에 조율로 간섭하면, 1초도 되지 않는 아주 짧은 시간 동안 그 명령 계통을 확인하기 위해 동작을 멈추지."

싱글렌은 마치 답을 알려주는 것처럼 말하며 대검을 높이 들었다.

"따라서, 접근하면 찰나의 타이밍이기는 하지만 상대의 구동명령을 해제할 수 있다."

그 틈을 노리고 검을 내리치려는 순간, 요루카는 가까스로 자신의 블레이드를 움직여 그 공격을 막아냈다.

완전 동조 조작을 이용한 초신속 일격, 신속제어.

하지만 그것도 일시적인 대처에 지나지 않았다.

반격의 실마리를 찾지 못한 채 요루카는 계속해서 후퇴했다.

"처음의 위세는 어떻게 되었지? 어차피 네가 죽으면 그 날 품팔이 왕자는 내 군문에 들어온다. 하찮은 고집은 그만 버리는 게 어떤가?"

"당신의 목적은 무엇인가요? 어째서 그렇게까지 주인님을—자신의 뜻대로 움직이게 하려는 것이죠?"

요루카는 《리바이어선》의 물줄기를 힘겹게 피하면서 물어보았다.

부서진 돌기둥과 벽이 물줄기에 휩쓸려 다니는 그 광경은 그야말로 천재지변. 대홍수가 따로 없었다.

"네 주인에게는 무리인 일을 그저 내가 대신 하려는 거다. 조금 기대해봤지만, 그 녀석에게는 무리다. 영웅은 될 수 있다 해도 왕은 될 수 없지. 놈들에게는— 그 놈에게는 대항할 수 없다. 그저 그뿐이다."

"당신에게는, 그게 가능하다는 것인가요?"

돌기둥, 혹은 안치된 장갑기룡의 그림자에 숨어다니는 요루카를 쫓아 물줄기가 꿈틀거린다.

《리바이어선》의 거체가 들어올 수 없는 장소로 도망치면서 공격을 피하고 있지만, 쓸 만한 장애물도 점점 사라져갔다.

결국 거대한 석벽 앞에 몰리고 말았다.

"—가능하고말고. 아니, 이 내가 해야만 하는 일이다. 그 무지몽매한 어리석은 놈들에게 이 세계를 맡겨둘 수는 없지. 그렇다면 적어도 내 도구로 활용해줄 뿐이다."

"그러니까 주인님께, 『대성역』에 도달하기 위한 비밀이 숨겨져 있다는 이야기로군요? 실컷 거드름 부리고 있지만, 결국 그게 요점 아닌가요?"

"……."

갑자기 요루카가 미소를 지으며 말하자 싱글렌을 표정을 지우며 입을 다물었다.

"『탑』에서 주인님께 『그랑 포스』를 결합하라고 종용한 것도, 그 계획의 일부이지요? 좋사와요. 이젠 당신이 털어놓을 만한 것도 없을 것 같으니— 이야기는 그만하지요."

"돌아버리기라도 한 거냐? 이젠 네가 몸을 숨길 곳은 없다. 막대한 물에 에워싸인 이 상황에서, 내 《리바이어선》과 맞붙어볼 생각이냐?"

"아뇨— 그런 생각은 추호도 없사와요."

화사한 미소를 보이며 요루카가 말했다.

반면에 싱글렌은 냉철한 시선으로 눈앞의 소녀를 쏘아보았다.

"이제 당신에게서 얻어내고 싶은 정보는 어느 정도 얻었으니까, 슬슬 처리할 생각이어요. 제가 노린 대로, 지형도 갖춰졌고—. 이 정도면 신장을 마음껏 사용할 수 있답니다."

"무슨 말을 하려나 싶었더니, 헛소리였군. 물로 공격할 수 있는 내 《왕권》 앞에서, 넌 나를 건드리지도 못할 거다. 이 지경에 이르러서까지 허세를 부리는 거냐?"

"그럼 그렇게 해드리지요—『한계돌파』·개시."

"……?!"

요루카가 중얼거린 직후 《야토노카미》의 장갑에 《금주부호》가 떠올랐다.

그대로 전신을 뒤덮고 어두운 색 장갑이 삐걱대는 소리를 내며 형태를 바꾼 것과 거의 동시에—.

머리 위에 있는 제1 요새 밖에서 환신수의 포효가 울려 퍼졌다.

†

같은 시각.

『모형 정원』 내부의 벽 부근.

초목이 우거진 평지와 거대한 금속 벽이 있는 출입구 부근에서 1대 1 결투가 펼쳐지고 있다.

싱글렌이 있는 곳으로 가지 못하게 막아서는 보좌관 츠바이베르크를 상대로, 룩스는 지금껏 경험해본 적 없는 고전을 치르고 있었다.

룩스는 지난번 『한계돌파』의 피로가 남아 있는 탓에 전력을 발휘할 수 없었다.

그러나 장기전으로 흘러가면 상황만 점점 악화된다는 걸 알고 있기 때문에 무리해서 공세에 나서려고 했지만, 츠바이베르크는 교묘하게 룩스를 노리며 자신을 공격하지 못하게 했다.

일부러 초근접 공방을 지속해서 전체적인 움직임을 보지 못하게 하며 룩스의 간파 능력을 봉쇄한다.

"제길!"

물론 룩스도 3대 오의나 극격 카운터로 빈틈을 공격해 그대로 츠바이베르크를 뿌리치려 하고 있긴 했지만, 잘 풀리지 않았다.

'뭐지, 지금까지 겪어본 상대와 움직임이 전혀 달라.'

경험이 풍부한 노기사인만큼 장갑기룡을 자신의 수족처럼 다루는 정밀도가 아주 뛰어나다. 간격 유지부터 다음 동작을 읽지 못하게 하는 움직임 등등, 한 순간도 방심할 수 없는 상대임을 피부로 실감했다.

게다가 상대는 룩스를 재기불능으로 만들어도 된다고 생각하는 건지 공격에는 자비심이 전혀 없었다.

반대로 룩스는 이번 『그랑 포스』 사건이라는 약점이 있는 까닭에 여기서 츠바이베르크에게 중상을 입힐 수는 없었다.

그런 요소들이 이 수준 높은 전투에 적용되자 뚜렷한 전력 차이로 드러났다.

그런 룩스의 생각을 파악했는지 츠바이베르크는 모멸에 찬 말을 던졌다.

"—크크, 주인님이 말씀하신대로군. 이런 상황임에도 불구하고 나를 죽일 각오조차 없다니. 어리석은 사내로군."

"그런 각오에 무슨 의미가 있지! 방해되는 것들을 모두 다 버리고 나아가는 길이 과연 제대로 된 길일까!"

룩스는 소리치며 장벽아검(스케일 블레이드)을 휘둘렀지만 츠바이베르크에게는 통하지 않았다.

그 직후, 벽 한 장을 사이에 둔 금속벽 너머에서, 거대한 땅울림과 무언가 파괴되는 소리가 거의 동시에 울려 퍼졌다.

"크……?! 이 소리는, 설마—!"

깜짝 놀란 룩스가 눈을 부릅뜨는 동시에 츠바이베르크도 당혹스러운 표정으로 손을 멈췄다.

기본적으로 『모형 정원』 내부는 외부와 차단된 특수한 공간일 터.

따라서 소리도 충격도 원래는 닿지 않을 것이다.

그렇다, 어지간한 수준이 아닌 한—.

"츠바이베르크 경. 밖에서 뭔가 엄청난 싸움이 일어났어! 『용비적』 짓일지도 몰라! 여기서 괜히 체력을 낭비할 수는 없다고! 상처 없이 밖으로 나가야 해……!"

룩스의 호소를 듣고 츠바이베르크는 순간적으로 안색을 바꾸었다.

하지만 투구 아래의 표정은 이내 침착함을 되찾았고, 냉철하다 싶을 정도로 단호하게 대답했다.

"판단력이 제법이구나, 룩스 아카디아. 순식간에 바깥의 소동에 편승하려 들다니. 확실히 주인님께서 말씀하신대로, 『영웅』의 자질은 지니고 있는 모양이로군."

요컨대 싱글렌의 명령을 어길 생각은 없다는 것이리라.

"나는 도망치지도 숨지도 않아! 그보다, 정말 괜찮겠어? 『모형 정원』 바깥에서 난 소리가 들려왔을 정도의 비상사태가 일어났다면, 그 영상기록을 남긴 《드레이크》도 당할지 몰라. 그렇게 되면 끝이라고!"

"……."

역시 성가신 남자다—. 츠바이베르크는 룩스에 대한 인식을 수정했다.

이 타이밍에 사건이 일어난 것도 어떠한 운명을 느끼게 했다.

그렇기 때문에 지금 여기서 목줄을 채워두어야만 했다.

'나의 주인께서는, 반드시 이루어야만 하는 것을 위해 싸우고 계신다.'

그 뜻을 실현시키려면 여기서 룩스를 손에 넣으라는 명령을 완수해야 한다.

그렇게 결의를 다진 츠바이베르크는 《타라스쿠스》로 활주했다.

—하지만 그 순간 지면이 가라앉더니, 츠바이베르크는 보라색 중력장과 함께 대지에 못박혔다.

"크…… 네년은?!"

"리샤 님!"

『용비적』을 쫓아갔던 리샤는 대상을 놓치고 말았고, 조금 전 룩스에게 용성을 보내 돌아가겠다고 보고했다.

하지만 룩스에게 바로 가세하면 츠바이베르크는 즉각적으로 대응할 게 분명했다.

그래서 지금까지 숨을 죽이고 기회를 엿보던 리샤가 마침내 포획에 성공한 것이다.

다른 특수 무장을 사용하지 않고 전력을 쏟아 붓는 중이라, 제아무리 츠바이베르크라 해도 움직일 수 없었다.

"지금이다 룩스! 공격해라! 나도 이 녀석을 그리 오랫동안 제압할 수는 없어!"

"아뇨, 그대로 내버려 두세요, 리샤 님. 이 『모형 정원』 출입구에 있으면 어차피 밖으로 전송되니까."

"참 간단하게 말하는데, 이 중력장을 유지하는 건 힘들단 말이다!"

당황하며 언성을 높이는 리샤에게 룩스는 쓴웃음을 지으며 말했다.

"부탁드려요. 앞으로 겨우 1분 정도밖에 안 남았으니까—."

"아, 알았다. 그, 대신에 다 끝나면 나랑 좀 어울려 다오."

리샤가 살짝 수줍어하며 시선을 돌리자 바위 그늘 밖으로 아이리가 나왔다.

"정말, 이런 상황에서까지 장난하지 마세요. 아무리 다른 분들이 외국에 나가 계셔서, 오빠와 이야기할 수 있는 찬스가 생겼다지만—"

"무, 무슨 말을 하는 게냐, 여동생! 그보다 지금은 바깥 상황과 그 음란녀가 걱정인데—"

확실히 지금은 요루카가 걱정됐다.

싱글렌이 룩스를 도구로 삼기 위해 함정을 펼쳐둔 것을 눈치챘다면, 어쩌면 그를 직접 치러 갔을지도 모른다.

"훗, 여전히 미숙하군. 여기서 나를 처리하지 않으면 후회하게 될 텐데?"

옴짝달싹조차 할 수 없을 정도의 중력장에 짓눌리는 상태임에도 츠바이베르크는 그렇게 협박했다.

하지만 룩스는 이 이상 여기서 그와 싸울 마음이 들지 않았다.

지난번 로자를 상대할 때 사용한 『한계돌파』 및 그 후에 치른 라그나뢰크— 메타트론과의 전투에서 몸을 과도하게 혹사한 탓에, 지금 이렇게 있는 것만으로도 한계가 가까웠다.

룩스는 《바하무트》를 사용하지 않은 게 아니라 사용할 수 없었다.

하지만 그 사실과는 관계없이 츠바이베르크를 여기서 처치할 마음이 들지 않았다.

그는 리샤 뒤쪽의 바위 그늘에 숨어 있던 무방비한 아이리를 인질로 삼으려고 하지 않았기 때문이다.

선한 사람인 것도 아니고, 군사적 임무라면 자비심을 보이지 않을 것이다.

그래도 이 순간에 한해서만큼은 룩스가 온정을 베풀 이유가 되었다.

그러던 중 파앗…… 하고 『모형 정원』 내부 벽이 연하게 빛났다.

이제 곧 바깥으로 탈출하는 전송이 시작된다.

"오빠. 알고 있죠? 바깥에서 무슨 일이 일어났다 해도, 지금 오빠의 상태로는 이 이상―."

싸울 수 없다.

특히 《바하무트》를 사용할 경우에는 사용 시간도 극단적으로 짧아져서, 싱글렌은커녕 츠바이베르크의 상대도 되지 않을 것이다.

"걱정 하지 마, 아이리. 무모한 짓은 하지 않을 테니까."

웃으면서 강한 척 하는 룩스를, 아이리는 의심스러운 눈초리로 바라볼 뿐이었다.

'무사해야해, 다들―.'

데이트를 마치고 돌아가는 길에.

무언가를 깊이 생각하던 소녀의 얼굴을 떠올린다.

모두의 기대에 부응할 수 없다며 그녀는 쓸쓸하게 말했다.

지난번에 그녀는 공격이 통하지 않는 라그나뢰크 메타트론을 상대할 때도 자신의 목숨을 걸고 싸웠다.

만약 싱글렌이 룩스를 함정에 빠뜨리려 했다는 사실을 눈치챘다면 이번에도 죽을 각오로 싸움에 임할 것이다.

'무사해줘, 요루카…….'

그렇게 소원한 순간, 룩스 일행의 몸이 연한 빛에 휩싸이며 중력의 감각이 없어졌다.

몇 초 정도 새카만 공간에 몸을 맡긴 직후— 눈부신 태양과 함께 하늘이 펼쳐졌다.

"나왔다! 룩스, 할 수 있겠느냐—?!"

『모형 정원』 바깥으로 나오는 동시에 리샤가 외쳤다.

하지만 시야에 펼쳐진 황야와 창공을 본 순간, 그만 말문이 막히고 말았다.

"이건 대체…… 무슨 일이 일어난 거죠?!"

룩스는 자신의 《와이번》 어깨에 올라탄 아이리의 말에 대답하지 못했다.

한마디로 말하자면 지옥이 펼쳐져 있었다.

애초에 『모형 정원』 주위에는 정기적으로 환신수가 출몰하는 까닭에 풍경이 아름답다고는 할 수 없다.

그러나 지금 눈앞에 펼쳐진 것은 깊게 파이고 갈라진 대지와 하늘을 누비는 수십 마리의 환신수.

싱글렌 휘하 백령 기사단은 전부 열세에 몰려 있었다.

"어떻게 된 거냐? 어째서 이렇게 많은 환신수에 포위당한 거지? 『모형 정원』 내부에도 모여 있지 않았고, 이 주변도 레이더로 샅샅이 확인했을 텐데!"

츠바이베르크가 믿을 수 없다는 말투로 소리쳤다.

그 말을 가까이에서 들은 리샤는 식은땀을 흘리면서도 미소 지었다.

"아무래도 하찮은 내분이나 일으킬 여유는 없는 것 같구나, 룩스—."

리샤는 한 차례 심호흡을 하고서 조금 떨어진 곳에 위치한 제1 요새로 시선을 옮겼다.

그리고 요루카가 이 자리에 없다는 것과 무언가를 알아차린 것 같았다.

"하나 빚진 거다. 나중에 제대로 나를 위해 시간을 비워달라고? 이 자리는 내가 막아보겠다. 너는 그 바보 음란녀를 데려오거라."

"부탁하겠습니다. 금방 돌아올 테니까—."

룩스는 그렇게 각오를 다지면서도 아이리가 걱정돼서 그녀 쪽으로 시선을 돌렸다.

그러자 『모형 정원』 그늘에 숨어 있던 트라이어드 3인조가 나란히 모습을 드러냈다.

"Yes. 아이리와 이곳은 맡겨만 주세요."

"아니 정말— 리샤 님만이라도 돌아와 주셔서 다행이야! 우리만으로는 도망치면서 싸우는 게 고작이었거든."

"두 사람 다 무사했군요?!"

그동안 불안함을 품고 있었는지, 녹트와 티르파가 등장하자 아이리가 웬일로 큰 소리로 외쳤다.

샤리스는 그런 아이리의 머리를 쓰다듬으며 재차 룩스 쪽을 보았다.

"여긴 우리에게 맡기고, 너는 요새로 간 요루카 아가씨를 도와주러 가봐. 우리가 어떻게든 안전을 확보해보겠어. 성채 도시와 신왕국 쪽에는 이미 구원 요청을 보내뒀다고."

"—그래, 이 숫자를 상대로 버티는 건 불가능해. 움직일 수 있는 녀석들을 모아서 철수하자고!"

리샤의 판단을 들은 룩스는 즉시 다른 한 자루의 기공각검을 뽑았다.

그리고 몸에 들러붙은 피로를 떨쳐내려는 것처럼 배에 힘을 담아 외쳤다.

"—현현하라, 신들의 혈육을 삼키는 폭룡. 흑운으로 뒤덮인 하늘을 가르거라, 《바하무트》!"

빛의 입자가 모이며 거대한 칠흑빛 용을 형성했다.

그 부품들이 신속하게 분리되며 룩스의 몸을 뒤덮는 장갑으로 변화한다.

"오빠! 무모한 짓은 하면 안 돼요! 약속한 거예요!"

아이리의 말을 뒤로 하고 룩스는 《바하무트》와 함께 날아올랐다.

가는 길에 맞닥뜨린 비행형 환신수 몇 마리를 쓰러뜨리며, 요루카가 있을 제1 요새로 서두른다.

"……?"

아무리 《바하무트》를 장착했다고 하지만 환신수들이 유독 쉽게 쓰러졌다.

작디작은 기묘한 위화감이 룩스의 가슴에 불안함을 드리웠다.

어째서 이렇게 많은 환신수가 갑작스럽게 나타난 것인가?

그리고 백령 기사단이 이렇게까지 몰리게 된 이유는 아마도 하나뿐일 것이다.

이 『모형 정원』 가까이에 **보이지 않는 무언가가 있다**.

'하지만 지금은 그걸 신경 쓸 때가 아냐! 요루카를, 구하러 가야해……!'

내쉬는 숨에 기합을 담으며 룩스는 요새를 향해 날아갔다.

요루카가 과거와 똑같은 괴로움을 겪게 하지 않기 위해.

자신의 마음을 전하기 위해, 전속력으로 날았다.

Episode 5 성식 —Gigas—

불길한 경보와도 비슷한 환신수의 포효와 땅울림.

거대한 요새가 무너질 것처럼 위아래로 흔들리고, 지하 제2 격납고에도 진동이 전달되었다.

하지만 그곳에서 대치하고 있는 두 사람의 집중력은 조금도 떨어지지 않았다.

쓰러뜨려야만 하는 눈앞의 상대에게, 그저 모든 의식을 집중하고 있었다.

"『한계돌파』? 이상하군. 숨겨진 코드인 그걸 네가 어떻게 쓸 수 있는 거지?"

의아함이 담긴 미소를 지은 싱글렌의 십여 메르 앞에, 이미 형태 변화를 마친 《야토노카미》가 서 있었다.

고도국의 갑주와 닮은 독특한 형태의 장갑 위에는 몇 자루의 칼날이 추가로 솟아났다.

동시에 특징적이던 네 다리는 앞뒤로 뻗어서, 마치 반신이 말 같은 형태를 취하게 되었다.

다양한 능력이 강점인 특장형 중에서도 보다 전투에 특화된 형태로 변모했다.

"네— 의문스럽게 생각하는 것도 당연하여요. 이 『한계돌파』는 신장 《금주부호》를 이용해서 해방한 진정한 모습. 일반적인 절차를 밟지 않았으니까요."

원래대로라면 숨겨진 제한 해제 부호를 알아내야 사용할 수 있는 형태 변화.

하지만 요루카는 자신의 《금주부호》의 강제 조작 능력을 시스템 깊숙이 침투시켜서 『한계돌파』를 실현했다.

물론 이 수법은 예전부터 여러 차례 시험해보았으며 실전 투입도 거쳤다.

특수 전투 기술인 전진을 사용하며 공방일체의 신장을 다루는 《리바이어선》이 상대라면 요루카와 《야토노카미》라 해도 불리하다.

이것이 『푸른 폭군』을 능가하고 그를 죽이기 위한 비장의 수단이었다.

"과연. 조금 전에 보여준 쓸모없는 3대 오의도 그렇고, 『한계돌파』도 그렇고. 끝까지 그 날품팔이 왕자를 모방하겠다는 거냐. 애처롭군. 그런 형편없는 남자의 도구 노릇밖에 할 줄 모르는 너도, 그 미래도 말이지."

다른 사람을 내려다보는 불손한 태도로, 싱글렌은 요루카를 노려보았다.

반면에 요루카는 전혀 화난 기색도 없이 그저 보라색 눈동자를 요염하게 빛낼 뿐이었다.

"『용비적』이 취급하는 비약, 엘릭시르. 그건 일시적으로 초월적인 힘을 안겨주지만— 정착시키기 위해서는 『세례』라는 수술이 필요한 모양이더군요.”

“호오, 그게 어쨌다는 거지? 그런 힘을 얻었으면서도 지금까지 내 털끝 하나 건드리지 못했다며 자학이라도 하고 싶은 거냐?”

싱글렌이 어이없어하며 말하자 요루카는 당당한 미소와 함께 말을 이었다.

“겨우 전신의 3퍼센트 정도 정착시키는 게 고작이었지만, 덕분에 이 눈에는 무척 좋은 게 보인답니다. 상대의 의식의 파장을 포착할 수 있을 뿐만 아니라, 그 마음의 움직임도 어떻게든 알 수 있지요. 당신이 사실은 주인님을 무척 경계하고 있다는 것도요—.”

그 지적에도 싱글렌의 안색에는 변화가 전혀 없었다.

그저 담대한 웃음을 유지하며 바닥을 알 수 없는 어두운 눈동자로 바라보고 있었다.

“하하하. 이거 참 웃기는 소리로군. 괜찮은 거냐? 결함품. 네가 그 상태로 싸울 수 있는 시간을 이렇게 낭비해도.”

“그리고 한 가지 더. 당신은 사람이 아니지요? 저와 같은 냄새가 풍겨요. 뭔가 치명적인 결함을 품은, 망가진 것의 냄새가—.”

……퓽!

요루카의 말이 끝날까 말까 하는 찰나, 《리바이어선》 주위에서 어마어마한 속도로 물줄기가 방출되었다.

거대한 철창처럼 뻗어 나온 여러 물줄기에 《야토노카미》가

네 다리를 움직이며 피했다.

"……!"

입체적인 기동을 위한 네 다리와는 다르게 돌진에 적합한 형태의 장갑 다리는 구불거리는 물줄기를 빠져나가며 싱글렌에게 접근하는 데 성공했다.

공격 간격에 들어가는 동시에 카타나형 블레이드를 들어 올려 싱글렌의 어깨를 노리고 내리그었다.

"흥."

그러나 싱글렌이 코웃음 친 순간 물줄기의 소용돌이가 《리바이어선》 주위를 에워쌌다.

단순한 물이 아니라 강력한 역장이 만들어내는 질량덩어리.

높은 곳에서 낙하하면 돌에 버금갈 정도로 단단해지고, 높은 압력을 가하면 강철마저 잘라내는 물의 방패로 그 참격을 막으려 했지만—.

"—어설프군요."

"……?!"

요루카의 블레이드가 견고한 물줄기의 방패를 찢어발기고 장벽의 일부마저 뚫어버렸다.

2중 방어가 뚫린 싱글렌은 하울링 로어로 요루카를 날려버리고 거리를 벌렸다.

"그 『한계돌파』가 발휘하는 전력은 인마일체(人馬一體)의 움직임을 보이는 건가."

말을 탄 기사는 말의 파워과 중량을 자신의 무기에 담아 힘을 발휘한다.

일반적인 장갑기룡은 단순히 사용자의 조작대로 움직일 뿐이지만, 요루카는 또 다른 방법으로 싸우고 있었다.

네 다리 뒤에서 폭렬하는 추진력을 방출하여 지면을 박차고, 그 힘을 하반신을 거쳐 상반신의 장갑으로 전달하며 참격에 그대로 실었다.

그래서 단순한 『한계돌파』의 강화 수준을 뛰어넘은 파괴력이 발휘된 것이다.

"아시다시피 정통으로 맞으면 끝이니까, 그 점 유의하시길."

마성의 미소를 떠올린 요루카는 보라색 눈동자를 빛내며 다음 공격에 나섰다.

끊임없이 쏟아지는 《리바이어선》의 신장을 회피하던 요루카는 마침내 칼날을 적에게 명중시켰다.

"——?!"

빠지직! 《리바이어선》의 두꺼운 장갑에 한 줄기 금이 생겼다.

《금주부호》를 의식하게 한 뒤에 기습적으로 허를 찌른 요루카는 그대로 빙글 회전한 다음 오의를 시전했다.

"—영구연환."

정신 조작과 육체 조작의 교대 사용에서 파생된, 숨 돌릴 틈도 없는 연속조작으로 실현하는 무한 연격.

물줄기와 장벽을 이용한 2중 가드 위에 그대로 퍼부어서 억지로 방어를 무너뜨렸다.

"……크?!"

수십 연발의 참격을 꽂아 넣어 마침내 그 방어 태세가 무너졌을 때, 추가로 연속 베기를 시도해서 기룡을 안치하기 위한 관처럼 움푹 파인 벽에 밀어붙였다.

"하아, 하아……. ―기룡포효."

영구연환의 100연참을 마치고 숨이 턱 끝까지 차올랐지만 숨을 고를 틈도 없이 후속타를 가한다.

부서진 벽에 처박힌 《리바이어선》의 머리 위에 무수한 잔해가 떨어졌다.

하지만 그만한 공격을 퍼부었음에도 불구하고 싱글렌을 몰아붙였다고는 할 수 없었다.

신장 《왕권》의 능력으로 물의 피막을 상시 둘러서 치명상을 피했기 때문이다.

'그렇다면― 물의 방패로는 다 막아낼 수 없는 위력으로 공격하면 되겠네요.'

판단을 마친 요루카가 힘을 모은 필살의 공격을 준비하기 위해 거리를 둔 순간, 『세례』를 받은 마성의 눈동자가 불온한 파장을 읽어냈다.

"――?!"

요루카의 좌반신을 꿰뚫는 사선(死線).

반사적으로 오른쪽으로 도약을 시도했지만, 늦었다.

키잉! 고막이 찢어지는 듯한 바람을 가르는 날카로운 소리를 들었을 때는 이미 공격이 끝난 뒤였다.

"뭐, 죠? 이건―."

마치 예리한 날붙이에 잘린 것처럼 환옥철강(미스릴다이트)으로 된 장갑이 싹둑 잘려나갔다.

50메르 가까이 떨어진 위치에서, 싱글렌이 시전한 물의 참격이 거둔 성과였다.

"진 전진(眞戰陣) 겁화(劫火)—미즈치(蛟)."

"……큭?!"

왼쪽 장갑팔과 앞다리 하나는 절단됐지만, 나머지는 무사하다.

그러나 아무리 최대로 전개하지 않았다고 해도 『한계돌파』 상태의 장벽을 간단히 갈라버리는 이 위력.

조율을 응용한 싱글렌의 전투 기술— 에너지를 한 곳에 집중하는 전진·겁화는 어디까지나 무장을 이용하는 직접 공격 기술이었다.

그런데 지금 그는 순수한 **물줄기의 칼날로 공격했다.**

"진 전진……? 자신의 신장조차 조율의 지배하에 둔 기술이라는 건가요?"

물을 조종하는 《리바이어선》의 신장과 연계, 기룡의 에너지와 신장의 에너지를 합쳐서 한 점에 집중시킨 참격.

거기서 파생된 물의 칼날이 수십 메르나 되는 사정거리를 압도적인 위력으로 찢어발겼다.

거리가 꽤 떨어져 있던 덕분에 맨몸 부분에 직격당하는 신세는 면했지만, 장벽과 장갑이 파손되었다는 건 아무리 발버둥 쳐도 방어가 불가능한 위력이라는 증거다.

"이젠, 충분하다……."

수북하게 쌓인 잔해를 쓸어버리며 싱글렌이 일어섰다.

바닥이 보이지 않는 허무한 칠흑빛 눈동자로 요루카를 바라보며, 그가 연민하는 듯한 미소를 지었다.

"오랜만에 상대하는 보람이 있는 적이었다. **그 남자**와 싸우기 전에 준비운동이라도 될까 싶어서 어울려줬지만— 안 되겠군. 너는 가지고 놀기에는 너무 위험하다."

"……얕보인 모양이로군요. 아직 저도 전력을 다하지 않았건만."

"그렇다면 아끼지 말고 얼른 보여줘 봐라. 안 그러면— 여기서 죽게 될 거다."

싱글렌이 비웃는 동시에 천장에서 《왕권》이 만들어낸 비가 쏟아져 내렸다.

탄환 같은 위력을 가진 폭우가 아닌 평범한 비였다.

'머리 위에서 오는 공격이 아니군요? 그렇다면 어째서— 비가 내리는 것이죠?'

그 진의를 요루카가 생각해보려는 순간, 《리바이어선》이 돌진했다.

"진 전진(眞戰陣) 수월(水月)—아미키리(網剪)."

특대 블레이드와 동시에 사출된 싱글렌의 물의 칼날을 가까스로 피하며, 요루카가 후퇴했다.

조금 전에 보여준 진 전진 겁화의 직격만큼은 피하기 위해, 기술이 발동되는 순간을 놓치지 않기 위해, 함정을 펼치고 반격할 시기를 살폈다.

—하지만 요루카의 목적이 결실을 맺기 전에 지하격납고 안이 더욱 어두워졌다.

물을 뒤집어쓴 탓에 남아 있는 화톳불의 수가 줄어든 것이다.

동시에 주위를 뒤덮은 짙은 안개 탓에 시야가 압도적으로 나빠졌다.

"물을 너무 낭비하셨군요? 시야가 좋지 않은 상황이라면—『광학 위장』 기능이 있는 《야토노카미》 쪽이 유리하답니다."

"그럴까? 그렇다면 해보라고. 할 수 있다면 말이지."

레이더로 싱글렌의 위치를 파악한 요루카는 《리바이어선》의 옆구리를 베었다.

어둠과 안개를 이용한 기습.

하지만 그 공격은 보기 좋게 허공을 갈랐고, 반격으로 돌아오는 블레이드에 어깨를 허용했다.

"크……?!"

후방으로 도약해서 거리를 벌리고 사각에서 다시 공격을 시도했다.

하지만 결과는 변하지 않았다. 요루카의 공격은 빗나가고, 더러는 검에 튕겨 나가며 《야토노카미》의 장갑이 서서히 부서져나갈 뿐이었다.

'어째서, 죠? 제 기척은 최대한으로 억누르고 있을 텐데—.'

어째서 레이더가 없을 싱글렌이 이쪽의 움직임을 전부 다 파악하고 있는 것인지 그 이유를 알지 못하고 멈춰버렸을 때,

물줄기의 찌르기가 요루카를 꿰뚫었다.

"——."

수십 메르나 떨어진 벽까지 나가떨어졌지만 요루카는 움직임을 멈추지 않고 도망쳤다.

한편, 싱글렌은 공격 위치에서 미동도 하지 않은 채 조용히 눈을 감고 있었다.

"설마 그럴까 싶지만, 똑같은 함정을 다시 사용하는 게 네 본 실력이라는 건 아니겠지."

"윽……?!"

싱글렌이 기공각검을 뽑아 신장을 기동시켰다.

동시에 격납고 전체에서 솟아 오른 무수한 물기둥의 칼날이 요루카의 비장의 수단을 파괴했다.

"어떻게, 눈치챈 것이죠?"

요루카는 아연한 표정으로 굳어버렸다.

그 순간 짙은 안개가 걷히고, 미소를 머금고 있는 싱글렌이 모습을 드러낸다.

《거미줄》— 보이지 않는 강철선을 주위에 펼치는 특수 무장이자 《금주부호》를 전달하기 위해 펼쳐둔 덫이 순식간에 모조리 절단됐다.

방법을 알 수가 없었다.

어두침침한 실내에 짙은 안개마저 끼었는데, 싱글렌은 정확하게 요루카를 몰아붙이고 있다.

비는 조금 전부터 계속 내리고 있지만 이것 자체에 공격력이 있는 것은 아니다.

'그렇다면— 무엇을 위해 내리고 있는 것이죠? 이 비는…….'

이곳은 지하 기룡 격납고이니 외부의 비가 들이치는 일은 있을 수 없다.

즉, 틀림없이 《리바이어선》이 인위적으로 내리게 하는 비라는 것.

그 사실에 생각이 미쳤을 때, 요루카는 『진 전진 수월』의 정체를 깨달았다.

"구동음의 감지와— 상황 파악인가요?"

장갑기룡의 구동음을 통해 다음 행동을 읽어내는 싱글렌의 『전진·수월』.

평소에는 와이어 테일 등의 무기를 적의 기룡에 접촉시켜서 시도하지만, 《리바이어선》의 신장과 결합한 진 전진 수월은 인위적으로 내리게 한 비의 반사음을 통해서 주위의 움직임이나 존재를 감지하는 레이더가 된다.

그래서 이 비가 요루카의 위치와 동작을 파악하고, 동시에 눈치채지 못하도록 펼친 《거미줄》을 간파한 것이다.

"수읽기에 재능이 있군. 하지만 이제 끝이다. 너는 결국— 마음이 없는 도구로서도 숙원을 이룰 수 없을 것이다. 자신을 사용해줄 상대를 잘못 골랐군."

싱글렌이 비웃은 직후 《야토노카미》의 프레임이 덜컥덜컥 비명을 지르기 시작했다.

『한계돌파』로 인한 소모 탓에 기력이 다하기 직전이었다.

전진을 파훼할 실마리도 떠오르지 않았다.

목숨을 걸면 3할의 확률로 싱글렌을 쓰러뜨릴 수 있을 거라는 예상은 빗나갔다.

요루카 자신도 사람이 아닌 마물이라고 불렸지만, 이 남자 또한 괴물이었다.

패배를 예감하면서도 하다못해 동귀어진이라도 하기 위한 일격을 생각했다.

사람이 아닌 자신은 이런 것밖에 하지 못하니까.

사람으로서 룩스의 소망에 응해줄 수 없는 자신은, 이런 식으로 도구로서의 사명을 완수할 수밖에 없으니까.

자신에게는 마음이 없으니까, 룩스가 아무리 자신을 사람으로 대우해줘도 이에 응해줄 수 없으니까—.

하지만 도구로써 관계하는 방식이라면 사람이 아닌 자신도 이해할 수 있다.

도움이 되는 물건은 곁에 둘 가치가 있다.

오로지 그것 하나만이 요루카가 이해할 수 있는 타인과의 관계성이었다.

『요루카는 그 기공각검이, 무척 소중한가 봐.』

"네— 그렇답니다."

어느 틈엔가 쥐고 있었던 기공각검 자루의 감촉을 느끼며 요루카는 문득 웃음을 흘렸다.

자신의 목적을 이루기 위한 도구.

그렇다면— 최후의 최후를 맞이할 때까지 손을 놓을 수는 없다.

요루카는 자신의 몸뚱이가 지르는 비명을 들으면서도 태연자약하게 물었다.

"그만한 힘을 가졌으면서, 어째서 주인님을 이용하려는 것인가요?"

싱글렌은 흥미를 잃은 듯 어두운 눈동자로 요루카를 보았다.

"내 목적에 필요한 말을 움직이고 있을 뿐이다. 원해서 말이 된 너는 어차피 이해할 수 없는 이야기지."

"그렇다면, 거리낌 없이 당신을 처리해도 되겠군요. 주인님을 위해서 당신을 살려둘 의리는 없어졌사와요."

"뭐?"

싱글렌이 의아한 표정을 지은 순간 《야토노카미》의 남은 세 다리가 구동하더니 소리도 없이 그의 코앞까지 육박했다.

"—각격."

끊어진 의식의 간격을 읽어내서 찰나의 타이밍에 펼치는 요루카의 일격.

무의식을 찌르기 때문에 원래는 방어가 불가능할 절기이지만, 그래도 싱글렌이 대책을 세우지 못하게끔 지금까지 이 일격을 아껴두고 있었다.

환창기핵이 위치한 어깨에 꽂힌 참격은 《리바이어선》의 구동을 순간적으로 정지시킬 터.

검을 회수하면서 장갑을 베고 《금주부호》를 발동해서 지배하에 둔다.

그것이 요루카가 세운 전략이었지만— 축축한 어깨 장갑을 가르는 순간 기묘한 위화감이 요루카의 온몸을 관통했다.

"——?!"

"진 전진(眞戰陣) 왕토(王土)—츠치구모(土蜘蛛)."

물의 피막이 장갑을 뒤덮고 있었다.

《리바이어선》의 장갑은 단순히 젖어 있는 것이 아니라, 충격을 분산하는 물의 방어막을 상시 펼치고 있는 것이었다.

아무리 의식의 간극을 찌른다 해도 처음부터 방어막을 펼치고 있었다면 상황이 달라진다.

그것이 근소하게 요루카의 검의 위력을 줄였고, 《리바이어선》의 움직임을 멈추는 데까진 이르지 못했다.

집중해서 필살의 일격을 시도한 직후, 이번에는 요루카의 《야토노카미》가 치명적인 틈을 드러냈다.

"네 주인은 내게 맡겨라. 수고했다."

싱글렌이 승리를 확신한 미소를 드러내며 대검을 휘둘렀다.

그 순간, 한 자루 칼날이 싱글렌의 왼쪽 가슴에 박혔다.

"아, 니……?"

"너무 방심하셨군요. 간격 안이랍니다?"

보라색 홍채를 번뜩인 요루카가 요염하게 미소 지으며 힘을 주었다.

그 직후에 몸을 뒤덮은 《야토노카미》까지도 블레이드를 높이 들어 올렸고, 프레임이 삐걱거리는 소리와 함께 일격을 준비했다.

리코일 버스트
"—강제초과!"

선언한 직후, 밀착 상태에서 초월적인 위력의 일격이 작렬했다.

대기를 꿰뚫고 남아 있던 물의 벽을 날려버린 후《리바이어선》의 장갑과 함께 어깨의 환창기핵을 노출시켰다.

"크, 아……!"

갈라진 신음을 쥐어짜내며 싱글렌은 충격의 여파로 날아가버렸다.

격납고의 잔해와 파편을 휘감으며 수십 메르 거리를 날아가서 벽에 격돌.

그 가슴에 기공각검을 꽂고 눈을 부릅뜬 채 숨이 끊어졌다.

"……허억! 허억!"

요루카의 거친 숨소리와 함께『한계돌파』는 해제되었다.

지하 격납고를 가득 채우고 있던 안개가 사라지고, 끊임없이 내리던 비도 어느덧 그쳤다.

동시에 요루카의 입가에서 한 줄기 피가 주르륵 흘러내렸다.

『한계돌파』로 인해 요루카 자신의 몸에 걸린 부담도 측정할 수 없을 정도인데, 밀착한 상태로 강제초과까지 시전하고 말았다.

적의 신장기룡을 분쇄해버릴 정도로 강력한 충격의 여파를 코앞에서 받아낸 요루카의 온몸도 삐걱거렸지만…….

"결판이, 났군요."

룩스를 말로 삼아서 쓰고 버리기 위해 이중삼중으로 함정을 파두었던 싱글렌을 죽였다.

아마도 최대의 방해물이었을 그를 제거한 지금, 구제국의 황제와 나는 계약을 이행했다고 해도 과언이 아니다.

하지만 목숨이 아직 붙어 있는 것은 행운이었다.

이 『대성역』을 둘러싼 싸움에서 승리하기 위해 아직은 더 룩스를 위해 싸워야만 한다.

그 후길이라는 남자는 구제국의 제1 황자였지만, 사실은 정체를 알 수 없다는 남자라고 들었다.

언젠가는 『창조주』의 장군 자리에 앉아 있는 그 역시 추궁할 필요가 있을지도 모른다.

과거의 계승권이 후길에게 있다고 해도, 요루카는 이미 룩스만을 섬기겠다고 결심했으니까.

"이상하네요. 사람이 아닌 제가 그런 생각을 하다니—."

역시 피곤함을 숨기지 못하는 표정으로 요루카는 피식 자조했다.

어느덧 자신의 규약과 관계없이 누군가의 곁에 있겠다고 결심했다.

아무런 욕망도 집착도 없었던 자신을 동생이 거두어 계약을 맺고 근위병으로 고용해주었건만, 지금은—.

으지직!

마른 나무가 부러지는 듯한 소리를 듣고 요루카는 퍼뜩 정신을 되찾았다.

소리가 난 방향을 보았더니 격납고 벽면까지 나가떨어진 싱글렌이 잔해 속에서 몸을 일으키고 있었다.

그가 심장에 꽂힌 《야토노카미》의 기공각검을 뽑아내 아무렇게나 휙 집어던진다.

"이번 공격은 아까웠다고, 흉인. 전언을 철회하마. 너는 제법 뛰어난 녀석이다. 내가 인간이었다면— 확실하게 죽었을걸."

싱글렌은 입꼬리를 비틀어 올리고 웃으며 《리바이어선》의 기공각검을 쥐었다.

그와 동시에 새로운 추가 무장이 소환되더니, 파괴된 금속 조각들이 역장과 함께 재구성되며 다시 몸을 덮는 장갑으로 결합되기 시작했다.

"어째서?! 파괴한 장갑기룡이—?!"

"《위개(僞鎧)의 석판(石版)[샤리트]》…… 《리바이어선》이 가진 또 하나의 특수 무장으로, 기공각검만 남아 있다면 한 번은 장갑을 재생할 수 있다. 다만 한 번 사용하면 한동안 이 기능을 쓸 수 없게 되지만 말이지."

"……."

요루카는 어깨로 숨을 몰아쉬고 땀을 흘리며 그저 그 모습을 지켜보았다.

감정이 없는 자신에게 공포는 없다.

그저 절망적인 현실이 눈앞에 서 있을 뿐.

신장기룡 《리바이어선》이 부활한 사실 이상으로 무서운 것.

싱글렌의 왼쪽 눈을 가리고 있던 안대가 벗겨지며, 그동안 가려져 있던 칠흑빛 눈구멍에서 퍼져 나온 검은 문양이 좌반신을 뒤덮고 있었다.

그 외양은 엘릭시르를 사용한 마인과 동일— 하지만 엘릭시르 자체는 사용하지 않았다.

즉『세례』를 받아 정착된 싱글렌의 힘이라는 것이었다.

그렇지 않아도 몸에 정착시키려면 소질이 필요한 데다, 막대한 고통과 부작용에 시달려야하는『세례』.

그 저주 같은 수술을 받아 수명을 대가로 힘을 끌어냈다.

"놀랐사와요. 저와 같은 정도가 아니라 아득히 초월한 괴물이었다니—. 그 어려보이는 외모와 키도, 반신에 받은 세례의 영향 탓에 성장이 멈춰버렸기 때문이었나요."

"큭큭큭, 참으로 무례한 여자로군. 하지만 너는 잘 싸웠다. 그 각오를 봐서 고통 없이 보내주도록 하지."

"—큭!"

순간, 요루카는《거미줄》을 사용해서 바닥에 떨어진《야토노카미》의 기공각검을 회수하고 후방으로 도약하려고 했다.

그 직후, 전속력으로 물러났을 요루카의 움직임보다도 빠르게 싱글렌이 블레이드를 번쩍 들어 올리며 달려들었다.

"진 전진(眞戰陣) 신위(神威)—악로(惡路)."

《리바이어선》의 신장으로 다루는 물줄기로 자신의 추진력을 증가시켜서 돌진의 위력을 몇 배로 늘렸다.

그 토대는 조율에 의한 기본 제동의 해제다.

사용자에게 걸리는 부담을 피하기 위해서 가동 영역이나 동작을 제한하는 프레임의 가동 제한.

그것을 전부 해제하고 추가 장갑을 부착시키는 것이 『한계돌파』이지만, 그것에는 살짝 못 미치는 비슷하면서도 다른 동작을 실현하고 있었다.

그게 전부라면 『한계돌파』 쪽이 명백히 더 강력한 기능이지만.

'이건, 물줄기로 자신의 기룡을 뒤에서 밀어냄으로써 더욱 위력을……!'

신장 《왕권》과 결합해 진 전진으로 발생시킨 물줄기로 《리바이어선》의 동작을 보조하여 위력을 배가시킨다.

그 충격의 여파로 인한 대미지나 부담도 심상치 않을 테지만, 세례로 강화된 덕분에 견딜 수 있는 것이리라.

매 일격이 필살의 파괴력을 가진 진 전진 신위의 공세를 요루카는 어떻게든 막아보려고 했다.

—그러나 무정하게도 장갑은 가차 없이 깨져나갔고, 날개를 쥐어뜯기는 것처럼 당하고 말았다.

"카, 학……!"

부러진 블레이드와 함께 우선 오른팔의 관절이 꺾였다.

장벽 위로 명중한 물의 탄환의 충격에 늑골이 부러져서 피를 토했다.

계속 혹사하던 왼쪽 눈에서는 피가 뚝뚝 떨어지며 보이지 않게 되었다.

조종간을 쥔 왼손 손가락이 충격으로 으스러졌다.

오른쪽 발목 관절이 물줄기에 휩쓸려 역방향으로 틀어졌다.

부서진 파편이 옆구리를 찔러 피가 터져 나왔다.

그러나 신경을 태우는 격통에 몸부림칠 여유조차 없었다.

전신에서 감각과 함께 힘이 빠져나가기 시작했으며 차가운 물에 체온과 피가 녹아내려갔다.

사지의 일부가 부러지고, 왼쪽 눈은 감은 채 피를 흘리며, 전신에 창상을 입어 피투성이가 된 요루카는 미소 띤 얼굴로 《야토노카미》의 잔해와 함께 물속에 반쯤 가라앉았다.

'……실패하고, 말았네요.'

이제는 어떤 무기도 남아 있지 않았다.

그래도 입가에는 미소가 걸려 있었다.

간신히 부러지지 않은 세 손가락으로 기공각검의 자루를 쥔 채, 멀쩡한 눈으로 싱글렌을 바라보았다.

"—잘 있거라, 강자여. 내세에서는 사람으로 다시 태어나길 바라며 죽어라."

최후의 작별인사를 고한 싱글렌은 그녀와 떨어진 위치에서 블레이드를 들어 올렸다.

자신의 목숨이 끝나는 순간을 느끼며 요루카는 생각했다.

할 수 있는 일은 다 했다.

이번에야말로, 자신이 바라던 도구로서의 숙원을 완수하고 죽을 수 있다.

그것만으로 만족했을 텐데, 어쩐지 개운하지 못한 기분이 들었다.

고도국을 지키고 자신이 죽었다면, 남겨진 동생은 어떻게 생각했을까.

그리고 룩스는— 어떻게 생각할까.

“진 전진 겁화—미즈치.”

종언을 알리는 싱글렌의 목소리와 함께 물의 칼날이 발사되었다.

키이잉—! 대기를 찢어발기는 날카로운 소리.

그 소리가 귓가에 닿는 것보다 아주 약간 빠르게, 눈앞에 한 줄기 바람이 내려왔다.

——.

“큭……!”

입에서 흘러나온 둔한 신음이, 자신의 것이라는 사실을 가까스로 깨달았다.

몇 초 전 지하 격납고에 들어와 빈사 상태에 빠진 요루카를 발견한 순간 룩스의 몸은 반사적으로 움직였다.

그녀가 죽을 위기라는 것도, 이제는 싱글렌의 공격을 피하는 것도 받아내는 것도 불가능한 상황이라는 사실도 바로 알아차렸다.

자신이 방패가 되어 막아주지 않으면 당한다.

그런 걸 깊게 계산해볼 틈도 없이, 정신을 차리고 보니 그녀 앞에 서 있었다.

—그러나, 생각이 짧았다.

『세레』의 힘을 해방한 싱글렌의 절기, 진 전진 겁화—미즈치.

블레이드에서 사출된 물의 칼날은 최대 출력의 장벽과 하울링 로어의 충격파, 그리고 몸을 감싼 장갑을 모조리 절단한 끝에— 룩스의 가슴을 세로로 찢었다.

출혈과 충격이 유발한 쇼크로 인한 심장 정지.

다시 말해, 즉사였다.

"주인, 님……?"

요루카는 룩스의 등을 향해 말을 걸었지만, 대답은 없었다.

숨을 삼키는 소리조차 돌아오지 않았다.

"—오만한 남자로군. 이 나의 계획을 전부 망쳐버리다니, 결국 되다 만 그릇이었나."

질려버린 듯한 한숨을 쉬는 동시에 전신이 검게 변한 싱글렌이 붉은 홍채를 번뜩였다.

"영웅도, 지배자도 되지 못하고 길이 닫혔군. 그게 네 한계였다는 거다."

싱글렌의 목소리는 더 이상 룩스의 귀에 닿지 않았다.

그저 홀로 남겨진 요루카에게 이 현실을 강요할 뿐이었다.

"왜, 그러셨나요……?"

《바하무트》의 장갑이 해제되면서 쓰러진 룩스는 먼저 쓰러져있던 요루카 위에 포개졌다.

그의 두 눈동자는 조용히 감겨 있었고, 고동은 완전히 멈춰버렸다.

"어째서 저 같은 것을 위해, 목숨을 거시었나요? 돌려드릴 수 있는 건 아무것도 없는데, 사람이 아닌 저는 그저 전과를 올리는 것 말고는, 아무 도움도 되지 않는데—."

그 질문에 대답할 수 없다는 건 알고 있었다.
그래도 요루카는 띄엄띄엄 말을 이어나갔다.
"……주인님은, 잘못된 선택을 하고 마신 거군요."
불현듯 체념 섞인 웃음을 흘리며, 요루카는 잔해에 등을 기대서 상반신을 일으킨 채 숨이 끊어진 주인의 시신을 바라보았다.
"도움도 되지 않는 저 같은 건, 그대로 내치셔야 했는데. 당신의 은의에, 저는 아무것도 보답해드릴 수 없는데—."
동생 때 그랬던 것처럼 눈물은 한 방울도 흐르지 않았다.
대신에 혹사당한 왼쪽 눈에서 흘러내린 피눈물이, 뺨을 타고 내려가 룩스의 가슴에 떨어졌다.
그저 전신을 감싸는 달콤한 절망과 함께 주인의 시신을 끌어안은 채, 소리가 되지 못한 통곡을 했다.
"——."

†

같은 시각— 제1 요새 외부.
『모형 정원』 근처.
다수의 환신수가 뒤덮은 황야와 창공 사이에서 언제 끝날지 알 수 없는 혈투가 펼쳐지고 있었다.
"젠장! 숫자가 너무 많아! 이쪽은 내가 맡으마! 우선 퇴로부터 확보하자!"

지휘관인 리샤가 소리를 지르며 트라이어드에게 지시를 내렸다.

환신수 무리를 상대하고 있던 백령 기사단은 츠바이베르크가 가세한 후 태세를 가다듬었지만, 애초에 포위를 돌파하지 않으면 후퇴조차 할 수 없는 상태였다.

그라이퍼와 코랄은 각자 다른 『용비적』 기룡사를 상대 중인지 이쪽에 가세할 여유는 없었다.

"샤아아아아아앗……!"

"방해하지, 마라아아아—!"

포효처럼 외치며 리샤는 가고일을 향해 포격했다.

퇴로를 확보해도 룩스가 요루카를 데리고 돌아올 때까지는 후퇴를 개시할 수 없다.

두 사람을 환신수 무리 한복판에 두고 가버리면 그 뒤의 결과가 어떻게 될지는 눈에 선했다.

"정말이지, 싸움이라는 건 뜻대로 풀리지를 않는군!"

리샤가 터득한 새로운 전투 방법은 단기간에 체력을 극심하게 소모하는 까닭에 여기서는 사용할 수 없다.

리샤는 룩스와 크루루시퍼, 세리스, 피르히, 요루카 없이 치르는 전투가 얼마나 힘든지, 그들의 존재가 얼마나 큰 힘이 되어주었는지 새삼 생각했다.

"하지만— 질 수야 없지."

아무것도 없는 하늘에서 잇따라 나타나는 환신수에 절망하면서도, 그녀들을 생각하면 견딜 수 있다.

자신은 보호받기만 하는 공주가 아니다.

기룡사로서 실력과 재능을 겸비하고, 전장에서도 모두를 이끄는 것.

그것이 룩스의 주인 된 왕녀로서의 긍지이자 목표이니까.

"이 전투가 무사히 끝난다면 제대로 전할 수 있어! 그러니까, 주위에 아무리 강적들이 가득하다 한들, 당해줄 줄 아느냐아아아아아—!"

《천성》의 중력장으로 움직임을 봉쇄한 후 《세븐스 헤즈》로 저격.

셀 수 없을 만큼 반복해온 공격으로 필사적으로 후속을 막아내는 가운데, 트라이어드 또한 리샤 뒤쪽에서 싸우고 있었다.

"아이리, 조심하세요. 레이더로 적을 탐지 중이긴 합니다만, 보이지 않는 환신수의 표적이 되면 성가시니까요."

녹트의 말에 고개를 끄덕이고 아이리는 바위 그늘에 몸을 숨겼다.

예상을 아득히 뛰어넘는 치열한 전투였으나, 그래도 녹트는 퇴로의 확보보다 아이리의 신변을 지키는 데에 의식을 쏟고 있었다.

"아, 진짜— 자꾸 끈질기게 굴면 미움 받는 거 몰라?!"

"그래, 그 말대로야. 배려심과 사양하는 마음이 없어도 마찬가지라고!"

티르파는 자신의 무장인 해머를, 샤리스는 블레이드를 들고 저마다 돌파를 시도했지만 좀처럼 잘 풀리지 않았다.

이렇게 대군이 사방을 포위한 상황에서는 환신수와 대등하게 싸운다고 해도 소모가 지나치게 심해진다.

아이리는 내심 조바심을 느끼며 바위 그늘에서 그 사투를 바라보았다.

'이제 트라이어드는 이 기룡을 다루는 게 한계가 가깝군요.'

녹트 일행이 강화형 범용기룡을 다루는 훈련을 했을 때, 사용 한계 시간을 계측한 건 다름 아닌 아이리였다.

그녀들이 룩스의— 나아가서는 학원의 힘이 되기 위해 표면적으로는 평소대로 생활하고 있지만, 그늘에서는 필사적인 노력을 계속해왔다는 것을 아이리는 알고 있다.

그리고 지금 이 상황이 그녀들의 체력 한계치를 서서히 넘어가고 있다는 것 또한 알고 있다.

기력으로 버틴다 해도 오래 유지할 수 없으니 이제 곧 장갑이 해제될 것이다.

조금만 더 버티면 환신수의 포위를 뚫을 수 있다.

그러나 뒷심이, 화력이 아주 조금 부족했다.

"녹트! 저는 걱정하지 않아도 괜찮아요! 두 사람에게 가세해 주세요!"

"No. 그건 인정할 수 없습니다. 아이리를 위험에 노출시키면, 룩스 씨와의 약속을 어기게 됩니다."

약간 앞쪽에서 환신수와 교전하면서 녹트는 침착한 목소리로 대답했다. 그러나—.

"이대로 도망치지 못하면 어차피 전멸이라구요! 저는 짐덩

이가 될 바에야, 차라리 죽겠다고 각오했어요!"

"윽……?!"

그 외침을 들은 녹트가 살짝 괴로운 표정을 보였다.

아주 잠시 고민한 녹트는 심호흡을 한 다음 《엑스 드레이크》의 등을 아이리 쪽으로 돌렸다.

"용서해주세요, 아이리. 당신이 그런 말까지 하게 만든, 제 한심함을."

"피차일반이에요. 제가 고집을 부려서 따라온 결과잖아요."

아이리가 부드럽게 미소 짓자 녹트도 따라서 작은 웃음소리를 흘렸다.

"Yes. 그렇군요. 나중에 함께 벌을 받도록 해요."

그렇게 중얼거린 동시에 녹트는 《엑스 드레이크》의 스텝을 사용하며 캐논으로 지원 포격에 나섰다.

『두 분, 적의 눈길을 끌어주세요! 남은 전력으로 적을 공격하겠습니다.』

"오케이!"

"부탁한다, 녹트!"

근접 무장을 들고 환신수와 격투를 벌이던 티르파와 샤리스는 그 한마디만 듣고 의도를 파악했다.

아무리 단련을 거듭해왔다 해도 세 사람의 기룡 적성치와 체력, 기술은 신장기룡을 다루는 멤버들에 비해 부족했다.

그렇다면 세 명이라는 장점을 구사하여 싸움에서 승리하기 위해, 개인 훈련과 함께 연계력도 강화한 것이다.

"캬아아아아앗!"

괴성을 지르며 달려드는 비행형 환신수 무리를, 두 사람은 8자 궤도를 그리며 모으기 시작했다.

그 교차점에 환신수가 약 열 마리 정도 모인 순간 샤리스와 티르파는 동시에 소리쳤다.

"—기룡포효!"

강화형 범용기룡의 위력을 겸비한 충격파의 소용돌이가 좌우에서 환신수 무리를 압박하여 강제로 움직임을 멈추었다.

그 직후, 잠깐의 틈도 두지 않고 녹트가 캐논으로 추격타를 날렸다.

"그, 갸아아악……!"

폭염에 휩싸인 대기가 충격과 함께 분쇄되었다.

그래도 역시 공격을 회피한 환신수가 몇 마리 정도 남았지만, 여유를 주지 않고 휘두른 블레이드와 해머가 그것들까지 모조리 해치웠다.

"훌륭해요, 여러분—."

이것으로 퇴로가 열렸으니 리샤 쪽과 합류해서 일시적으로 후퇴한 다음 재편할 수 있게 되었다.

이제 남아 있는 걱정거리는 근처의 제1 요새에 있는 룩스와 요루카의 안위였다.

전력을 다한 트라이어드가 잠시 긴장을 늦춘 순간, 아이리는 자신의 몸에 위화감을 느꼈다.

"윽……?!"

체중이 사라지며 공중으로 끌려 올라가는 감각.

아이리는 배후에서 맹렬한 속도로 날아온 기룡사에게 납치당했다.

"—아이리?!"

녹트가 경악한 표정으로 스텝을 사용해서 붙잡으려 했지만 닿지 않았다.

"멈춰!"

처음 보는 울금색 장갑기룡을 쫓아 샤리스가 날아간 순간, 《엑스 와이번》이 보이지 않는 힘에 튕겨나가 지상으로 곤두박질쳤다.

"우앗?!"

짧은 비명과 함께 나가떨어진 세 사람을 내려다본 후, 가면 소녀는 말없이 떠났다.

"조심해, 샤리스! 뭔가 이상한 신장을 사용하는 모양이야!"

티르파도 활주해서 추격하려 했지만 정체를 알 수 없는 기룡사의 모습은 아이리와 함께 사라졌다.

백여 메르 뒤쪽에서 분투하는 리샤의 반대쪽 장소에는 아연실색한 모습으로 서 있는 세 사람만 남겨졌다.

†

벽과 바닥, 천장까지 모조리 파괴된— 제1 요새의 지하 기룡 격납고 안.

희미하게 어둠을 밝혀주는 남아 있는 화톳불처럼 룩스의 목숨 또한 거의 꺼져가고 있었다.

말을 잇지 못하는 소녀의 비명이 어둠에 가라앉은 의식 속에서 희미하게 들려왔다.

소녀의 왼쪽 눈에서 방울져 떨어진 피의 감촉.

끌어안으며 맞닿은 살갗의 온기를 몸으로 느낀다.

무모하고 위험한 도박을 계속하다보면 언젠가는 찾아올 필연이었지만, 결국 당하고 말았다.

지금까지 무사했던 것이 오히려 운이 너무 좋았다고 할 수 있을 정도다.

'아이리…… 미안해. 널 홀로 놔두지 않겠다고 약속했는데—.'

단 하나뿐인 여동생에게 거짓말을 하고 말았다는 것. 리샤 일행 곁에 마지막까지 함께 있어주지 못하게 되었다는 것에 미안한 마음이 들었다.

하지만 그런 마음과는 별개로, 최후의 순간까지 요루카를 구하려고 한 자신의 선택에는 한 점의 후회도 없었다.

죽음의 문턱 앞에 섰을 때 떠오르는 것은 얼마든지 있다.

그러나 그 직후에 무엇인지 모를 뜨거운 것이 룩스의 가슴에 스며들었다.

그리고 룩스는 소녀들과의 추억이 아닌 이상한 광경을 갑작스럽게 목격했다.

× × × × × ×

사사사삭, 모래 폭풍 같은 영상으로 된 기억이 룩스 안에 흘러들어온다.

죽음을 앞두고 과거의 주마등을 떠올리는 게 아니라, 누군가의 기억을 관람하는 듯한 감각이었다.

위에서 아래를 바라보는 구도에서 백은빛 벽에 둘러싸인 기묘한 공간이 보인다.

어쩐지 유적 내부와도 닮은 시설 안.

여러 개의 오브제에 에워싸인 그 실내 한복판에 낯선 소녀 한 명이 서 있었다.

드레스를 입은 소녀는 등을 돌린 채 양손을 맞대고 이야기를 들려주는 것처럼 선고했다.

"당신들 일족의 유전자에는 어떤 본능이 결합되어 있습니다. 선조인 과학자들에 의하여, 보다 우수한 존재로 성장하기 위해 심어진 경쟁 인자. 그것이 타인을 앞지르고 배신한다는 측면을 가져다준다는 이유로 당신들은 박해받아왔지요. 『열쇠 관리자』 여러분도, 우리 『창조주』의 황족하고만 관여하겠다고 이야기했습니다."

…….

룩스의 기억에는 없었다.

구제국 황족 중에 이 소녀와 닮은 사람은 없었다.

제1 황녀 리스테르카와도 제3 황녀 헤이즈와도 다르지만, 확실히 아카디아 일족이라고 생각할 만한 특징적인 은발이었다.
룩스는 질문을 던지려고 했지만 영상 안에서는 말은 할 수 없었다.
그 대신이라는 것처럼, 화관을 쓴 드레스 차림의 소녀는 조용히 말을 계속했다.
"하지만 후길. 당신이 그것이 잘못되었다는 것을 증명해주었습니다. 저는 전신에 『세례』를 받은 당신이 깨어나는 걸 기다리겠습니다. 이 분쟁으로 얼룩진 세계를 이번에야말로 바꾸기 위해서. 이 『대성역』에서 개변기룡을 완성하겠습니다."
자세히 보니 소녀가 검고 작은 상자를 향해 이야기를 하고 있음을 알 수 있었다.
어쩌면 그녀의 말을 기록해두는 기계일지도 모른다.
그리고.
소녀는 이번에는 벽 쪽으로 다가가 근처에 있던 원기둥 형태의 수조를 바라보았다.
룩스의 눈에는 잘 보이지 않았지만 그 안에는 가녀린 소녀의 신체가 떠 있었다.
"『성식』도 완성이 가까워요. 당신이 눈을 뜨기 전에 꼭, 멋진 걸 만들어 둘게요. 누군가를 구원한다는, 저와 당신의 소원을 이루기 위해서—."
다음으로 소녀는 지하로 향하는 계단을 내려가 엄중하게 잠가둔 방의 문을 열었다.
방 안에는 거대한 반투명 금속 관에 들어가, 눈을 감은 채 기계를 이용한 수술을 받는 청년의 모습이 있었다.

'저건— 후길, 형님?!'

거기까지 봤을 때 룩스의 내면에서 의문이 생겼다.

이 광경은 어느 시대 것이지?

'구제국이 건재하던 시절부터, 몰래 유적에 드나들었던 건가?'

아니, 그럴 리는 없다고 룩스는 다시 생각했다.

수백 년 전 시대의 생존자인 리스테르카 레이 아샤리아는 『성식』이 과거부터 세계를 멸망시키는 재앙으로 존재해왔다고 말했다.

『마지막으로 가르쳐주마, 아우야. 나는 처음부터, 이 제국의 황자 따위가 아니었다.』

쿠데타 마지막 날, 룩스를 배신하고 황제를 살해한 형이 꺼낸 한마디.

그 한마디가 사실이라면, 후길의 정체는— 대체…….

소녀는 후길이 잠든 금속 관을 사랑스러운 듯 쓰다듬은 후, 천천히 발걸음을 돌렸다.

소녀가 뒤로 돌아서서 그 얼굴이 또렷하게 보인 순간, 등줄기가 오싹해지는 전율이 일었다.

'뭐, 지. 이 녀석은……!'

그 소녀의 얼굴을, 어렴풋하게나마 기억하고 있었다.

아니, 잊고 있었을 기억이 지금 막 되살아났다.

7년 전 과거. 피르히가 인체실험 피험자로 납치당했을 때, 룩스는 그녀를 구하기 위해 리에스 섬으로 갔고―.

이 녀석이, 나타났다.

"윽, 큭……!"

신음이 흘러나오고, 지금까지 신체에 감각 같은 건 없었는데 두통이 일어났다.

기억이 혼탁해졌다.

그때, 라그나뢰크의 씨앗에 적합한 체질이 아니라 죽었을 터인 피르히가 되살아난 이유는―『성식』 덕분이었다.

저것이 빛과 함께 눈앞에 나타나 숨이 멎은 피르히를―.

기억의 일부를 떠올리고서 숨을 짧게 삼켰다.

룩스의 눈앞에 다시 무기질적인 벽에 둘러싸인 새하얀 방이 보였다.

소녀는 그곳에 서서 원통형 수조를 바라보며, 마치 사랑스럽게 생각하는 것처럼 말을 건넸다.

"저와 당신이 만든『성식』은 **강한 사람의 마음**에 이끌려, 단 한 번 구원을 내려줍니다. 그 마음이 순수한 소원이라면, 그것을 이루어주기 위해서― 힘을, 이 엘릭시르를."

그렇게 본 적 없는 은발 소녀가 미소를 지은 순간, 룩스의 의식과 그가 보고 있던 광경의 연결이 뚝 끊겼다.

그 직후 어둠 속에서 격통이 일어났고, 갑자기 어두침침한 시야가 열렸다.

†

"주인, 님……?"

룩스가 눈을 뜨자, 만신창이가 된 요루카가 자신의 얼굴을 살펴보고 있었다.

그 곁에는 조금 전 꿈에서 본 은발 소녀— 아니, 그것을 쏙 빼닮은 인간형의 무언가가 서 있었다.

천사처럼 온화한 미소를 머금은 채, 룩스를 내려다보고 있었다.

그 손끝에 맺힌 밝게 빛나는 일곱 빛깔 물방울이 룩스의 가슴에 난 상처에 뚝뚝 떨어졌다.

"이건, 『성식』? 인가……? 아니, 그보다 나는—?"

룩스는 그제야 간신히 죽었을 터인 자신의 생존을 알아차렸다.

그 가슴에 새겨졌던 깊은 상처는 어느덧 사라져 있었다.

"어떻게 된 것이옵니까? 이건—."

요루카도 『성식』을 깨닫고 아연한 표정으로 중얼거렸지만, 아무 것도 모르는 건 룩스도 마찬가지였다.

그때 갑자기 그들과 떨어진 위치에서 오만하게 서 있던 싱글렌이 입을 열었다.

"하하핫. 이것 참 재미있군! 그런가, 이 처음이자 마지막 순간에 당첨된 건가! 표면의 『성식』이 부활하고 있는 이 희박한 기회에, 그때의 나랑 똑같이!"

싱글렌은 장개 아래를 검게 물들이고 진홍빛 눈구멍에서 빛을 발하며 소리쳤다.

"……?!"

그 무언가에 홀리기라도 한 듯한 웃음소리를 듣고 룩스와 요루카는 경계했지만, 싱글렌은 그저 얼굴에 손을 짚고서 웃고만 있었다.

"이번엔 내가 잘못 봤군. 내 눈 쪽이 흐려졌던 모양이다. 영웅이라 불리는 자에게 필요한 것은 완력도 지략도 아니다. 가장 필요한 국면에 내려오는 천명이다! 너는 의도치 않게— 혹은 누군가를 구하고자 하는 그 어리석은 선택을 통해 마지막 기적을 이루어냈다. 그렇다면 내가 널 쓰지 않더라도, 반드시 녀석의 숨통에 송곳니를 들이댈 수 있을 것이다!"

싱글렌은 취한 것처럼 흥분을 억누르지 못하고 하늘을 향해 두 팔을 펼치며 폭소했다.

직후에 그 몸에서는 마인화로 인한 검은색 문양이 사라지기 시작하며, 평소와 다름없는 인간의 모습으로 돌아왔다.

어안이 벙벙한 룩스와 요루카가 그럼에도 기공각검을 쥐려고 한 그때—.

—커어어어어어엉!

위층에서 땅울림 같은 포효가 울려 퍼지고 격납고 전체가 격렬하게 흔들렸다.

"과연— 녀석을 죽이기 위해 너를 회유할 필요가 없어진 이상 여기에 계속 있어 봐야 의미가 없겠군. 서둘러 가세하지 않으면 내 남은 말들을 잃게 될 테니까. 그 질 나쁜 흉기도 꺾어두었으니, 이제 이곳에서 해야 할 일은 없겠지."

그러면서 발걸음을 돌리는 싱글렌의 등을 향해 룩스는 말을 던졌다.

"멈춰. 여기까지 와서 도망칠 셈이냐?"

그러나 싱글렌은 고개만을 돌려서 평소의 어두운 눈빛으로 룩스를 바라보았다.

"너는 내게 뭘 시키려는 거지?! 누굴 죽이려는 거냐!"

충동에 휘둘리는 것처럼 토해낸 룩스의 질문을 듣고서 싱글렌의 입술이 활처럼 휘었다.

"그런 이야기를 할 여유는 없다고. 기억을 되찾는 날까지— 그건 즐거움으로 남겨둬라. 대신에 좋은 사실을 가르쳐주마. 부활한 그 『성식』은 이제 곧 『이면』으로 반전한다. 되살아난 네놈이 그 녀석을 쓰러뜨려라."

"—크?!"

오싹함을 느낀 룩스가 『성식』을 보자 아름다운 은발 소녀 형태에 변화가 일어났다.

전신에 난도질당한 듯한 상처가 생기고, 불에 탄 것처럼 피부가 탄화하고, 안구가 썩어서 떨어졌다.

그리고 그 입은 초승달 모양으로 빠끔히 열리며 웃음을 머금었다.

동시에 뿜어져 나오는 것은 인류에 대한 끝없는 악의와 살기.

최대최후의 라그나뢰크— 세계를 붕괴를 향해 인도하는 존재로, 천천히 변모하기 시작했다.

"기다리고 있으마, 날품팔이 왕자— 아니, 『검은 영웅』이여. 언젠가는 내가 하는 말도 이해하게 될 거다. 이 내가 해내지 않는다면, 세계는 아무 것도 변하지 않을 거라는 것도."

그 말을 마지막으로 싱글렌은 《리바이어선》의 신장으로 일으킨 파도에 올라타 지하 기룡 격납고에서 탈출했다.

그 뒤에 남은 것은 빈사 상태로 웅크리고 있는 요루카와 상처가 나은 룩스.

그리고 천천히 흉흉한 모습으로 변모 중인 『성식』뿐이었다.

요루카는 그 광경을 오른쪽 눈만으로 응시하며 미동도 하지 않았다.

그 모습을 통해서 이제 그녀에게는 저항할 힘이 티끌만큼도 남아 있지 않다는 것을 룩스도 깨달았다.

"—주인님께서는 어째서, 저를 찾아오시었나요?"

룩스를 보려고는 하지 않았다.

그저 혼잣말처럼, 요루카는 멍하니 중얼거렸다.

"너는 왜, 아무 말도 없이 싱글렌을 쓰러뜨리려고 한 거야? 분명 네 실력이라면 어떻게 될지 정도는 알고 있었을 텐데."

"……."

룩스는 땅에 떨어진 자신의 기공각검을 주우며 조용히 염원했다.

엘릭시르를 뒤집어쓴 덕분에 상처만이 아니라 체력까지 회복되었다.

다시 한 번 《바하무트》를 소환해서 이 『성식』과 싸울 수 있을지도 모른다.

"아마도, 너랑 같은 이유일 거야. 요루카가 날 지키기 위해 위험을 무릅쓰려 한다는 걸 알고서, 그냥 내버려둘 수 없었어."

그렇게 대답하며 힘없이 웃자, 요루카는 조용히 고개를 저었다.

"주인님은— 안목이 없으시군요."

체념 섞인 미소를 지으며 룩스의 말을 반박했다.

"저 같은 도구를 줍기 위해, 불 속으로 손을 집어넣으시다니……. 어리석은 행동에도 정도가 있는 법이옵니다. 이런 감정도 뭣도 없는, 부서진 인형을 위해서……."

요루카는 질려버린 것인지 정색하며 한숨을 내쉬었다.

룩스로서는 그녀의 마음을 읽을 수 없다.

그래도— 주인으로서 해야 할 말은 정해져 있었다.

"그렇지 않아. 나는, 피르히가 되살아났을 때를 떠올렸어. 그 때 『성식』은 내 소원을, 들어주었지."

엘릭시르와 함께 흘러들어온 그 광경— 『성식』과 똑같은 외모를 지닌 소녀의 동향이 무엇인지는 아직 모른다.

하지만 딱 하나 확신하는 것이 있었다.

일찍이 자신의 소원이 피르히를 구해준 것처럼, 요루카의 숨겨진 소원에 호응하여 『성식』이 룩스를 구해주었다는 것.

"요루카가 소원을 빌어준 덕분에 나는 이렇게 살아 있어. 그러니 너는 감정이 없는 도구 같은 게, 아니야."

"……."

타이르는 듯한 룩스의 미소.

그럼에도 요루카는 룩스와 눈을 마주치지 않았다.

공허한 표정으로 룩스 곁에서 웅크린 채 그의 말을 들을 뿐이었다.

부러진 손가락으로, 자신의 기공각검을 움켜쥔 채.

"그러네요."

허무함이 가득한 목소리로 입을 열었다.

"저는 충실한 도구 같은 게 아니었사와요. 제 마음 하나조차 제어하지 못하는, 그저 되다 만 인간. 예전에 아버지께서 말씀하신 것처럼, 사람이 되지 못한 결함품이지요."

자조적인 감정조차 섞지 않고 요루카는 담담하게 중얼거렸다.

그래도 룩스는 계속해서 말했다.

"나는 『거병(기가스)』과 싸운 후에, 요루카가 와줘서 기뻤다? 아무도 구하지 못한 채 멸망하게 놔둬야 했던 구제국도, 조금은 구해낸 것 같은 기분이, 들었거든."

"……."

그 말을 들어도 그녀의 표정을 바꾸지 않았다.

그저, 미미하게 어깨를 떨었다.

"요루카. 나는 도구인 네게 사람이 되어달라고 하진 않을 거야. 하지만 사람인 너를 도구로 쓰다가 버리고 싶지는 않아. 네가 손에서 검을 놓지 않았듯이, 내가 나로 있기 위해서 필요하니까—."

"제가, 주인님의…… 검?"

요루카는 그 말에 반쯤 멍한 표정으로 《야토노카미》의 기공각검을 바라보았다.

동생의 종자이기 위해, 자신의 계약을 관철하기 위해, 끝까지 놓치 않았던 검.

자신은 사람의 감정을 이해할 수는 없지만, 무엇이 필요한지는 안다.

룩스 자신의 신념을 지키기 위해서, 적대자였던 요루카를 구해준 것이라는 것을―.

"게다가 결함품이라니, 그건 아니야. 사람은 모두 불완전한 생물이니까. 누구든 실수를 저지르고 길을 헤매지. 나도, 리샤 님네도, 다들 마찬가지야. 그러니까― 내 곁에 있어도 괜찮아."

그렇게 말하고 룩스는 요루카에게 손을 내밀었다.

요루카는 잠시 망설임 후, 그 손에 자신의 손을 포갰다.

"―분부대로, 하겠사옵니다. 주인님."

아주 잠깐 두 사람 사이에 흐르던 시간이 멈추었다.

요루카에게 흐르는 피의 온기가, 처음으로 그 감정을 드러낸 것처럼 느껴졌다.

쿠우우웅!

그 직후에 지하 기룡 격납고가 심하게 흔들렸다.

여기에서 벌어진 사투의 여파로 제1 요새 자체가 무너지기 시작한 것이리라.

이제는 인간 형태를 벗어나고 있는『성식』이 마음에 걸리지만, 일단 여기서 탈출해야만 한다.

"요루카! 여기서 나가자!"

룩스가 다시《바하무트》를 소환해서 몸을 뒤덮는 장갑으로 신속하게 바꾸었다.

'—가능해.'

가슴에 흉터가 살짝 남긴 했지만 전력으로 움직일 수 있다.

엘릭시르를 뒤집어썼는데도 어째서 자신은 다른 인간처럼 마인으로 변하지 않는 것인지 알 수 없었지만, 생각할 겨를은 없다.

요루카를 품에 안고 비상하여 파편의 눈사태를 피해 탈출했다.

리샤 일행은 일단 후퇴하여 제2 요새에서 신왕국군과 합류하겠다고 했지만—.

"—룩스 군! 조심해!"

『모형 정원』에서 가까운 지상으로 탈출한 순간 코랄의 목소리가 날아왔다.

좌우에서 덮쳐든 가고일과 키마이라를 리샤와 그라이퍼가 각자 순식간에 처리했다.

"리샤 님이랑 코랄?! 게다가 그라이퍼까지?! 어째서—."

"귀찮지만, 이것도 동맹국의 의무인데 어쩌겠냐. 그보다……."

그라이퍼는 갑자기 예리한 눈초리로 모형 정원 앞을 응시했다.

거기에는 눈가에 어두운 그림자가 드리운 드레스 차림의 소녀— 『성식』 본체와 그것을 에워싸듯 포진한 100마리 이상의 환신수가 우글대고 있었다.

“저 놈이다! 역시 저게 환신수를 부르고 있어! 우리가 아무리 쓰러뜨려도 끊임없이 나타난다. 적어도 저 『성식』을 파괴하지 않으면 이대로 성채 도시로 돌아가도—.”

숨을 헐떡거리며 리샤가 진홍색 눈동자로 하늘을 노려보았다.

싱글렌의 오른팔인 츠바이베르크는 이미 블래큰드 왕국의 백령 기사단을 데리고 퇴각한 듯했다.

대신에 신왕국군 기룡사들이 증원으로 오고 있는 모양이지만, 이 상황에서는 오자마자 전멸할지도 모른다.

“하지만 이상한데? 『용비적』 자식들은 어디로 사라진 거지? 드라켄도 튀었고, 코랄이 봤다는 수수께끼의 가면 여자도 사라졌어.”

짜증 섞인 말투로 그라이퍼가 투덜거렸다.

그 바로 뒤에는 이미 한계를 넘어서 장갑을 해제한 트라이어드 3인조가 있었다.

“Yes. 죄송합니다. 도중까지는 레이더를 통해 대강 파악하고 있었습니다만, 어찌 된 일인지 공중에서 반응이 끊겼습니다. 룩스 씨. 게다가, 아이리까지 납치당하고 말았습니다—.”

“……뭐?!”

보고를 들은 룩스가 안색을 바꾸며 숨을 짧게 삼켰다.

숨이 턱 끝까지 차오른 녹트의 모습을 보건대, 어쩔 수 없었던 것이리라.

아무 말 없는 룩스에게, 코랄이 초조한 목소리로 말을 걸었다.

“미안해, 룩스 군. 내가 그 가면 기룡사를 놓치지 않았다면—.”

“지금 중요한 건 그런 게 아니다!”

주눅 든 코랄과는 대조적으로 리샤는 의연하게 검을 들어 올렸다.

“알아차리지 못한 적의 함정에 걸린 걸 후회할 틈 따위는 없어! 『용비적』의 목적이 뭐가 됐든, 룩스의 여동생을 납치했다면 인질 교환을 요청할 거다!”

그 자리에 있는 모두를 북돋우려고 리샤는 목청껏 소리쳤다.

여기서 룩스 일행이 공포와 실망에 삼켜지면 전선이 붕괴한다.

그렇게 되면 결국 아이리도 구출할 수 없게 된다.

“감사합니다, 리샤 님.”

그녀의 목소리 덕분에 침착함을 되찾은 룩스는 짧게 고마움을 표한 후 눈앞을 바라보았다.

확실히, 적이 아이리를 죽일 생각이라면 간단히 죽였을 것이다.

그런데 굳이 납치했다면 어딘가에 이용하려는 꿍꿍이인 게 분명하다.

“하지만 그건 그렇다고 해도, 이번엔 대체 뭣 때문에 싸우는 거야? 마구잡이로 뒤섞여서 도통 영문을 모르겠구만.”

그라이퍼가 내뱉는 투로 말하며 『모형 정원』과 제1 요새 사이를 노려보았다.

확실히 이번에는 여러 세력의 의도가 얽혀 있다.

룩스는 심호흡을 한 다음 재빨리 머릿속으로 상황을 정리했다.

신왕국의 라피 여왕은 유적의 보물 『그랑 포스』를 숨기고 있었다는 의심을 받지 않도록 룩스와 리샤에게 그것을 묻어달라고 의뢰했다.

하지만 그 의도를 간파한 싱글렌 휘하 백령 기사단이 미리 『모형 정원』 안에 숨어들어가, 현장을 제압한다는 함정을 깔았다.

약점을 붙잡아서 룩스를 휘하에 집어넣으려고 숨어 있던 싱글렌의 계획은 수포로 돌아갔지만, 마찬가지로 유적 내에 잠입한 『용비적』에게 『그랑 포스』를 강탈당한 후 대량의 환신수가 나타났다.

『용비적』 삼두목이 집결하고 그들을 고용한 기룡사— 가면소녀도 나타나 코랄과 일전을 치렀다.

『모형 정원』 바깥에서 싱글렌의 모략을 확신한 요루카는 암살을 결심하고 제1 요새로 뛰어들었지만 실패.

룩스가 요루카를 구출하러 간 차에 『성식』이 나타나서 탈출했더니, 조금 전과는 비교도 되지 않을 정도로 많은 환신수 무리가 출몰했다.

그 후에 츠바이베르크는 백령 기사단을 이끌고 후퇴하였으며, 마찬가지로 룩스 일행도 여기서 피신해야 하는 상황이었다.

그러나 다시 모습을 드러낸 『성식』을 멀쩡히 놔둔 채 성채 도시로 돌아갈 수도 없었다.

피로 탓에 숨을 거칠게 쉬던 리샤는 뒤를 돌아보며 소리 높여 말했다.

"어쨌거나, 저 괴물을 처리하지 않으면 다음으로 넘어갈 수 없다. 룩스, 할 수 있겠느냐?!"

"—네."

다시 100마리 이상의 강력한 환신수가 우글거리는 황야와 창공 사이에서, 룩스는 고개를 끄덕였다.

그 직후 저 멀리 서 있던 드레스 차림의 소녀—『성식』의 입가가 활 모양으로 휘더니 맨몸 그대로 달려들었다.

이미 장갑기룡의 연속 가동이 불가능한 상태인 트라이어드는 뒤에서 대기.

적 앞이긴 하지만 이참에 다친 요루카에게 응급처치를 해주었다.

『성식』과 대치하는 것은 나머지 전력인 룩스, 리샤, 그라이퍼, 코랄 네 명이다.

"핫! 평범한 아가씨처럼 생긴 주제에 엄청난 왈가닥이구만."

《쿠엘레브레》를 장착한 그라이퍼는 하늘을 달리듯 날아오는 『성식』을 요격하기 위해 《테일 블레이드》를 이용한 나선궤도의 참격을 선보였다.

여러 마디로 구성된 칼날을 활용하여 궤도를 파악하기 힘든 강력한 일격을 날린다.

그리고, 『성식』이 방어를 목적으로 내민 손을 스쳐 지나가 순식간에 정수리를 두 조각으로 쪼개버렸다.

"—헛?!"

그 멋진 솜씨를 목격한 룩스와 리샤가 눈을 부릅떴다.

그러나 반면에 코랄은 헉 하고 숨을 삼켰다.

"그라이퍼! 방심하면 안 돼!"

"……?!"

"아하하, 너무하네. 그라이퍼는."

『성식』이 상처를 치유하는 동시에 순간적으로 형태를 바꿔 다른 소녀의 모습을 취했다.

꽃잎을 포갠 듯 장식으로 치장된 드레스와, 갈색이 섞인 금발 위에 얹은 황금색 티아라.

계층 승격 시험을 치르러 반하임 공국에 갔을 때 본, 그라이퍼의 주군인 밀미에트 공녀의 모습으로 변화했다.

머리로는 가짜라는 것을 이해해도, 소중한 상대가 눈앞에 있으면 본능이 공격을 거부하고 만다.

1초도 채 되지 않는 찰나였지만, 그라이퍼의 손이 멈춘 순간 『성식』의 전신에서 검붉은 색을 띤 무수한 가지가 창처럼 튀어나왔다.

"—《광자잠행》!"

《쿠엘레브레》의 신장인 무적화 능력의 발동이 아슬아슬하게 늦지 않아, 그 무수한 가지를 튕기고 『성식』을 날려버렸다.

"기다려, 그라이퍼! 적은 환신수 한복판이야!"

튕겨 날아간 『성식』 뒤에는 불려 모인 환신수가 100마리 가까이 대기하고 있었다.

그 안에 몸을 던지면 몇 초는 무사하겠지만, 결국 집중포화를 뒤집어쓸 가능성이 높았다.

그러나 그라이퍼는 위험하다는 걸 알면서도 물러나지 않았다.

"확실히 그래. 하지만 이 괴물이 그걸 노리고 있다면, 악수를 취하는 것도 나쁘진 않지. 내 취미가 무모한 도전이라는 걸 모르는 거야?"

이 자리에서 『성식』의 핵을 파괴하기 위해 그라이퍼는 더욱 접근하여 블레이드를 휘둘렀다.

강철처럼 튼튼한 가지를 잘라내고 그 심장에 칼날을 박아 넣기 위해 연격을 퍼붓는다.

"지독한 짓을 하는군요? 그라이퍼, 제 은혜를 잊어버린 건가요?"

『성식』은 다시 밀미에트의 모습으로 동요를 유발하려 했지만, 이번에는 그라이퍼도 주춤하지 않았다.

한마디 대답과 함께 블레이드의 일격을 덤으로 안겨주었다.

"공교롭게도, 내가 무례한 녀석이라는 건 공주님도 알고 계시걸랑. 미안하게 됐어."

"……."

그 두 팔을 절단하고 마무리 일격을 시도하려 한 순간, 『성식』 등 뒤에서 수백 개의 가지가 고속으로 뻗어 나왔다.

그 가지는 순식간에 공중에 떠 있는 환신수를 꿰뚫었고, 그 직후 꿰뚫린 환신수 무리는 바짝 말라붙어 부스러졌다.

"거리를 벌려, 그라이퍼! 『성식』이 환신수의 생명력을 흡수하고 있어!"

코랄의 비명과 거의 동시에 가지 일부가 그라이퍼를 습격했다.

마침 《광자잠행》의 무적화가 풀린 탓에 그라이퍼는 블레이드를 방패로 삼았지만, 가지는 꿈틀대는 움직임으로 방어를 피해서 옆구리를 가격했다.

"크, 아……!"

다행히도 가까이에 있던 코랄이 잘 받아냈다.

하지만 장벽이 돌파당한 데다 장갑까지 부서진 그라이퍼는 피를 토했다.

"저 자식……! 내 《테일 블레이드》의 움직임을 베끼다니—."

부드득 이를 가는 그라이퍼를 힐끔 쳐다본 후, 리샤가 미심쩍은 표정으로 『성식』을 바라보았다.

"이상하구나, 룩스. 저 『성식』, 닮지 않았느냐? 예전에 우리가 상대했던 라그나뢰크— 위그드라실과."

"네. 제 생각도 그래요."

룩스는 내심 전율했다.

지난번 학원제 때 상대한 『성식』은 촉수와 무한 재생 능력을 갖추고 있었다.

다시 말해 그것은, 룩스 일행이 처음으로 상대해본 라그나뢰크— 포세이돈의 능력과 흡사했다.

여기서부터는 조잡한 추측일뿐이지만, 설마 지금까지 쓰러뜨린 라그나뢰크의 능력을 모방하고 있는 것이 아닐까?

"그럼 저 주변에서 그냥 날아다니고만 있는 환신수는, 설마 『성식』이 먹을 밥이라는 거야?"

"위그드라실과 같은 계통 라그나뢰크라면 가능성은 높겠군. 확실히 저것의 특성은 강화와 진화였지. 당할 때마다 내성을 붙여가며 계속 부활하는. 그러기 위한 에너지를 확보하기 위해, 일부러 주위에 있는 환신수에게 아무런 명령을 내리지 않았을 가능성이 있어."

후방에서 숨을 가다듬으며 티르파와 샤리스가 그렇게 고찰했다.

과거에 위그드라실을 조종했던 헤이즈도 마찬가지로 수백 마리의 환신수를 미리 먹여서 진화에 필요한 에너지원을 확보했기 때문이다.

"Yes. 그라이퍼 씨의 검에 대응하게 된 것도 위그드라실의 특성을 이어받았기 때문이라면, 여기서 어중간한 공격을 가하면 적을 강화시켜주는 꼴이 되고 맙니다."

심지어 이번에는 그때보다도 전력이 부족하다.

그리고 『용비적』 삼두목과 그 협력자도 어딘가에 숨어 있다.

"그렇다면 일제공격으로 쉴 틈을 주지 않고 몰아칠 수밖에. 여기서 우리들이 퇴각하면서 싸운다고 해도, 저 녀석만큼은 데리고 돌아갈 수 없어."

다들 같은 마음이었는지 그 자리에 있는 전원이 동시에 고개를 끄덕였다.

룩스도 체력과 상처가 회복된 것은 좋았지만, 『한계돌파』를 사용할 수 있을 정도는 아니었다.

지난번에는 극격을 이용한 카운터로 한계까지 강화된 위그드라실의 공격력을 반사해서 쓰러뜨렸지만, 이번에도 같은 방법이 통할지는 알 수 없다.

상대의 힘을 한계까지 강화시키는 방법은 약간만 삐끗해도 그대로 전멸— 누구도 쓰러뜨릴 수 없는 적의 탄생이라는 세계 멸망의 방아쇠가 될 수도 있다.

"—좋아, 그렇다면 이번에는 안전하게 가자고. 요점은 주위의 환신수를 먼저 해치워서, 저 『성식』을 굶기면 되는 거니까."

『성식』의 에너지원을 차단하면 적은 진화할 수 없다.

즉 주위에 있는 수백 마리의 환신수들을 해치우고 마지막으로 숨통을 끊자는 작전이다.

"그나저나 그 부대장 나으리, 온갖 잘난 척은 다 하더니 정작 중요할 때 코빼기도 안 비치는구만."

"신경써봐야 어쩔 수 없어, 그라이퍼. 그보다 뼈는 다행히 멀쩡한 것 같지만 아직 움직일 수 있겠어?"

유인하는 역할을 자청한 코랄의 질문에 그라이퍼는 짜증난다는 것처럼 머리를 긁적였다.

"여전히 우리 우등생님은 사람을 막 다룬다니까. 이제 뒤에서 맨몸으로 있을 수밖에 없는 녀석들이 허덕이고 있는데, 내가 농땡이 부릴 리가 없잖아."

말투는 험해도 역시 남을 잘 돌봐주는 성격이었다.

"잘 말했다! 그럼 작전을 개시하자고! 두 사람 다 내 지휘를 따라라!"

리샤가 기세 좋게 외치며 용성으로 간단하게 지시를 내렸다.

압도적으로 불리한 상황에서 결전이 시작되려는 한편에서는 — 녹트 일행에게 응급처치를 받은 요루카가 반신을 일으켰다.

"잠깐?! 무슨 짓이야 요루카찌! 움직이면 위험하다구, 또 상처가 벌어질 거야."

"Yes. 아무리 저라 해도 친구로서 내버려둘 수 없습니다. 주인인 룩스 씨의 심정을 헤아려 주세요."

장의 차림의 티르파와 녹트가 당황해서 말리려고 했지만 요루카는 말을 듣지 않았다.

그러나 그녀가 움직이는 의미는 예전과는 달랐다.

"괜찮사와요. 죽을 정도로 무리하진 않을 테니까. 그보다 녹트 씨, 제 《야토노카미》를 수리해주실 수 없겠사옵니까? 거의 대파되었지만, 환창기핵은 무사하니까—."

평소처럼 요염한 미소를 지으며, 하지만 강한 의지를 담은 눈동자로 말했다.

"아무리 그래도 저 무리 안으로 뛰어들 생각은 없사와요. 그저 딱 한 번— 신장과 특수 무장을 발동할 기회가 필요하여요. 이제까지와는 다른 방법으로, 주인님의 힘이 되어드리기 위해서."

"……."

예전과는 어쩐지 분위기가 달라진 요루카를 보며 세 사람이 숨을 죽였다.

이미 트라이어드도 자신의 몸을 지킬 정도의 여력은 남아 있지 않았지만, 요루카의 눈을 보고서 샤리스는 결단했다.

"티르파, 한 번 더 강화형 기룡을 불러내자. 남아 있는 모든 에너지를 녹트의 《엑스 드레이크》에 넘기고, 그걸로 최대한 《야토노카미》를 수리해보자고."

"잠깐만?! 그럼 어떡해, 우리도 여기서 걸어갈 체력 정도는 남겨둬야—."

"어차피 저들을 도와주러 갈 수 없다면, 여력을 남겨둬서 뭐하겠어! 납치된 아이리를 생각하면 우리가 여기서 무모한 짓을 하는 것 정도는 아무 것도 아닐 거야."

"——."

상황이 상황이었다고는 하지만, 뻔히 보면서도 아이리를 빼앗기고 말았다.

그럼에도 룩스가 전선에 서서 자신들 대신 싸우고 있다는 것을 생각하면 확실히 여기서 멈춰 있을 수는 없었다.

"무리하지 않으셔도, 괜찮답니다."

붕대를 감은 요루카가 힘겹게 숨을 쉬며 말했다.

"이건 제 고집이니까요. 주인님의 종자로서, 이대로 아무런 힘도 되어드리지 못한 채 쓰러져 있는 걸, 참을 수 없을 뿐이어요."

그것은 요루카의 진심이었다.

룩스는 자신을 도구가 아니라, 자신의 이상을 이루기 위한 둘도 없이 소중한 사람으로 봐주었다.

그렇다면 **이대로 의사가 없는 도구처럼** 가만히 있을 수는 없다.

룩스의 이상을 이루어주기 위해, 구원을 가져올 『검은 영웅』의 검으로서 마지막의 마지막 순간까지 싸워나가리라.

"—뭐야. 그 마음은, 우리들도 똑같다구."

문득 미소를 지은 티르파가 《엑스 와이엄》을 다시 장착했다.

똑같이 《엑스 드레이크》를 장착한 녹트 곁으로 다가가 코드를 연결해서 남은 에너지를 넘겨주기 시작했다.

"아무렴. 우리도 명색이 『기사단』인데, 싸울 때마다 그들에게 보호받기만 하는 건 싫다고 생각해서 단련을 거듭해온 거니까."

샤리스도 휘청거리면서 남은 기운을 쥐어짜 《엑스 와이번》의 코드를 연결했다.

두 사람에게서 얼마 남지 않은 에너지를 공급받은 녹트는 숨을 헐떡이며 《야토노카미》의 수리를 개시했다.

환창기핵을 중심으로 약간의 장갑과 특수 무장 발사구만을 응급처치 했다.

그것을 선택하고 바란 요루카의 목적.

룩스에게 그저 자신의 힘을 바치기만 하는 게 아니라, 처음으로 협력하려 하는 것임을.

모두의 힘에 의지한 다음에 무모한 짓을 하려 하는 것임을 깨달았으니까.

"그렇다면, 우리들과 같아요."

녹트가 초췌한 얼굴로 그래도 살짝 미소를 지었다.

요루카는 남아 있는 최후의 힘을 쥐어짜내기 위해 그 자리에서 가만히 룩스의 등을 지켜보았다.

†

한편 그 무렵. 황야와 창공 사이도, 『모형 정원』 내부도 아닌 방에 아이리가 있었다.

매끄럽고 연한 빛을 띤 금속 벽과 낯선 오브제가 겹쳐진 이질적인 공간.

유적 내부를 방불케 하는 그곳이 적의 거점이라는 것은 확실했다.

그런 호흡하는 것조차 조심스러워지는 긴장된 장소에서, 아이리는 떨지도 않고 서 있었다.

자신이 죽을 거라고 생각한 적은 몇 번이나 있다.

병약했던 어린 시절에는 그야말로 매일이 죽음과 가까웠고, 할아버지가 구제국의 분노를 샀을 때도, 어머니가 사고로 돌아가셨을 때도, 쿠데타 후에도 생사의 갈림길에 서야 했다.

그리고 룩스가 학원에 온 뒤로도 그런 일은 몇 번이나 있었다.

이 1년도 채 되지 않는 짧은 기간에 강대한 적과 몇 번이나 싸웠다.

반하임 공국에서는 적에게 납치당해 인질이 되었다.

그 뒤로는 아무에게도― 친구인 녹트에게도 알리지 않았지만, 언제든 자결할 수 있도록 단도와 독을 몰래 품고 다녔다.

말석이라고는 하지만 아이리도 전 황녀이기에 그 정도는 각오하고 있었다.

아이리가 가장 두려워하는 것은 자신의 죽음이 아니라, 자신의 목숨이 룩스의 교섭 재료로 이용당하는 것이었다.

물론 아이리도 굳이 자결해서 구출 기회 자체를 없애는 건 싫었지만, 포기가 늦으면 실패한다.

따라서 자신의 운명이 어떻게 흘러갈지 확인하기 위해 긴장하고 주위의 동향을 살피고 있었다.

한 쪽 벽면에 룩스 일행이 싸우는 모습을 포함한 『모형 정원』 일대의 풍경을 비추고 있는 방.

그곳에는 아이리를 납치한 가면 소녀와 그녀를 따르는 체구가 작은 로브 차림의 소녀.

그리고 세계 연합의 적인 『용비적』 삼두목이라고 생각되는 멤버들이 서 있었다.

"—일은 다 처리했다. 『대성역』을 지배하게 되는 날에는, 우리에게도 보수를 줘야 할 거다."

피부가 까무잡잡하고 기골이 장대한 남자가 품에 안고 있던 거대한 보물 상자를 넘겼다.

가면 소녀는 그 내용물을 슬쩍 확인한 후, 이어서 거리를 두고 서 있던 아이리 쪽으로 시선을 옮겼다.

"약속은 지킬 거지만, 쓸데없는 소리는 하지 말아줘. 용병 경력도 길면서 왜 그래? 가투한."

가면 소녀가 생긴 것처럼 무감정한 목소리로 검은 피부의 남자를 비난했다.

몸집이 커다란 남자는 쓴웃음을 지으며 정중하게 인사를 했다.

"실례했다. 이래 봬도 전에는『야만스런 종족』의 젊은 두령이었던지라. 입이 험한 건 천성이다."

"말하자마자 쓸데없는 소릴 하고 있네. 어처구니가 없는걸."

"가투한은 거물인 척 하고 있지만 의외로 바보거든. 계약자님도 너그럽게 봐달라고."

옆에서 여도적 같은 차림을 한 드라켄이 빈정대는 것처럼 팔짱을 꼈고, 아직 어린 소년인 바인은 냉담하게 말했다.

하지만 가면 소녀의 반응은 쌀쌀했다.

"긴장감이 부족한 모양이네. 저『성식』도 배제해야 하는데."

그 말만을 중얼거리고 손짓으로 삼두목을 별실에서 물렸다.

자동 금속문이 닫히는 동시에, 지금까지 방구석에 있었던 로브 차림 소녀가 천천히 아이리에게 다가왔다.

"윽……?! 저리 가세요!"

경계하고 뒷걸음치며 품에 감춰둔 단도의 자루를 쥐었다.

그리고 독을 넣어둔 주머니도 꺼냈다.

"쓸데없는 저항은 그만 둬. 오빠의 얼굴을 두 번 다시 보고 싶지 않은 거야?"

"당신들에게 이용당할 바에야 죽는 게 훨씬 나아요! 지금 여기서, 오빠의 족쇄가 될 바에야—."

소리치며 단도를 쥐고서 아이리는 그것을 자신의 목에 들이댔다.

남에게 살해당할 각오는 몇 번이나 해왔지만, 자신의 손으로 실행하는 것에는 저항이 있었다.

지금 당장 찔러야 한다는 이성의 목소리와 죽어서는 안 된다는 본능의 목소리가 서로 반발했다.

병약한 자신을 지켜주었던 룩스의 얼굴을 떠올리며, 눈물이 나려는 것을 무심결에 버텼다.

"죽고 싶지는 않지만, 인질이 되는 건 싫다는 건가……. 어쩔 수 없네, 그만두겠어."

"……아?"

무감정하고 기복이 없는 가면 소녀의 말에 아이리는 놀라서 눈을 깜빡거렸다.

귀를 의심하면서 눈앞의 적을 보고 있으니 소녀는 조용히 가면을 벗었다.

"그렇다면— 우리와 계약하자. 당신에게 시키고 싶은 일이 하나 있어. 그걸 해준다면, 이대로 당신을 풀어줄게. 인질로도 삼지 않겠어."

"——?!"

드러난 맨얼굴을 본 순간 아이리는 말문이 막혀버렸다.

가면 뒤에 있었던 건, 지난번 학원제에서 딱 한 번 본 적 있는 소녀의 얼굴이었다.

†

"—제, 기랄!"

한편, 납치당한 아이리가 있는 장소보다 훨씬 아래에서 펼쳐지던 『성식』과의 치열한 싸움은 무시무시한 양상을 보이고 있었다.

"대체, 뭐냐……! 이 녀석, 위그드라실과는 차원이 다르게 성가시잖아!"

리샤가 비명처럼 외치면서 《레기온》을 투척하여 환신수를 저격했다.

하지만 지금까지 쓰러뜨리지는 못해도 피해를 주던 일격을, 가고일이나 키마이라들은 어렵지 않게 피하기 시작했다.

《티아마트》를 움직이는 정밀도가 떨어진 게 아니라 적의 반사 속도가 올라간 것이다.

"이 녀석들, 설마—. 아니, 역시…… 성장하고 있어!"

코랄도 질려버린 것처럼 중얼거리며 중형 블레이드를 휘둘렀지만 역시나 빗나갔다.

그뿐만이 아니라 지금까지는 공격이 먹히던 적의 피부에 무기가 튕겨나가며, 칼날에 균열까지 생기기 시작했다.

"아하하하하하하하하하하."

『성식』은 요란한 소리로 섬뜩하게 웃으며 주위의 환신수들에게 가지를 뻗었다.

처음에는 주위의 환신수로부터 에너지를 흡수하기만 하는

줄 알았던 『성식』은 룩스 일행이 주위의 환신수를 표적으로 정하자, 그 즉시 가지를 뻗어 남아 있던 수십 마리의 환신수를 찌르기 시작했다.

가지에 찔린 환신수들은 거대해지거나, 더러는 형태를 바꾸는 진화를 시작했다.

주위의 에너지원인 환신수를 쓰러뜨리기 전에 이쪽이 당할 것 같았다.

"룩스! 너는 신장을 쓰지 마라! 당장은 우리가 어떻게 하겠어!"

강적으로 변화하여 《바하무트》로도 상대하기 버거워진 환신수 무리를 앞에 두고 리샤가 외쳤다. 룩스는 그녀의 말을 따라 힘을 아끼기로 했다.

룩스도 적이 세우고 있는 무시무시한 전략의 전조를 깨닫기 시작했다.

'위험해. 지난번 『성식』처럼, 이 녀석은 위그드라실의 진화 변이체야.'

단순히 환신수를 자신의 진화를 위한 먹잇감으로 삼는데 그치지 않고, 자신이 얻은 내성과 진화를 주위의 환신수에게까지 부여하여 강화시킨다.

그렇게 되면 주위의 환신수조차 무리하지 않으면 쓰러뜨릴 수 없는 난적으로 변하고, 그것을 쓰러뜨리기 위해 사용한 기술이나 능력이 다시 흡수된다.

그렇게 호위를 쓰러뜨리는 동안에 감당할 수 없을 정도로 진화한 『성식』이 탄생하고 마는 것이다.

'뭔가 방법이 없을까—? 나 대신에 싸우고 있는 모두도 길게는 버틸 수 없어.'

『한계돌파』를 쓸 수 없는 이상, 상대를 강화시킨 후 극격으로 쓰러뜨리는 것도 불가능하다.

그렇다면— 룩스가 새로 개발한 《폭식》(리로드 온 파이어)의 응용 기술— 폭격을 시도할 수밖에 없다.

상대의 몸체에 《폭식》을 발동하여 정지시킨 후, 적의 움직이나 능력을 폭주시키는 폭격.

기룡사를 상대하는 거라면 모를까, 라그나뢰크 같은 강력한 개체에게는 유효하지 않을 거라고 생각했지만—.

'승산은, 있어……!'

룩스는 『성식』이 강화시킨 주위의 환신수들을 관찰하며 확신을 품었다.

그 변화가 너무나도 극적인 까닭에 알아보기 쉽지 않았지만, 『성식』으로 인해 진화가 촉진된 환신수들은 손발 끝이 붕괴하고 있었다.

단시간에 이뤄지는 진화에는 많은 에너지가 필요하며 육체에 부담을 준다.

라그나뢰크인 『성식』은 둘째 치고, 일반적인 환신수는 오래 버틸 수 없는 것인지 강화를 이겨내지 못하고 몸이 무너지고 있었다.

그 이상한 진화 재생 속도가 몇 배로 뛰어오르면, 제아무리 『성식』이라고 해도 에너지를 다 쓰거나 과잉 진화로 인해 붕괴를 일으키는 건 필연.

그 순간 무너져가는 몸의 핵을 즉격으로 파괴한다.

즉흥적으로 계획을 세웠지만, 룩스는 그것을 달성하기까지의 과정이 한없이 멀다는 것을 깨닫게 되었다.

"으, 아악……?!"

디아볼로스의 공격에 《엑스 와이번》의 등 날개가 파손된 코랄이 지상으로 추락했다.

대신에 그라이퍼가 그것을 맡았지만, 강화된 상위 환신수를 상대하려면 전력을 다할 수밖에 없다.

한편 리샤 쪽으로는 강화형 오르토스도 달려들어서, 어쩔 수 없이 《천성》의 중력과 《세븐스 헤즈》를 함께 사용해서 배제했다.

"지금이다! 룩스 전에, 내가 먼저 한 방 먹여주마!"

그 직후 쓰러진 환신수에게 가지를 뻗으려고 하던 『성식』의 눈앞으로 날아가, 리샤는 다시 《티아마트》의 신장을 발동했다.

에너지가 집속하는 발사구는 《세븐스 헤즈》의 중심부.

헤이즈와 결판을 낼 때 보여준 필살의 중력탄을 퍼부을 생각이었다.

하지만— 그 찰나, 갑자기 성식의 모습이 바뀌었다.

"리샤, 괜찮은 거냐? 제국의 왕자 따위를 의지해도? 자결을 거부하고 제국 쪽에 붙다니, 죽은 네 여동생도 성불하지 못할 거다."

"크……?!"

『성식』은 싸우는 상대의 마음을 들여다보고 상대의 약점이라고 할 수 있는 인물의 모습을 모방한다.

리샤의 앞에 모습을 드러낸 건 그녀와 같은 금발과 진홍색 눈을 가진 장년의 남성.

혁명 당시 전사한 그녀의 아버지, 영걸 아티스마타 백작이었다.

"—다, 닥쳐라아아아아앗!!"

그 순간 리샤가 몸속에서 끓어오르는 만감을 억누르는 것처럼 소리쳤다.

리샤 역시 『성식』과 싸워본 세리스나 룩스를 통해 변신 특성은 이미 알고 있었지만, 그럼에도 불구하고 대처할 수 없는 성가신 능력이었다.

적이 자신의 소중한 존재— 아니, 그 이상으로 약점이 되는 존재로 모습을 바꾼다.

거짓된 모습임을 알고 있어도 인간성이, 이성이, 본능이 그것을 거부하고 말았다.

제대로 된 사람이기에 가질 수밖에 없는 약점.

사람이기를 포기하기 전에는 완벽하게 극복할 수 없는 약점이었다.

리샤는 그것을 억지로 돌파했지만, 그럼에도 그녀의 동요는 치명적인 틈을 만들었다.

"리샤 님!"

보라색 광탄— 포구에서 발사된 중력탄이 명중하기 직전에

『성식』은 가지를 뻗어 반격했다.

리샤를 노리고 날아든 가지 여러 줄기가 《티아마트》의 장갑을 파괴하고, 동시에 등 뒤로 뻗은 몇 줄기는 주위의 환신수에게서 생명력을 흡수했다.

“어극, 구오에에에에웨에에에에엑……!”

그 직후 중력탄에 삼켜진 『성식』의 팔다리가 분쇄되며 붕괴를 시작했다.

‘완벽하게 먹히진 않았어! 하지만 기회는 지금 뿐이야—!’

그렇게 각오를 다진 룩스가 폭격을 시도하기 위해 《바하무트》의 조종간을 쥐었다.

『성식』을 향해서 전속력으로 날아올라 최고 속도로 대검을 휘두르려고 생각한 찰나, 머릿속에서 소녀의 목소리가 들렸다.

『아니, 되어요…… 주인님.』

“——?!”

용성을 통해 들려온 요루카의 목소리에 룩스는 잠시 망설였다.

출발이 지연된 순간, 후속타로 《세븐스 헤즈》를 발사하기 위해 거포를 조준한 리샤와 《광자잠행》을 사용해서 등 뒤를 공격하려던 그라이퍼가 동시에 나가떨어졌다.

“아닛……?!”

두 사람은 미리 맞추기라도 한 것처럼 동시에 동요한 목소리를 냈다.

그 눈앞에서는 몸이 반쯤 무너진 『성식』이 소름끼치는 미소와 함께 신체를 재생하며, 다시 드레스 차림의 소녀로 변모했다.

"이렇게 짧은 시간에 벌써 우리 두 사람의 신장에 적응했다는 거냐?!"

《쿠엘레브레》의 신장 《광자잠행》의 약점은, 자기 쪽에서 접촉한 순간 무적화의 빛이 접촉부분 만큼만 사라진다는 점이다.

즉, 움직이지 않는 적이 그 짧은 접촉 순간에 충격파 따위를 몸에서 직접 방출하면 무적화를 무시한 반격이 가능하다.

《티아마트》의 《천성》 쪽은 단순히 중력에 대한 내성을 기른 것이리라.

상상을 초월하는 진화 속도와 적응력에 그 자리에 있는 모두가 전율했다.

'위험해……! 한 번이라도 《폭식》을 이용한 필살기에 실패하면, 두 번 다시 내게 『성식』을 막을 기회는 찾아오지 않아!'

하지만 지금 요루카의 목소리를 듣고 멈추지 않았다면 분명히 요격 당했을 것이다.

『성식』은 리샤, 코랄, 그라이퍼 세 사람을 상대 하면서 룩스도 확실하게 경계 중이었다.

룩스가 그 통찰력과 경험을 통해 적의 공격 예비 동작을 읽는 것처럼, 『성식』 또한 룩스의 관찰 능력마저 기억하고 있었다.

'어쩌지?! 리샤 님도 코랄도 그라이퍼도, 더는 제대로 싸울 수 없어. 시간도 없고, 이대로라면—.'

그렇게 룩스가 고뇌하는 표정을 떠올렸을 때, 뒤쪽에 물러나 있던 요루카가 다시 용성을 보냈다.

『주인님, 제 복안을 들어주실 수 있으신지요? 저 「성식」을 쓰러뜨릴 가능성이 있사옵니다.』

몸을 비틀어 살짝 뒤를 보았더니, 거기에는 어깨 일부분만 복원된 《야토노카미》를 장착하고 무릎을 꿇은 요루카가 있었다.

『안 돼, 요루카! 더는 무리하지 마! 이 이상 싸우면, 너는—.』

반사적으로 요루카를 말리기 위해 입을 연 찰나, 그녀 옆에서 녹트의 목소리가 들려왔다.

『하게 해주세요, 룩스 씨.』

여느 때의 그녀다운 냉정함을 갖췄으면서도 은연중에 강한 의지가 함께 느껴지는 어조.

이 상황에 당혹스러워하는 사이에 샤리스와 티르파의 목소리도 이어졌다.

『나도 부탁하지, 룩스 군. 그녀는 네 마음을 쓸모없는 것으로 만들려는 게 아니야. 분명, 그 반대를 이루려고 하고 있어.』

『의지를 이어받는다는…… 그런 느낌? 아마도, 그런 걸 거야. 그러니까 들어줘. 여기서 가장 도움이 되지 않는, 우리들의 마음도 담았으니까!』

"……."

지금까지와는 다른 요루카의 마음.

그저 룩스만을 위해 생각하고 싸우는 것이 아니라, 룩스의 의지를 이어받으려 하는 것.

희생하려는 것이 아니다.

요루카 자신이 할 수 있는 최대한의 방법으로, 그리고—.

『잠시만, 주인님의 존체를 움직일 수 있게 해주시어요. 《폭식》을 이용한 그 일격 전까지, 제가 인도해드리겠사옵니다.』

"요루카—."

그 한마디와 굳이 《야토노카미》를 장착한 모습을 통해서, 룩스는 소녀의 의도를 알아차렸다.

동시에, 어째서 요루카가 왼쪽 눈의 붕대를 풀었는지도.

그 직후, 눈앞의 『성식』은 환신수 몇 마리를 추가로 먹어치우기가 무섭게 룩스를 노리고 달려들었다.

"룩스, 도망쳐! 그 녀석은 네 간파하는 능력을 학습했다고!"

《티아마트》를 장착한 채 피투성이가 된 리샤의 절규와 동시에 룩스는 움직였다.

이대로는 이길 수 없다.

그 사실을 이해하였음에도 적을 요격하기 위해 대검을 들어 올린 순간, 《바하무트》의 장갑에 주문 같은 문자가 떠오르며 연하게 빛났다.

"—각격."

훨씬 뒤에 있는 요루카의 목소리가, 용성을 통하지 않고도 들린 듯한 기분이 들었다.

룩스의 간파 능력마저 모방해서 첫 동작을 요격하는 자세를 취한 『성식』은, 완벽하게 허를 찔려 블레이드에 의한 일격을 허용했다.

의식의 파장을 마안으로 읽어내 그 간극을 찌르는, 오직 요루카에게만 허락된 절기.

허를 찔린 건 『성식』만이 아니라 옆에서 보고 있던 리샤도 마찬가지였다.

"룩스가 각격을?! 아니, 설마—."

"등 뒤에서 실이, 뻗어 있어……?"

멍하니 중얼거린 코랄의 말처럼 《바하무트》의 등 날개에 금속 실이 한 가닥 연결되어 있었다.

말하자면 《야토노카미》의 《금주부호》를 사용해서 《바하무트》를 꼭두각시 인형처럼 제어하여 해방한 일격.

룩스의 몸과 기룡에 자신의 기술을 겹친다.

타인을 신뢰하고 자신의 마음을 맡기지 않으면 시도할 수 없는 합체 기술.

조금 전까지의 요루카라면 떠올리지도 시도하지도 못했을 일격이, 라그나뢰크의 능력을 상회했다.

"지금이다— 《폭식》!"

직후, 《금주부호》의 연결에서 해방된 룩스가 《폭식》을 기동했다.

자신의 시간을 압축 강화하는 것이 아니라, 대상의 속도를 감속한 다음 그 시간을 몇 배로 증폭시켜서 해방하는 절기—폭격.

한없이 정지 상태에 가까운 적의 핵 위로 무수한 참격을 퍼부었다.

"—그, 오오오, 오오오오옷……?!"

시간 감속으로 인해 『성식』이 토해내는 절규조차 둔탁하게 메아리친다.

그리고— 5초 후, 가슴에 새겨진 무수한 참격의 흔적이 빛을 띠더니 한 점에 집중되는 파괴력으로 바뀌며 폭발했다.

눈 아래에 펼쳐진 대지를 향해 어마어마한 속도로 날아가면서, 충격이 전달된 심장부인 핵 부근에서 격렬하게 불꽃이 튀었다.

"—큭?!"

하지만 여기서 룩스가 생각지도 못한 착오가 발생했다.

바로 얼마 전 같은 라그나뢰크인 메타트론의 핵을 파괴한 경험에 비추면, 이번 공격 정도면 『성식』의 핵도 파괴할 수 있을 터였다.

그런데 이번에는 겨우 핵의 표피가 부서지는 수준에 그쳤다.

'성장하는 건가. 저번에 세리스 선배와 쓰러트린 『성식』에 비해 내구력까지 상승했어?!'

핵을 부숴도 일정주기로 지나면 부활하고, 더욱 강력한 개체로 변하는 라그나뢰크— 『성식』.

그 무서움을 다시 한 번 곱씹으며, 룩스는 결정타를 꽂아넣기 위해 나가떨어진 『성식』을 쫓아갔다.

연격에 얻어맞은 직후에는 아직 대미지로 인해 움직일 수 없을 터.

간신히 살아남긴 했지만 지금이라면 쓰러뜨릴 수 있다.

그렇게 생각하며 추격타를 먹이려고 한 순간, 『성식』은 다른 모습으로 변모했다.

매끄러운 금발 사이드 테일과 진홍색 눈동자.

룩스가 모시는 신왕국의 왕녀, 리즈샤르테로.

"—제발, 룩스! 이러지 마! **또 나를 죽이지 말아다오!**"

"—큭?!"

그 모습을 보았을 때, 무언가 오싹한 오한이 룩스의 전신을 관통했다.

동시에 그 몸이 공포로 경직되었다.

'……무슨, 의미지? **또**라고?'

『성식』이 대상의 약점이 되는 존재로 변신하는 것은 똑똑히 알고 있었기 때문에 룩스도 그것을 각오하고 검을 휘두를 생각이었다.

사고로 죽은 어머니든, 황제인 아버지든, 여동생인 아이리든, 학원의 동료들이든— 동요가 일어난다 해도 억누를 생각이었는데, 손이 완전히 멈추고 말았다.

그건 어째서인가.

우연이 아니다.

지금은 깨닫지 못하고 있을 뿐, 리샤의 이 모습에는 무언가 짐작 가는 점이 있었다.

『성식』이 이런 말을 해버릴 정도의 무언가를, 룩스는 분명 알고 있었다.

'내가 잃어버린 기억 탓일까, 아니…… 아니야! 지금의 내가 상상하고 있어? 뭐야, 이 감각은—.'

안 돼, 검을 휘두를 수 없어.

그렇게 생각한 순간, 진짜 리샤가 룩스를 향해 소리쳤다.

"……해치워! 룩스! 그런 가짜에게 현혹되지 마! 진짜는 나라고!"

리샤의 외침과 거의 동시에 《바하무트》의 장갑이 자동으로 움직였다.

《금주부호》.

특수 무장인 《거미줄》의 강선으로 접촉한 요루카가 룩스 대신에 명령을 내렸다.

—하지만 눈앞의 『성식』이 거기에 반응해서 즉각 모습을 변화시켰다.

룩스와 닮은, 어딘가 천진난만함 느낌이 남아 있는 흑발 소년.

'설마, 이 아이는— 요루카의……'

룩스 자신과도, 그리고 요루카와도 닮은 모습을 통해 그녀의 남동생이 아닐까 하고 추측했다.

그러나 룩스와 요루카는 망설이지 않았다.

직후에 반격으로 뻗어 나온 가지 사이를 누비며 혼신의 일섬을 작렬시켰다.

"—우, 오오오오오오오옷!"

핵의 균열이 섬광과 함께 반짝거리며 산산이 부서졌다.

두 번째로 모습을 드러낸 최대의 라그나뢰크 『성식』이, 마침내 쓰러졌다.

"크, 크크크크크……."

소년의 모습을 한 채 양단된 『성식』은 희미한 비웃음과 함께 사라져갔다.

룩스는 숨을 거칠게 몰아쉬며 그 모습을 조용히 내려다보았다.

이윽고 천천히 뒤로 돌아서, 지금까지 《거미줄》을 통해 움직임을 조종해준 그녀를 보았다.

"고마워, 요루카. 내 등을 밀어줘서—."

마지막에 본 낯선 소년의 얼굴은 『성식』이 그것조차 알아차렸기 때문에 보여준 모습이었다.

"그리고 미안해. 거짓된 모습이라지만, 네 동생을 공격해서—."

"문제될 것 없사옵니다."

그렇게 대답하며 《야토노카미》의 장갑 일부를 해제한 요루카가 풀썩 쓰러졌다.

요루카는 녹트와 티르파에게 좌우에서 부축 받으며 힘없는 미소를 떠올렸다.

"제게는 사람의 마음이 없으니까, 괜찮답니다."

"—아니. 그건 아닐 거야."

룩스는 조용히 고개를 가로저으며 웃었다.

"요루카는 분명, 나를 위해 마음을 죽인 거라고 생각해. 마음이 없는 인간 같은 게 아니라고, 적어도 나는 그렇게 믿어. 그러니까— 미안해. 고마워."

룩스의 말에 요루카는 한순간 멍한 표정을 보이며 눈을 동그랗게 떴다.

그리고 살짝 부끄러운 듯 시선을 돌리며 미소 지었다.

"그럴지도 모르겠군요. 다른 누가 아닌 주인님의 말씀이시라면, 그렇게 생각하겠사와요."

"응. 그럴 거야, 분명—."

이번에야말로 힘이 다했는지 요루카는 천천히 눈을 감으며 축 늘어졌다.

그녀를 끌어안은 녹트가 맥박을 확인해보니 아무래도 기절했을 뿐인 것 같았다.

주위에서 사람이 아니라는 취급을 받고 그것을 긍정하며 살아온 소녀.

처음으로 자신에게 그 마음을 맡겨줬다는 게 룩스는 무척이나 기뻤다.

계약이라는 말에 봉인되어 있었던 소녀의 마음을, 아주 조금 알게 된 것 같았다.

룩스가 그런 생각을 하고 있는데, 리샤가 화를 내고 코랄이 시샘 섞인 목소리로 말했다.

"어이! 두 사람 다 뭘 노닥거리고 있냐! 적은 아직 남아 있다고!"

"그러네. 아직 나도 룩스 군의 호위인데 말이지."

당황하면서도 룩스는 앞을 노려보았다.

"아니, 저기요?! 저는 딱히 그럴 생각이—."

일단 『성식』의 제어에서 해방된 수많은 환신수로부터 퇴각해야—.

자세를 잡으려는 순간, 뒤쪽에서 귀에 익은 목소리가 들렸다.

"룩스! 무사한가요?!"

창공에서 나타난 금색 기룡사.

룩스가 경애하는 『기사단』의 단장 세리스티아가 거기에 있었다.

"세리스 선배?! 어째서 여기에—?"

"그녀만이 아니야, 룩스 군. 자꾸 불안한 마음이 들어서 여기로 달려와 본 건데, 정답이었던 모양이네."

그렇게 말하며 그 반대편에서 나타난 인물은 《파프니르》를 장착한 크루루시퍼.

"나도, 있다구?"

게다가 황야를 달려온 사람은 몸을 위해 휴식을 취하고 있었을 피르히다.

아마도 이 궁지를 알게 되자 렐리의 만류를 뿌리치고 나온 것이리라.

"리즈샤르테 님을 지켜라!"

"진형을 짜서 공격해! 놈들이 우리 공주님을 못 건드리게 해라!"

"다들, 와준 것이냐?"

낮익은 소녀들만이 아니라 신왕국군 기룡사들도 성채 도시에서 달려와 주었다.

그 숫자는 약 50명 이상.

남아있는 환신수의 수는 그들의 거의 배 정도였지만, 세리스 일행이 있으면 어떻게든 싸울 수 있겠다고 룩스는 예상했다.

이제 남은 것은 이 환신수를 불러낸 것으로 보이는 『용비적』을 찾아서 아이리와 『그랑 포스』를 어떻게든 되찾는 것인데—.

'무사해야 해…… 아이리.'

이미 만신창이임에도 룩스가 강하게 노려본 직후에— 기묘한 소리가 주위에 울려 퍼졌다.

—이이잇이이이이이잇!!

"……큭, 이 소리는, 또냐."

우선 뿔피리 소리를 알아차린 그라이퍼가 난색을 드러냈고, 전군이 전투태세에 들어갔다.

하지만 환신수 무리는 공격하기는커녕 방향을 틀어 하늘 높이 날아갔고, 이윽고 연한 빛에 감싸이며 자취를 감추었다.

"—퇴각했어?! 아니, 저 움직임은……."

"전송이야……!"

반파된 《엑스 와이번》을 장착 중인 코랄이 의아해하는 표정으로 중얼거렸다.

이어서 룩스 곁에 내려온 세리스가 긴박한 모습으로 속삭였다.

“조심하세요, 룩스. 저와 마기알카 경은 마르카팔 왕국의 폐도에서 찾아냈습니다. 환신수에게 보호받고 있는 『대성역』의 존재를―. 그리고 제7 유적 『달』이 이동한 흔적도요.”

“『대성역』이 마르카팔 왕국에?! 아니, 그보다 『달』이 움직였다뇨―?”

보조관 교환으로 마르카팔 왕국에 파견된 세리스가 귀국하는 것은 어지간히 중요한 사건이 아닌 한 불가능할 터다.

“내 쪽도 사정은 다르지만 얼추 비슷해.”

룩스가 생각에 잠기기 전에 크루루시퍼도 옆에서 중얼거렸다.

“메르가 요양하느라 움직일 수 없는 동안, 누군가가 『갱도』에 몰래 침입했다고 네이 루슈에게 들었어. 누가 들어갈 수 있고, 무엇을 가지고 나갔는지…… 그 흔적을 따라가다 보니 이쪽에 도착한 거지.”

“무언가를, 가지고 나갔다고요?”

크루루시퍼의 이야기를 듣고서 룩스는 뭔가 안 좋은 예감을 느꼈다.

『갱도』 안에 있던 보물을 『용비적』이 일부러 훔칠 것 같지는 않았다.

만약 통괄자(기어 리더)인 네이 루슈조차 막지 못한 사태가 있었다면―.

룩스가 핵심에 도달하려는 찰나, 갑자기 환신수들이 사라진 위치 가까이에서 푸른 빛의 기둥이 내려왔다.

그리고 그 안에 떠 있던 소녀는, 그대로 힘없이 허공에 내던져졌다.

"—아이리?!"

룩스가 소리치며 《바하무트》를 전속력으로 비행했다.

낙하하던 그 몸을 품으로 받아내자, 소녀는 힘없이 미소 지었다.

"정말. 늦었잖아요, 오빠."

"아이리, 괜찮아?! 어디 다친 데는 없고?! 도대체 누가—?!"

룩스가 이성을 잃고 연달아 물어보자 아이리는 살며시 검지를 세워 그 입술에 댄 후, 조용히 자신의 양팔을 그의 어깨에 둘렀다.

"저는 멀쩡해요. 살짝 화제를 돌린 다음에, 틈을 봐서 탈출했을 뿐이에요. 저는 무모한 짓만 하는 오빠보다 훨씬 처세술에 능숙하니까."

"……응, 그렇지."

조종간에서 손을 놓고 자신의 팔로 여동생을 꽉 안아주었다.

그리고 부상당한 요루카 일행과 함께 신왕국군 기룡사들에게 안전한 장소로 옮겨달라고 부탁하려 했을 때, 갑자기 천상의 풍경이 일그러졌다.

—뷔이이이이이이이이!

"윽……?!"

피부가 찌릿찌릿 마비되는 듯한 기척을 느낀 직후, 창공에 거대한 구체가 출현했다.

아득히 멀리 떨어진 저 높은 곳에 있을 텐데도, 그 윤곽의 전모를 파악할 수 없을 정도의 거대함.

신왕국의 왕성보다도 몇 배는 더 커다란 달.

눈부신 인광(燐光)을 두른 완벽한 원구형 성이 위용을 뽐내며 자리 잡았다.

"은색, 달이라고……?"

보는 이를 압도하는 그 존재에 놀라면서 리샤가 멍하니 중얼거렸다.

세리스나 크루루시퍼, 피르히와 요루카.

그라이퍼나 코랄만이 아니라 그것을 본 신왕국군 사람들도 전부 똑같이 상상을 초월한 그 광경에 압도당했다.

제7 유적—『달』.

지금까지 각국이 총력을 동원해서 수색했음에도 전혀 찾지 못했던 최후의 유적.

그것이 지금 눈앞에 갑작스럽게 출현했으니까.

"과연, 저게 『성식』이 나타나기 전에 어딘가에서 대량의 환신수가 출몰한 이유라는 거구만."

룩스도 그라이퍼의 분석을 납득했다.

보이지 않았을 뿐이지 그것은 처음부터 그 자리에 있었다.

제7 유적—『달』.

대량의 환신수를 보유한 그 유적이 바로 앞에 숨어서 환신수를 계속 내보낸 것이다.

그렇다면 필연적으로 다른 하나의 수수께끼도 해결된다.

어디선가 나타나 갑자기 사라져버린 『용비적』도, 저곳에 출입하고 있을 가능성이 높았다.

그 자리의 모두가 그것을 인식하고 재차 머리 위를 올려다보았을 때.

『—친애하는 제군들에게 고한다.』

갑자기 소녀의 높은 목소리가 증폭돼서 주위에 울려 퍼졌고, 동시에 거대한 입체영상이 황야 위에 떠올랐다.

조금 전에 본 로브를 걸친 가면 소녀.

하는 말과는 정반대로 우호적인 낌새가 아니라는 것도 룩스 일행은 이해했다.

『내 이름은 소피스 엑스퍼. 너희가 「열쇠 관리자」라 부르는 일족의 후손이다.』

"……?!"

그 소개를 듣고, 룩스는 옆에 있는 크루루시퍼가 경직됐다는 것을 깨달았다.

『창조주』들과 행동하는 미스시스 말고도 아직도 동료가 남아 있었다니.

그리고 그것이 토르키메스 연방의 『칠용기성』— 소피스였다니.

입체영상 속에서 가면을 벗은 소녀의 얼굴.

갈색 피부와 검은 머리카락, 얼굴에 붉은 문신이 새겨진 그 얼굴은 틀림없는 그녀였다.

동시에 그 옆에 물러나 있던, 자신을 우르크라고 소개했던 여동생도 후드를 벗고 얼굴을 드러냈다.

그 앞머리에는 여우의 귀처럼 생긴 동물 귀가 붙어 있었다.

오토마타
“자동인형— 역시 그녀는……!”

그렇다. 유미르 교국으로 출발하기 전에 이야기했던 기묘한 일.

크루루시퍼의 목소리에 우르크가 반응한 것은, 자동인형에게는 열쇠 관리자를 따라야만 하는 특성이 있기 때문이다.

“경고한다. 전 병력 및 『칠용기성』은 신왕국에 모여서 대기하라. 이 이상의 유적 공략은 금지하겠다. 유적에 접근하거나 파괴하면 응분의 대가를 치르게 될 것이다.”

반박을 허용하지 않는 단호한 어조로 소피스는 선고했다.

요컨대 자신들이 세계 연합에 존재하는 배신자라고, 그렇게 이야기하고 있었다.

“응분의 대가라고? 갑자기 튀어나온 주제에 무슨 잘난 척이냐?! 포위당한 건 네 쪽이라고!”

“…….”

반사적으로 리샤가 그렇게 말하자 『달』 표면이 연하게 빛났다.

그 직후에 무지막지한 땅울림이 일어나더니 『모형 정원』이 감응하는 것처럼 진동했다.

“—그렇게 나올 거라고 생각했다. 증거를 보여주지.”

담담한 대답 직후, 거대한 환신수가 나타난다.

『달』 바로 아래에 한 마리, 『모형 정원』 옆에서 또 한 마리.

그림자에 가려진 탓에 정확한 모습은 보이지 않았지만, 그

육체에 두른 가공할 살기와 질량을 느끼고 포위하고 있던 병력들이 전율했다.

"어, 어이 잠깐만……. 뭐야 저게……."

"저렇게 거대한 환신수는 지금까지 본 적도— 아니!"

아직 젊은 왕국군 기룡사들이 그것을 목격하고서 몸서리를 쳤다.

평소 환신수와 교전 경험이 많지 않은 그들조차 알아차린 것이다.

처음으로 여러 마리가 동시에 나타난 그것이야말로 종언신수라 불리는 최대최강의 환신수임을.

"항복하라고 강요할 생각은 없다. 다만 『창조주』들도 포함하여 반항은 허용하지 않겠다. 우리가 『대성역』에 도달할 때까지 얌전히 있도록."

소피스의 협박 앞에서 전원이 꿀 먹은 벙어리로 변해버렸다.

—하지만 십여 초 후에 누가 먼저랄 것도 없이 병사들이 소리치기 시작했다.

"우, 웃기지 마!"

"그래, 너 같은 독재자가 이 세계를 지배하게 놔둘 것 같냐!"

"다들 그만 해라!"

리샤가 반사적으로 손을 뻗어 부하를 제지했지만, 직후에 『달』 아래로 발사된 극광(極光)이 모두의 위세를 꺾어버렸다.

멀리 떨어진 대지에 착탄한 굉음과 폭풍이, 목소리도 소리도 날려버리고 대지를 헤집었다.

"……."

다행히 그 아래는 아무도 없는 무인지대였다.

대신에 수평으로 펼쳐져 있던 황야 일부에 끝이 보이지 않는 균열이 생겨났다.

"『달』의 능력은 해방되어 내 제어 하에 들어왔다. 단순한 포격만이 가진 능력의 전부는 아니다. 나머지 세 마리의 라그나뢰크도 제어해서 간단한 지시를 내릴 수 있지."

『달』 바로 밑에 모인 거대한 라그나뢰크 두 마리가 소피스의 말을 증명해주었다.

"너희가 쓸데없는 짓만 하지 않으면, 신왕국을 비롯한 국가들이 전화(戰火)에 휩싸일 일은 없다. 이해했다면 이 이상 유적과 『대성역』에 손대지 마라."

그 말을 마지막으로 소피스의 입체영상은 사라졌고, 두 마리 라그나뢰크는 『달』 안으로 빨려 들어갔다.

그리고 압도적인 파괴력과 지배력을 가진 『달』은, 그대로 연기처럼 자취를 감추었다.

"어떻게 된 거지? 아니, 앞으로 어떻게 되는 거냐, 우리들은—."

허망하게 하늘을 올려다보는 리샤의 말에 대답할 수 있는 사람은 없었다.

그저 룩스는 힘을 북돋워주려는 것처럼, 자신의 주군인 소녀의 손을 살며시 잡아주었다.

Epilogue 칼과 칼집

그 후에 수색을 해보았지만, 갑작스럽게 룩스 일행 앞에 모습을 드러냈던 제7 유적『달』은 종적을 전혀 파악할 수 없었다.

토르키메스 연방 입장에서도 소피스 셉티의 배신은 예상 밖의 일인 모양이었다. 각국이 토르키메스 연방을 규탄했지만, 그건 의외로 리스테르카의 한마디로 수습되었다.

『지금은 남은 나라끼리 다툴 상황이 아니에요. 게다가 전언을 철회하는 것 같지만, 배신자가 있던 나라를 멸망시킬 생각은 없어요.』

어디까지나 추측이지만『창조주』의 반응을 보건대 이번 일은 반쯤은 상정 외의 사태일 거라고, 다시 세계 회의를 마친 후에 마기알카가 말했다.

"어떻게, 그런 걸 아시는 겁니까?"

회의가 끝난 청사 복도에서 룩스가 묻자, 그녀는 여느 때처럼 비뚤어진 웃음을 보였다.

"훗, 총명한 그대답지 않군. 간단한 이치라네. 그『열쇠 관리자』녀석들과는 최소한 중립을 유지하고 싶었을 테니까. 자신들이『대성역』의 정통한 계승자라며 자만하고 있었는데, 동맹 상대에게 배신당하면 체면이 사납지 않겠는가."

그 이야기를 들으니 룩스도 이해가 됐다.

『창조주』와 소피스는 실제로 접점이 없고, 소피스가 『열쇠 관리자』라는 사실 자체도 토르키메스 연방은 몰랐다.

『그랑 포스』를 결합해서 숨겨진 기능을 발현한 제7 유적 『달』은 강대한 공격력과 남은 세 마리의 라그나뢰크를 불러낼 수 있는 힘을 갖췄다.

현재 신왕국은 그 인질로 노려지고 있으며, 어떤 예측도 하기 어려운 상황이었다.

이번에는 많은 것을 알게 된 동시에, 이해할 수 없는 점도 밝혀졌다.

영락없이 『모형 정원』 것이라고 생각하던 신왕국의 『그랑 포스』는 『달』의 것이었던 모양이다.

어째서 구제국이 『달』의 『그랑 포스』를 가지고 있었을까.

그리고 어째서 『열쇠 관리자』인 소피스 엑스퍼와 여동생 우르크로 알려진 자동인형 리 프리카가 세계 연합에 반기를 들었을까.

저 『용비적』의 힘을 빌리고, 원래는 신뢰하는 협력 관계일 터인 『창조주』를 무시하면서까지—.

그녀들 사이에, 그리고 구제국과의 사이에 무슨 일이 있었던 걸까.

"모르겠어……."

방과 후 도서관. 룩스는 기분 전환 삼아 읽고 있던 유적 관련 책을 덮고 홀로 중얼거렸다.

긴급 세계 회의를 마친 『칠용기성』 및 각국 지도자 대행은 신왕국에서 떠나 일단 경과를 지켜보기로 결정했다.

하지만 이대로 불안에 떨며 소피스의 요구를 계속 받아들일 수는 없다.

즉, 앞으로 두 달 이내에 가공할만한 격돌이 일어나리라.

지금은 소피스의 협박 때문에 유적 공략을 중단하게 되었지만, 이 상황이 계속되면 그녀들 『배신자』가 유적을 공략하고 말 것이다.

즉 세계 연합으로서는 전력이 갖춰지는 대로 신왕국을 희생해서라도 나머지 유적을 확보해야 한다는 강행책에 나설 터다.

그렇게 됐을 때 신왕국은 어떻게 해야 하는가.

소피스가 적대자로 존재하는 한, 아마도 이 점은 뒤집히지 않을 것이다.

"……."

그렇지만 하나서부터 열까지 불행한 일만 있었던 것은 아니다.

중상을 입어 당분간 전투는 불가능하지만 요루카도 생명에 지장은 없었으며, 납치당했던 아이리도 무사히 돌아왔다.

특히 책임을 느끼고 있었던 녹트의 기쁨은 엄청나서, 재회할 때는 저도 모르게 끌어안아버렸을 정도다.

평소에 녹트는 냉정하게 다른 사람을 놀려대지만, 이때만큼은 샤리스와 티르파에게 놀림 받고 부끄러운 듯했다.

그리고 또 하나 좋은 점은—.

"그런 옷차림으로 계시는 건 몸에 안 좋답니다, 주인님."

기분 전환을 위해 룩스가 안뜰로 나가자 때마침 그곳에 있던 교복 차림의 요루카가 말을 걸었다.

그녀는 푹신한 털실 머플러를 룩스의 목에 감아주었다.

양 팔다리를 부목으로 고정해서 지팡이를 짚어야 했고, 왼쪽 눈은 붕대에 가려져 있지만— 그래도 평소의 그녀처럼 밝은 웃음을 보여주었다.

"고마워, 요루카. 하지만 무리해서 걸으면 안 된다? 당분간은 더 안정을 취해야 하니까."

"그러네요. 주인님의 호위 대행도 이 상태로는 할 수 없으니까요. 게다가— 역시 제게는 어울리지 않았지요."

"그거, 계속할 생각이었구나……."

쓴웃음을 지으며 룩스가 태클을 걸자 요루카는 살며시 얼굴을 가까이 댔다.

붕대가 감긴 모습은 애처로웠지만 그래도 그 홍조 띤 뺨과 미소는 충분히 사랑스러워서, 룩스의 가슴은 쿵쿵 뛰어댔다.

"하나만, 여쭈어도 되겠사옵니까?"

마른 잎이 쌓여가는 겨울의 안뜰에서 요루카가 하얀 입김과 함께 중얼거렸다.

"주인님께서는 도구인 저라 해도, 사람으로 보인다고 말씀하셨지요? 하지만 저는 역시 그렇게 생각하진 않사와요."

평소의 요염하고 속을 알 수 없는 그녀의 행동과는 다르게,

마치 어린아이 같은 순진함이 배어 있었다.

"그래도 괜찮아. 내가 그렇게 생각하는 것만으로 만족하니까. 그 때 요루카가 《금주부호》로 내 《바하무트》를 조종해준 건, 사람이 아니라면 할 수 없는 선택이었으니까."

리샤의 모습을 보고 망설인 룩스를 순간적으로 움직여준 것.

그건 사람의 마음을— 적어도 룩스를 이해하지 못하면 불가능한 행동이니까.

"요루카는 내가 이런 말을 해도, 분명 안 믿어주겠지만—."

"아니에요, 믿는답니다."

룩스가 쓴웃음을 짓자, 의외로 요루카는 순순히 고개를 끄덕이며 룩스를 올려다보았다.

"저는 저 자신을 믿지 아니하지만, 주인님의 판단은 믿고 있사와요. 그러니까 그— 이 기회에 한 가지 더 확인하고 싶은 게 있사옵니다만."

"아, 응. 내가 대답할 수 있는 거라면, 뭐든 물어봐."

요루카의 긍정적인 대답에 기분이 좋아진 룩스는 안도의 미소를 지으며 그렇게 대답했다.

그 순간, 부드럽고 매끄러운 감촉이 기습적으로 룩스의 입술 끝에 닿았다.

"——."

안뜰의 시간이 멈춘다.

지금까지 요루카가 해왔던 빼앗는 듯한 키스가 아니라.

그저 살짝 닿기만 할 뿐인, 상냥한 입맞춤.

소녀의 몸에 깃든 체온과 감정에 룩스의 마음이 뜨겁게 끓어올랐다.

"어, 저저저기, 요, 요요요요요루카……?"

뺨을 붉게 물들이며 당황한 룩스가 슬쩍 시선을 돌리자, 어쩐지 수줍어하는 것처럼 요루카가 중얼거렸다.

"저, 주인님을 사랑하게 되었는지도 모르겠사옵니다. 하지만 저는 이처럼 자신에 대해 잘 모르니까, 어떻게 해야 좋을지도 잘 모르겠사와요."

그렇게 말하며 다시 도취한 표정으로 미소 지었다.

이번에는 여느 때보다 뜨겁게, 온몸을 찰싹 밀착하면서.

"그러니까, 제게 가르쳐 주시어요. 어떻게 해야 주인님을 사랑할 수 있는지, 정말로 이걸로 되는 것인지, 제 마음과 몸에 확실하게 가르쳐 주시어요."

"으, 어—?!"

웬일로 조신한 요루카를 다 봤다고 생각했는데, 이번에는 룩스가 당황할 차례였다.

위험하다.

평범한 인간관계에 무지한만큼 너무나도 순수한 요루카의 호의와 제안에 룩스의 머리가 끓어올랐다.

"거, 거기까지는 나도 아직 공부 중이라서……?!"

룩스가 허둥대며 그렇게 얼버무리려 하자, 통층 구조로 된 연결 복도에서 크루루시퍼와 세리스, 그리고 리샤가 나타났다.

"역시 신왕국을 떠나는 게 아니었어. 룩스 군과 그녀의 사이가 이렇게까지 진전되다니—. 그리고 공주님이 전혀 도움되지 않다니……."

"부, 불허하겠습니다, 룩스! 하, 학원 내에서 그런 정숙하지 못한 행위는 인정할 수 없습니다!"

당황해서 언성을 높이는 세리스 옆에서 크루루시퍼는 형언할 수 없는 눈초리를 보냈다.

"당신이 말하기에는 최근 말과 행동이 안 맞는 것 같은데, 뭐 됐어. 그보다도 그녀에게 확실히 이야기해둬야겠네. 이 싸움이 끝날 때까지, 우리끼리 맺은『협정』을—."

"……협정?"

고개를 갸웃한 룩스는 어쩐지 불안한 예감이 들었다.

크루루시퍼는 조용히 웃고 있었지만, 굳이 말하자면 전쟁의 예감이었다.

"바로 찾아뵙겠사와요. 제게도 무척 흥미가 있을 법한 이야기이니까."

"하아, 사실 이런 짓을 하고 있을 상황이 아닙니다만, 곤란하군요."

"오히려 이런 상황이니까 중요한 거야. 우리가 품고 있는 건, 그런 거잖아?"

뭔가 번민하는 듯한 표정의 세리스와 의미심장하게 말하는 크루루시퍼의 부축을 받으며 요루카는 그녀들을 따라갔다.

새삼 요루카가 자신들의 일원이 되었음을 곱씹으며, 룩스는 겨울의 높은 하늘을 올려다보았다.

『성식』의 붕괴까지 2개월 남짓 남은 오늘.

룩스가 학원에 온 뒤로 처음 맞이하는 연말이 다가오고 있다.

†

아이리는 룩스와 소녀들의 떠들썩한대화를 복도 창문에서 지켜보고 있었다.

당장에라도 눈이 쏟아질 듯한 하늘이 잿빛으로 보이는 것에는 아이리 자신의 심경과 관계가 있었다.

오빠가 학원에 온 뒤로 매달 사투를 벌이는 듯한 기분이 들지만, 이번에도 간신히 살아남을 수 있었다.

『푸른 폭군』 싱글렌 쉘불릿.

가장 경계하는 상대였던 그는 이제 『그랑 포스』 건으로 룩스를 협박하지는 않을 것 같았다.

거기엔 뭔가 안 좋은 꿍꿍이가 있을 테지만 지금으로선 그저 지켜볼 수밖에 없다.

그보다도— 훨씬 무서운 일이 아이리의 신변에 일어나고 말았다.

자신이 그 소피스에게 납치된 후, 무사히 돌아올 수 있었던 이유—.

"이 『그랑 포스』를 받침대에 결합해. 그러면 『달』은 해방돼서 모든 기능을 쓸 수 있게 돼."

가면을 벗은 소피스는 담담한 표정으로 그렇게 말했다.

아이리를 무사히 보내주는 대신에 그들이 요구한 조건은 겨우 그것 뿐.

하지만 그렇다고 해서 쉽게 응할 수는 없었다.

"거절하겠습니다. 무슨 속셈인지는 모르겠지만, 저는 당신들에게 협력할 생각이 전혀 없어요."

두려움을 꾹 참고 딱 잘라 말했지만 소피스의 안색은 변하지 않았다.

아이리가 품속의 단검을 쥐고 자신의 목을 찌를 각오를 다졌을 때—.

"그럼, 그만두지 뭐."

소피스는 태연한 표정으로 그렇게 말해버렸다.

"잠깐, 무슨 소릴 하는 겁NI까, 소피스! 해방하지 않으면 유적의 기능을 FULL로 사용할 수 없다GO요! 그렇게 되면 우리들의 목적도 의미도—."

"하지만 억지로 시키려고 들면 이 아이는 자살할 거야. 웬만하면 여동생을 죽이고 싶진 않아. 과거에 그 『모형 정원』에서 내 소중한 여동생— 우르크를 속여서 갈가리 찢어버린 그 배신자들과 같은 짓은 하지 않겠어."

"하아, 이렇게까지 저질러놓고서 그런 말을 하는 겁NI까. 소피스는 참 곤란한 사람이네요."

『칠용기성』 보좌관 우르크로 신분을 위장 중이던 리 프리카라는 자동인형은, 기계로 된 여우 귀 같은 것을 힘없이 늘어뜨리며 한숨지었다.

"당신들은, 도대체—?!"

당황한 아이리가 중얼거리자 소피스는 아이리를 돌아 보았다.

수정처럼 순수하고 무구한 눈동자로 상대를 직시하며, 조용히 입을 열었다.

"이 싸움을 피를 보지 않고 끝낼 방법이 있어. 그 열쇠는, 자각은 없을지도 모르지만 당신이 쥐고 있지. 다음에 우리가 당신을 불렀을 때, 거기에 응해줬으면 해. 그때까지는 아무 것도 안 해도 돼. 겉으로는 우리를 적대하더라도 상관없어."

"그게, 무슨 소리죠—?"

"당신 입장에서는 신왕국의 배신자가 되는 선택일지도 몰라. 하지만 세계를 생각하면 이게 가장 좋은 방법일 거야. 약속해준다면 『그랑 포스』를 결합해서 『달』을 해방한 후, 당신을 오빠 곁으로 돌려보내줄게. 『배신자 일족』은 무척 싫지만, 동생은 혈육 곁으로 돌아가는 게 가장 좋으니까……."

"……."

"만약 당신이 나중에 배신한다면 『달』의 기능— 『광월(狂月)(루나틱 콜)의 종』을 발동해서 모든 환신수와 종언신수를 모아서 신왕국을 쳐부수겠어. 당연히 당신 오빠도 죽게 되겠지. 그래도 괜찮다면 거래를 거부해도 돼."

어쩐지 무척 쓸쓸해 보이는 소피스의 표정.

그것이 아이리를 회유하기 위한 연기가 아니라고 단언할 수는 없지만, 그래도…….

“……알겠습니다.”

속으로 룩스와 신왕국의 모든 이에게 사과하면서, 아이리는 대답했다.

“『대성역』이 관리를 받기 전까지, 저는 당신들과 맺은 계약대로 움직이겠어요.”

“고마워, 『배신자 일족』의 후손. 나와 당신은 적이지만, 일단 그 말만은 해둘게.”

소피스가 진지한 얼굴로 꺼낸 말들이 계속 아이리의 귀에 남아 있었다.

최심부 관리실로 들어가 『그랑 포스』를 결합한 후, 그녀들은 약속대로 아이리를 풀어주었다.

그녀들에게 굳이 질문은 하지 않았지만 의문이 있었다.

아니, 의문이라기보다 확신에 가까웠다.

‘싱글렌 경은 트라이포트 근처의 『탑』에서 오빠를 통해 유적을 해방시켰어. 그리고 『방주』와 『거병』은 아마도 헤이즈가. 『미궁』은 리스테르카가 『그랑 포스』를 결합했지.’

그리고 이번에는 아이리가 『그랑 포스』로 해방했다.

그 기묘한 우연들이 쌓이고 쌓여서 한 가지 사실을 시사한다.

‘어쩌면, 『그랑 포스』를 통한 해방은 애초에 아카디아 일족에게만 가능한 게 아닐까……?’

그 증거로 『달』에서 무사히 돌아올 수 있게 되었지만, 대신에 한 가지 약속을 나눠야 했다.

『이 사실은 아무한테도 말하지 마. 당신을, 그리고 당신의 오빠를 위해서.』

"……말 할 수 있을 리가, 없잖아요."

아이리는 창밖을 바라보면서 그렇게 독백했다.

죄인인 자신이, 살아남기 위해 신왕국을 배신하고 말았다.

이 사실이 공개된다면 상층부는 다시 룩스에게 봉사를 명령하겠지.

또다시 룩스의 짐이 되어야 한다면 차라리 죽어버리는 게 나을 텐데.

『나는 아이리를 지키면서 단 한 번도 괴로워한 적 없어. 힘들다고 생각한 적도, 후회한 적도 없지. 단 하나뿐인 소중한 가족을 지켜낸 것만으로도 나는 행복한걸.』

그렇게 말해준 오빠의 미소가 여전히 기억 속에 남아 있었다.

그러니까 이 사실은— 때가 되면 소피스의 요청에 응하기로 했다는 건 자신의 가슴 속에 묻어두기로 결의했다.

설령 신왕국을 등지게 된다 해도, 자신은 살아서 오빠 곁에 있고 싶었다.

그리고 만약 소피스가 언급한 것처럼 자신이 세계를 구할 수 있다면, 그렇게 해서 룩스도 구원해주고 싶었다.

"또, 머지않아 축제가 시작되겠네요."

성탄제가 다가오고 있다.

고작 2개월 밖에 남지 않은, 『성식』으로 인한 세계의 멸망과 함께.

■작가 후기

오랜만에 뵙겠습니다.

최근 『웨이트 트레이닝이나 다이어트를 하지 않으면……!』 하고 생각하기 시작해서 실천 중인 아카츠키입니다.

마침내 룩스 군이 단독으로 표지를 장식하게 된 11권을 손에 들어주셔서 감사합니다!

자, 애니메이션 방송이 끝난 지도 벌써 몇 개월이 지났습니다. 시간이 너무 빨리 가는군요.

하지만 실은 오늘까지 자신을 돌아보거나 할 여유도 없이, 오로지 격무에 시달리는 나날을 보내왔습니다.

이제 와서 생각해보면 멈추는 것이 두려워서 줄곧 달려온 듯한 기분도 드는데, 그것도 너무 지나치면 도리어 주변 상황이 안 보이게 될지도 몰라요.

지금의 자신은 어떻고, 주위는 어떻게 변했는가.

작가 일을 시작한 지 이제 8년이 지나려 하는 오늘 이 무렵, 새삼 그것을 돌아볼 시기가 왔다는 듯한 기분이 들었습니다.

뭐, 결론부터 말하자면 조금 쉬고 싶은 마음도 있네요(폭발).

집필은 가능한 한 쉬지 않겠지만요……!

그리고 여러분 덕분에 여기까지 이어지고, 전개되어온 본작도 슬슬 『칠용기성』 편의 클라이맥스에 돌입했습니다.

아직 산이 몇 개 더 남아있지만, 끝까지 따라오실 수 있도록 노력하겠습니다.

그럼 감사인사를 올리겠습니다.

이번에도 본작 일러스트를 담당해주신 카스가 아유무 님.

바쁘신 가운데 새 캐릭터와 새로운 신장기룡의 디자인 및 일러스트를 그려주셔서 감사합니다.

이 뒤로는 당분간 시리어스한 전개가 이어집니다만, 역시 여자아이의 야하…… 귀여운 일러스트는 매력적이니까, 그려질 수 있을 만한 장면도 남겨두고 싶습니다.

그럼 앞으로도 본작을 잘 부탁드리겠습니다.

2016년 10월 모일 아카츠키 센리

최약무패의 신장기룡 11

1판 1쇄 발행 2017년 11월 10일
1판 2쇄 발행 2018년 5월 15일

지은이_ Senri Akatsuki
일러스트_ Ayumu Kasuga
옮긴이_ 원성민

발행인_ 신현호
편집국장_ 김은주
편집진행_ 최은진 · 김기준 · 김승신 · 원현선 · 김솔함 · 권세라
편집디자인_ 양우연
국제업무_ 정아라 · 고금비
관리 · 영업_ 김민원 · 이주형 · 조인희

펴낸곳_ (주)디앤씨미디어
등록_ 2002년 4월 25일 제20-260호
주소_ 서울시 구로구 디지털로 26길 111 JnK디지털타워 503호
전화_ 02-333-2513(대표)
팩시밀리_ 02-333-2514
이메일_ lnovelpiya@naver.com
L노벨 공식 카페_ http://cafe.naver.com/lnovel11

ISBN 979-11-278-4267-3 04830
ISBN 979-11-278-4266-6 (세트)

값 6,800원